Lola Lafon

Die kleine Kommunistin, die niemals lächelte

Lola Lafon

Die kleine Kommunistin, die niemals lächelte

Roman

Aus dem Französischen
von Elsbeth Ranke

Piper München Zürich

Mehr über unsere Autoren und Bücher:
www.piper.de

Die Originalausgabe erschien 2014 unter dem Titel »La petite communiste qui ne souriait jamais« bei Actes Sud, Arles.

FSC
www.fsc.org
MIX
Papier aus verantwortungsvollen Quellen
FSC® C014496

ISBN 978-3-492-05670-0

Gesetzt aus der Adobe Garamond
Satz: Satz für Satz. Barbara Reischmann, Leutkirch
Druck und Bindung: GGP Media GmbH, Pößneck
Printed in Germany

Die kleinen Mädchen haben ihre Gewehre abgelegt. Sie gehen auf das Meer zu und stürzen sich hinein, der Schweiß rinnt an ihren Nacken entlang, unter den Achseln, über ihre Rücken.

Monique Wittig, *Die Verschwörung der Balkis*

Man hat es mir als kleines Mädchen beigebracht, und ich habe diesen Rat nie vergessen: nie dieselbe Geschichte mehr als zwei Leuten gleich erzählen, sonst war man, wenn sie es an die Securitate berichteten, geliefert.

Anonym, Rumänien 1980

Vorbemerkung

Die kleine Kommunistin, die niemals lächelte erhebt nicht den Anspruch, das Leben von Nadia Comăneci historisch zu rekonstruieren. Daten, Orte und Ereignisse stimmen zwar mit den Tatsachen überein; die Momente, in denen Geschichte und Heldin schweigen, habe ich aber nach eigenem Ermessen gefüllt und dabei versucht, die Hypothesen und Versionen einer versunkenen Welt in ihrer Vielfalt nachzuzeichnen. Der Austausch zwischen Erzählerin und Turnerin ist rein fiktiv, ein Traum, eine Möglichkeit, diesen nahezu stummen Film, den der Werdegang von Nadia C. 1969 bis 1990 darstellte, wieder mit einer Stimme zu versehen.

L. L.

Teil 1

Wie alt ist sie? Die Oberkampfrichterin ist fassungslos. Diese Zahl, die der Trainer ihr da nennt, vierzehn, macht ihr Gänsehaut. Was die Kleine gerade vorgeführt hat, wirft jede Abfolge über den Haufen, Zahlen, Wörter, Bilder. Das hier liegt jenseits alles Begreiflichen. Was da soeben passiert ist, kann man überhaupt nicht werten. Um die Schwerkraft schert sie sich einen feuchten Kehricht, ihr zarter Körper schafft sich Raum in der Luft und schmiegt sich hinein.

Aber wieso hat ihnen eigentlich keiner gesagt, dass sie da rüberschauen sollen, ereifern sich die, die den Augenblick verpasst haben, in dem sich Nadia C. auf den zehn Zentimetern, die der Schwebebalken breit ist, nach hinten wirft und, die Arme seitwärts gestreckt, mit dem Fuß nach dem Mond kickt, blind drauflos gesprungen, und fragend blicken sie sich an, hat das irgendwer begriffen, haben Sie das begriffen?

Die elektronische Anzeigetafel zeigt COMANECI NADIA, ROMANIA, dann die 73, ihre Startnummer, und da, wo eigentlich ihre Wertung stehen sollte: nichts.

Alle warten. Totenbleich laufen die sowjetischen Turnerinnen in dem Bereich, der für die Trainer und die fertigen Wettkampfteilnehmerinnen reserviert ist, auf und ab. Sie wissen es. Die Mannschaftskolleginnen der Rumänin dagegen wirken verzweifelt, Dorina presst die Hände zusammen, Mariana murmelt wieder und wieder den gleichen

Satz vor sich hin, eine andere kauert am Boden, die Augen geschlossen; Nadia selbst steht etwas abseits, ihr Pferdeschwanz leicht verrutscht, sie wirft nicht einen Blick auf die Anzeigetafel. Und so sieht sie als Erstes ihn, Béla, ihren Trainer, da steht er, die Arme in den Himmel gereckt, den Kopf in den Nacken gelegt; sie dreht sich um und sieht ihre Abstrafung, diesen furchtbaren einen von zehn Punkten, der in Leuchtziffern vor den Kameras der ganzen Welt erscheint. Eins Komma Null Null. Im Kopf geht sie mögliche Fehler durch, die Landung beim Salto rückwärts vielleicht, nicht ganz sicher gestanden, was kann sie bloß angestellt haben, dass sie das hier verdient? Béla umarmt sie, sei nicht traurig, Liebes, wir legen Einspruch ein. Aber einer der Kampfrichter, der Schwede, lässt sie aufmerken. Weil er aufsteht. Weil er Tränen in den Augen hat und sie so unverwandt anschaut. Und alle werden diesen Augenblick so oft und immer wieder erzählen, dass sie heute gar nicht mehr sicher ist, ob sie ihn wirklich erlebt hat, vielleicht hat sie es auch im Fernsehen gesehen, vielleicht wurde diese Szene für einen Film geschrieben.

Das Publikum hat sich erhoben, ein Grollen von achtzehntausend Körpern, rhythmisch donnern ihre Füße auf den Boden, und der Schwede steht mitten im Lärm, öffnet und schließt den Mund, spricht unhörbare Worte, ein Blitzlichtgewitter, ein gleißender, flackernder Regen, sie kann den Schweden kaum erkennen, was tut er da, er öffnet beide Hände, und die ganze Welt filmt die Hände, die der Richter ihr entgegenstreckt. Da streckt auch die Kleine ihm die Hände entgegen, bittet um Bestätigung, ist das etwa eine … Zehn? Und er: ganz langsam nickt er, die Finger immer noch gespreizt vor dem Gesicht, Hunderte Kameras verdecken ihm das Kind, die Mädchen aus der rumänischen Mannschaft tanzen um sie herum, ja, Liebes, ja, dieses Eins Komma Null Null ist eine Zehn.

Langsam schwenkt die Anzeigetafel von links nach rechts, von den Kampfrichtern zum Publikum, an den Turnerinnen vorbei, und groß darauf die Eins, die, unbegreiflich, heißen soll: Zehn. Ein verrücktes Komma. Oder eher ein Komma, das sich hartnäckig weigert weiterzurücken. Ein Mann rennt zwischen Journalisten und Kampfrichtern hin und her, sein Offiziellen-T-Shirt OLYMPIA MONTREAL 1976 unter den Achseln ganz dunkel, er wischt sich die Stirn. Die Oberkampfrichterin winkt ihn heran, zu laut hier, irgendwas hat die Maschine gesprengt, habe ich gesagt, die Pfiffe zwingen sie, die Köpfe zusammenzustecken, Sie machen wohl Witze, oder? Die ganze Welt ist live dabei, heute ist der erste Wettkampftag! Wo steckt denn bloß der Typ von Longines? Der Ingenieur, der die Anzeigetafeln entwickelt hat, versucht über die Journalisten hinwegzusteigen, die im Kreis um die Kleine herumhocken, und bis zu den Kampfrichtern durchzudringen, die wütend gestikulieren: Ihr komisches System funktioniert nicht! Und er zum IOC-Vertreter, der sich ein Ohr zuhält, um ihn hören zu können, bei den anderen Wettkämpfen funktioniert es, ES FUNKTIONIERT, der Computer ist unfehlbar, Sie haben ihn gesprengt, er zeigt mit dem Finger auf die Kampfrichter, aber jetzt ist schon alles anders, sie beachten ihn gar nicht mehr, die Richter sind zu Zuschauern geworden, weinen und feiern das Mädchen, das sich dicht neben seinen Trainer gesetzt hat, seinen schmalen Rücken der greisen Maschine zugewandt, die stur beharrt auf ihrem: Eins Komma Null Null.

Man trifft sich zur Krisensitzung in der Pause. Okay. Hatte die Rumänin (oder jemand aus der Mannschaft) Zugang zu den Computern? Hat sie vielleicht etwas geschluckt, was das System gestört haben könnte? Sie haben wohl den Verstand verloren, mein Lieber, damit wollen Sie sich doch nur herausreden, ganz ehrlich, das ist doch kaum zu glauben! Jeder sucht die Schuld beim anderen. Das Olympische Komitee hatte uns im Vorfeld versichert, dass die Zehn beim Kunstturnen nicht vorkommt, protestieren die Ingenieure von Longines, die die spitzzüngige Presse schon das »Team Eins Komma Null Null« nennt. Um 13:40 Uhr steht das Urteil: Die Datenbank ist nach der Eingabe der ungewöhnlich hohen Wertungen abgestürzt. Das Mädchen hat den Computer gekillt.

Bis zum nächsten Tag ist Zeit, das System an das Kind anzupassen. Knöpfe werden gedrückt, Programme gestartet. Wir müssen irgendwo eine weitere Stelle herkriegen. Das Komma verrücken. Wie wahrscheinlich ist es, dass sie das noch einmal schafft, meinen Sie, »das« passiert morgen wieder? Ich weiß es nicht, erwidert der englische Kampfrichter. Ich weiß es nicht, erwidert der tschechische Kampfrichter. Sie versuchen, sich Elemente vorzustellen, die eine Zehn am Stufenbarren rechtfertigen würden. Schaffen es nicht. Niemand hat bei Olympia je im Turnen die Höchstwertung geholt. Noch einmal werden sie befragt. Sind Sie sicher, dass Sie sich nicht von der Begeisterung der Zuschauer haben hinreißen lassen. Nein, sagen sie. Sie haben das Kind wirklich auseinandergenommen, es bei irgendetwas zu erwischen versucht, da ist nichts. Null Fehler. Und selbst: Manche Richter wären am liebsten noch weiter gegangen, hätten ihr elf von zehn Punkten gegeben!

Zwölf, legt die kanadische Kampfrichterin sogleich nach. Oder wir erfinden neue Zahlen! Oder lassen es mit den Zahlen ganz bleiben.

»Wenn Comăneci gegen ein abstraktes Ideal antreten würde und nicht gegen menschliche Konkurrenten, könnte sie dann immer noch die Höchstwertung bekommen?«, wird Cathy Rigby gefragt, die ehemalige Turnerin, die jetzt auf ABC die Spiele kommentiert. »Würde Nadia tun, was sie tut, und das ganz allein in einem leeren Raum, dann würde sie, glaube ich, immer noch die Höchstwertung verdienen«, antwortet Rigby, nachdem sie überlegt hat, ob man Ideale erfinden kann, die abstrakter sind als die Perfektion.

Man versucht, das Ereignis in den Griff zu bekommen. Am nächsten Morgen zitiert das Olympische Komitee Nadia zu drei zusätzlichen Dopingkontrollen. Große Debatte. Kommt hier gerade eine neue Generation blutjunger Kinderturnerinnen auf, oder wird sie eine Randerscheinung bleiben? Es ist ein geopolitisches Erdbeben. Die sowjetischen Trainer werden ins Gebet genommen: Wir lassen uns doch nicht von Rumänien demütigen, Genossen, Ljudmila wird unsere Rettung! Doch am selben Nachmittag beendet Ljudmila ihre Bodenübung in einer tragischen Pose, steif wie eine Statue, es folgt höflicher Applaus, und sie versinkt schluchzend in den Armen ihres Trainers, unter dem gleichmütigen Blick der Rumänin.

Man bemüht die Elemente: Schwimmt sie in einem Ozean aus Luft und Stille? Aber hören wir auf, vom Sport zu reden, zu brutal ist der, obszön fast im Vergleich zu dem, was sich da abspielt, das streichen wir, noch mal von vorne: Sie gestaltet nicht den Raum, sie ist der Raum, sie vermittelt nicht Leidenschaft, sie ist Leidenschaft. Sie ist eine Erscheinung – ein Engel –, genau, da ist auch dieser Schein, der sie umgibt, eine Wolke hysterischer Blitzlichter, sie erhebt sich über die Gesetze, Regeln und Gewissheiten, eine erhabene poetische Maschine, die alles sprengt.

Man kommentiert ihre Kür: Ja, richtig, es gab schon einen ersten Vorgeschmack auf Nadia mit der Olga der Münchener Spiele 1972, aber jetzt mit Nadia bekommt man alle Gänge auf einmal serviert! Anmut, Präzision, diese Bewegungsamplitude, Risiko und Kraft, ohne dass man sie ihr anmerkt! Es heißt, sie kann ihre Übung fünfzehn Mal hintereinander turnen. Und dieser Knochenbau … Knochen aus Seide. Morphologisch überlegen. Elastischer.

Man ringt um die Worte, so könnte man sie anordnen, aber nein, besser so, man versucht, ihre Konturen zu fassen. Die kleine Kommunistenfee. Die kleine Kommunistenfee, die niemals lächelte. Man streicht das Wort »hinreißend«, das wurde in den letzten Tagen schon zu oft bemüht, und dabei ist es genau das: zum Wehtun hinreißend, unerträglich viel zu reizend. Und da wir sie nun einmal von unserem Erwachsenenstandpunkt aus betrachten müssen, ja, zu gerne möchte man in ihre arbeitsame Kindheit hineinschlüpfen, ihr ganz nah sein, die sie geschützt ist von ihrem blütenweißen Turnanzug, auf dem nicht eine Spur von Schweiß zu sehen ist. »Eine olympische Lolita von kaum vierzig Kilo, ein vierzehnjähriges Schulmädchen mit der Figur eines kleinen Jungen, das sich allen Ansprüchen beugt«, schreiben sie. Man möchte sich reiben an den Funken, die sie sprüht wie ein wirbelndes Zauberspielzeug. Sich losreißen vom eigenen Organismus und der Last seiner schwerfälligen Hormone. Das Mädchen kitzelt die Lust, genau das wollen wir, oh dieses Verlangen, es zu berühren, ihm nahe zu kommen, eine Lustspirale, immer drängender, und schon ist es vorbei, neunzig Sekunden hat die Schwebebalkenkür gedauert. Dieses Kind ist ansteckend. Für hundert Dollar verkaufen die Tickethändler Karten fürs Finale, sechzehn kosten sie eigentlich, aber jedermann lechzt danach, ihre Bodenübung zu sehen, in der man bei jeder Bahn fürchtet, leicht wie sie ist, werde sie nicht mehr auf den Füßen landen. Und wenn sie zu ihren Saltos anläuft, sich kräftig aus den Ellbogen abdrückt, um noch mehr Tempo herauszuholen, die Festigkeit ihres Fleisches, das kompakt in ihrem weißen Anzug steckt, ist sie diese sausende Maschine, auf geniale Weise ihrem Geschlecht entkommen, entflohen in eine wunderbar reine, überlegene Kindheit.

Man sieht die Dinge nicht mehr wie vorher. Nadia ist ein Neuanfang. Die anderen Turnerinnen sind Irrtümer, Abweichungen vom Ideal. Wie bedeutungsschwer plötzlich die Jahre wirken zwischen ihr und denen, die man schon nur noch »die anderen« zu nennen beginnt, die sich, wenn das Kind das Podium besteigt, nervös den Stoff über den Po zupfen. Ihr Fleisch verstecken, weg mit allem, was plötzlich zu viel wirkt, fehl am Platz, ja lächerlich. Diese Turnanzüge, plötzlich findet man sie zu weit ausgeschnitten, ein bisschen knapp vielleicht für die platt gedrückten Brüste der jungen Frauen, die beim Absprung auf das Pferd unmerklich zittern. Alles das, Busen, Hüften, erklärt ein Experte bei der Übertragung, verlangsamt die Drehungen, belastet die Sprünge, die Linie ist einfach weniger sauber. Ljudmila ist »schrecklich weiblich«. Disproportioniert wirkt sie auf dem Foto einer Tageszeitung neben der rumänischen Kindfrau, und Olga, ganz ehrlich, das ist beinahe peinlich. Die Kamera bleibt auf sie gerichtet, totenbleich ist sie nach der Weihung ihrer rumänischen Rivalin. Nein, sie wirkt nicht müde, sie wirkt verbraucht: Sie ist zwanzig, fast eine – und man hört das Lachen der anderen Journalisten im Studio –, eine alte Frau, wohl ein bisschen zu oft benutzt, was?

Andere heben die Augenbrauen, wir wollen doch bitte schön fair bleiben. Eine Dame, ja, das passt doch, eine große Dame, diese Ljudmila. Und Olga ist immerhin eine ehemalige Fee, eines Tages wird Nadia durchmachen, was sie jetzt durchmacht. Da ruht das Bild auf der Rumänin mit dem kleinen Gesichtchen, ihrem Daumen, an dem sie nervös knabbert, und der Journalist murmelt: »So ein winziger Daumen.«

Replay

Der Ton des Videos wirkt gefälscht. Als hätte man das Knarzen der Barren verstärkt, die sie mit millimetergenauer Präzision traktiert. Es hat einen Nachhall bekommen, als beängstigenden, wiederkehrenden Takt für ihren Körper, der um die Holme schwingt. Unter der Anstrengung presst die Kleine die Lippen zusammen, kaum zittern ihre Schultern unter dem Aufprall, wenn sie erst losgelassen, sich zwischen den Barren um sich selbst gedreht hat und dann wieder zupackt. Einen Augenblick hält sie sich reglos im Handstand auf dem oberen Holm. Ein Dreieck, rechtwinklig zunächst, nach und nach gleichschenklig, dann ein I, ein Strich aus Stille, den Atem angehalten, gleich ist die geometrische Übung zu Ende, Nadia kündigt ihren Abgang an, ihr Rücken rundet sich, die Knie unter dem Kinn für einen gehockten Doppelsalto, den sonst nur die Männer schaffen, eben wähnte man sich noch beim Tanz einer Sylphide, und schwups, da klaut sie bei den Herren und erteilt ihnen die Abreibung ihres Lebens. Der Schrei einer Frau, das reinste Freudengeheul, dringt aus der Masse der achtzehntausend Zuschauer und markiert den Augenblick, in dem die Füße in den weißen Schläppchen ohne das geringste Wackeln auf dem Boden landen. Ihr durchgedrückter Rücken zeichnet ein Komma, die Finger kitzeln den Himmel, sie grüßt. Und wieder zeigt der Computer dieses 1,00 an, während sie auf Bélas weit geöffnete Arme zuläuft.

Und jetzt ihre Drehungen auf dem Schwebebalken, um sie blitzt es wie von rasenden Glühwürmchen, ein tänzelndes Licht. Das Kind scheint allen den Atem zu rauben. Sie setzt zum doppelten Salto mit Längsachsendrehung an, und im Handumdrehen – völlig sicher steht sie den Abgang – erlöst sie die Zuschauer, als hätte jemand einen Lautstärkeregler aufgedreht, der bis eben stumm geschaltet war, und da tobt das Publikum vor Begeisterung und Erleichterung, dass sie nicht gestürzt ist. Und alle rennen in die Pressesäle, zu den Telefonen, zehn, zehn, schreibt genau das, *»She's perfect«*, titelt *Newsweek*, das hat es noch nie gegeben. Perfektion, es gibt sie also doch auf dieser Welt: »Wenn Sie ein Wort suchen für etwas, was Sie gesehen haben, das so schön war, dass Sie nicht sagen können, wie schön, dann sagen Sie einfach, es war nadiesk«, schreibt ein

Kolumnist aus Quebec. Die Kampfrichter müssen bei Béla nachfragen, was sie eigentlich geturnt hat, sie konnten es so schnell nicht erkennen.

* * *

Es ist Mitternacht in Onești, einer Stadt der rumänischen Westmoldau nordöstlich von Bukarest. Das Kind auf dem Bildschirm läuft, ein kleines angriffslustiges Wesen, eine Maschine, neunzig Sekunden lang in Gang gehalten von denen, die sie anfeuern, die schöne sowjetische Ballerina abzufertigen, deren Bewegungen im Vergleich zu ihr träge und lasziv wirken.

Ștefania ist unter den Esszimmertisch gekrochen, sie hält sich die Hände vor die Augen, ein Schutzvorhang, die Großmutter und Gheorghe schimpfen, sie soll mit dem Theater aufhören. Eine Welle der Empörung geht durch den Fernseher, der übersteuerte Ton kreischt durchs Wohnzimmer, und Ștefania, krebsrot, heult: Was, was ist, Gheorghe, sag's mir, sie ist gestürzt, oder, sie ist gestürzt, sag? Ihr Mann kniet sich neben sie, ganz sanft nimmt er ihr die Finger von den Augen, fasst sie bei der Hand, hilft ihr auf und flüstert: Schau, schau. In Zeitlupe durchmisst der schmale Körper ihres Kindes die Luft, ganz verrenkt, der Wahnsinn des Sprungs, wie er so langsam in seine Einzelteile zerlegt wird, während Ștefania schluchzend die Hand nach der winzigen Gestalt ausstreckt, die ihr den Rücken zuwendet und eine Menge von Tausenden weinender Erwachsener grüßt.

Auftrag erfüllt

Gespanntes Warten. Die erste Pressekonferenz ist überfüllt, alle fünfhundert Stühle besetzt, auch auf dem Boden bleibt kein Platz. Die Wände sind hübsch mit einem bestickten Blumenstoff behängt. Als sie endlich kommt, im Trainingsanzug der rumänischen Mannschaft, blau-gelb-rote Streifen und das sozialistische Wappen auf der Brust, da hebt ihr Trainer sie hoch und trägt sie auf ausgestreckten Armen zu ihrem Platz, die Puppe, die sie an sich drückt, hat den gleichen Trainingsanzug an wie sie und die gleiche Frisur, zwei Rattenschwänze mit roten Schleifen. Über ihr ein Porträt von Präsident Ceaușescu.

Die Journalisten dürfen Nadia ungehindert alle Fragen stellen, verkündet freundlich eine junge Frau mit starkem rumänischem Akzent. Sie liegen ihr zu Füßen, die Stühle sind aus, die Erwachsenen machen sich so klein wie sie, isst du gerne Schokolade, Nadia, ein paar Worte auf Französisch, auf Französisch! Bravo! Spielst du Monopoly, Nadia, hast du einen Freund, Nadia, gleich fangen sie noch an, Daumen zu lutschen, spitze Eckzähne, notieren sie (Milchzähne? Nein, sie ist vierzehn), so reizend. Noch mal, Nadia, noch mal, sie mimt den Kampfrichter, der ihr, als er sie so ratlos vor der Eins Komma Null Null sah, mit gespreizten Fingern die Zehn gezeigt hat. Die Zehn! *Great!* Und jetzt, wo sie die Perfektion erreicht hat, was hat sie jetzt vor? Ich kann es noch besser, verspricht sie todernst, die Stoffpuppe fest an sich gedrückt, eng umhüllt vom Gluckenblick ihres Trainers, eines leutseligen Kerls mit Schnurrbart. Dann wird sie wohl eine neue Sportart erfinden müssen, folgern sie. Überrascht es dich, dass du die Höchstwertung bekommen hast, Nadia? Sie zuckt die schmalen, geraden Schultern und flötet auf Rumänisch: »Ich weiß, dass es perfekt war, es war nicht meine erste Zehn, das ist nichts Neues.« Ob sie womöglich falsch verstanden hat? Also noch einmal. Überrascht es dich, dass du alles ge-won-nen hast, sie schüttelt den Kopf, tun dir Olga und Ljudmila leid, nein, nein, kein Mitleid. Versuchen wir es anders: »Wie hast du gestern deinen Sieg gefeiert?« Fast genervt schiebt sie die Unterlippe vor: »Ich habe überhaupt nichts gefeiert. Ich wusste, dass ich mindestens einmal Gold holen würde. Ich bin ins Bett gegangen.«

»Welches ist dein Lieblingsgerät?«

»Stufenbarren, weil ich da Teile kann, die die anderen nie schaffen werden!«

Und … ob sie nicht ein bisschen lächeln könnte? Sie seufzt. Tut mir leid, aber wenn mein Fuß nach einer Bahn die Markierung überschreitet, und seien es nur drei Zentimeter (sie hebt die Hand und zeigt Daumen, Zeige- und Mittelfinger), bekomme ich Punktabzug. Also ja, lächeln kann sie, aber erst, wenn der Auftrag erfüllt ist. Lachen im Saal, gefolgt von Applaus: Auftrag, das ist doch zu reizend, Fräulein Oberst! Ein Engländer legt dar, sie stehe ja technisch durchaus in der Tradition von Olga K., doch sogleich unterbricht ihn der Trainer: »Wir repräsentieren die rumänische Schule, wir imitieren niemanden.« Manche im Saal schätzen den Grad ihrer Kindheit ab. Dieses stumpfe Gesicht, wenn sie turnt, diese Kaltblütigkeit: kaum ein Blick auf ihre Wertung, bevor sie in die Trainingsjacke schlüpft, eine Minifunktionärin der Akrobatik! Und neulich bin ich ihr im Olympischen Dorf begegnet, da war sie gerade beim

Arzt, nicht ein Blinzeln, völlig ausdruckslos. Was hat sie uns zu sagen? Sie mag Joghurt und isst kein Brot. Genial. Ein vierzig Kilo schwerer kommunistischer Roboter. Eine gewisse Anmut hat sie ja, zugegeben, aber es ist eine metallische, berechnende Anmut, weit entfernt vom Schmachten der Sowjetrussinnen, ach ja, keine Schwäne, kein Tschaikowsky, die Rumäninnen sind Hundewelpen, denen man Dressurübungen vorsetzt, sie apportieren und dienen dem Staat. Das hier ist Geometrie, reine Mathematik.

Und plötzlich sehnt man sich nach den Vorgängermodellen, Olga zum Beispiel, die bei den Spielen in München so richtig aufreizend herumkokettierte und zu flennen anfing, wenn sie stürzte, und dann Ljudmila, die alles gewann, eine seelenruhige sowjetische Lady. Und nun liegt also die klassische Tanztradition der unermesslichen Sowjetunion am Boden, besiegt von einem dahergelaufenen Satellitenstaat, der soeben zum Experten in Sachen Kleinmädchendressur ausgerufen wurde (man denke nur an die tragische Szene, als die schöne Ljudmila aus einem anderen Jahrhundert in den Armen des Trainers ihre Tränen vor den Reportern zu verbergen versucht, und direkt vor ihr stolziert diese wirklich schauerlich schmächtige Rotznase).

Das Kind muss sich vor den letzten Wettkämpfen ausruhen, mit Geschenken beladen verlässt man den Raum, Pflaumenbrand, herrliche Siebenbürger Stickereien, die Rumänen leisten ganze Arbeit. Draußen begegnet man Kollegen, die nicht mehr hineingelassen wurden, man erzählt von diesem gespenstisch bleichen Mädel, vom weißen Turnanzug bis zu den mit Magnesia gepuderten Händen, nicht zu vergessen das vor Müdigkeit blasse Gesicht.

Jeder geht in sein Hotel, letzte Hand an den Artikel legen, der heute Nacht noch rausmuss, sehr viel hat die Pressekonferenz nicht hergegeben. In der Lounge beeilt sich das Fernsehen, das Tagesgeschehen zusammenzufassen, denn eigentlich gibt es nur ein Ereignis: sie. Eine junge Frau stellt überstürzt den Ton laut, Nadia nimmt Anlauf zu ihrer Bodenübung.

Und da merkt man, dass all das hier etwas anderes ist. Dieser leichtfüßige Charleston, auf den sie turnt, dieses *Yes, Sir, That's My Baby*, diese Melodie birgt eine Freude von vor 1929, *yes yes yes,* unsere kleine Schwindlerin verändert alles, verwischt den Begriff des Möglichen, *yes, Sir,* und da, sieh doch, sie gebraucht nicht einmal mehr ihre Hände, um sich vom Boden abzudrücken, die Luft hält sie in der Schwebe, *my baby,* und alle sind überzeugt, dass sie, ja, *that's my baby baby,* die Kindheit manipuliert, sie zu einer neuen Perfektion zusammensetzt, eine kleine Stummfilmstreunerin, man möchte ihr Gesichtchen zwischen den Händen halten. Wie heiter das ist. Was für eine Leichtigkeit. Endlich mal eine Schlankheitskur für diese sicherheitspolitisch überladene Olympiade, die immer das Massaker der Münchener Spiele im Hinterkopf hat, die Geiselnahme und Hinrichtung der israelischen Athleten. Das Mädel hat uns bei der Hand genommen, und gemeinsam wirbeln wir in einem Reigen der Sorglosigkeit. Stehend grüßt sie die Menge, mürrisch trippeln die Russinnen hinter ihrem Trainer aus der Halle, Béla dagegen ballt die Fäuste, boxt in die Luft, lacht vergnügt im Kreis der jungen Mädchen, die auf und ab hüpfen, die Augen vom Schlafmangel dunkel umrandet, der Mund trocken vor Hunger. Auf den Schultern wird das Kind herumgetragen, man würde sogar niederknien, wenn nötig, vor dieser ein Meter vierundfünfzig großen Elfe, die die allgegenwärtigen Maschinenpistolen im Olympischen Dorf hinwegfegt. Sie hat ihnen ihre zahlengeblähten Spiele gerettet, neuntausendzweihundertfünfzig Sportler, dazu dreitausendzweihundertfünfunddreißig Begleitpersonen unter den scharfen Augen von über achttausend Journalisten, sechzehntausend Soldaten, die einen Auftritt der Baader-Meinhof-Bande verhindern sollen, oder von Carlos, von japanischen Kamikazekämpfern, der IRA, den Palästinensern oder womöglich gar von Quebecer Unabhängigkeitskämpfern.

Und dann die Ruhe nach dem Fest. Wie ausgepumpt, schon auf Entzug von der kleinen Karpatenfee, schalten Millionen Mütter den Fernseher aus, der seit dem 17. Juli von morgens bis abends gelaufen ist. Sie fangen an davon zu träumen, sie hätten auch so eine, so zierlich, ein blässliches Mädchen, das immer alles richtig machen will, brav, ernsthaft, arbeitsam, nüchtern, ohne Sperenzchen, eine, die auf das Siegertreppchen steigt und auf ihrer flachen, straffen Brust fette Medaillen blinken lässt, die vor den Kameras der ganzen Welt auf ihre Wertung wartet, nachdem sie Millionen und Abermillionen von Fernsehzuschauern verzaubert hat, und dann diese Schlusspose ihrer Bodenübung, die man als Postkarte jetzt überall kaufen kann, eine aus diesem merkwürdigen Land, Rumänien, eine, die sich auskennt mit dem pflichtbewussten Leben, der man Schleifen kauft und hübsch ins Haar bindet, die so hinreißend rein ist und geruchlos, diese Sehnsucht, ein Mädchen sein Eigen zu nennen, das sich der Welt verschließt, das nicht weiß, dass man ihm ja doch nicht helfen kann und dass es bald, nur allzu bald, eingeholt wird von seiner banalen biologischen Zukunft.

Und dann die Ruhe nach dem Fest. Wie ausgepumpt, schon auf Entzug von der kleinen Karpatenfee, schalten Millionen kleiner Mädchen den Fernseher aus, der seit dem 17. Juli von morgens bis abends gelaufen ist, sie sind wie gelähmt nach einer langen Absence. Vor dem Garderobenspiegel versuchen sie sich im triumphierenden Grüßen, die Arme gestreckt, die durchgedrückte Wirbelsäule lässt die Brust vorspringen, unter dem T-Shirt sieht man die Haut, auf der das zu enge Gummi des Synthetikhöschens einen Abdruck hinterlässt. Sie fangen an zu träumen, sie hätten auch so einen schnellen Körper. Vom selben Abend an nehmen sich die kleinen Mädchen im Westen nichts vom Auflauf nach und lassen den Nachtisch stehen, erfüllt von einem geheimen Auftrag, das Weiß, dieses wunderbare Weiß von Nadias Turnanzug, von Magnesia und ihrem Heiligenleben, im Schnee auszustreuen, ganz gewiss, dorthin, wo sonst nichts ist.

Auf meinen Zeugenaufruf zu Beginn meiner Arbeit an diesem Buch erhalte ich Dutzende Briefe und noch mehr Mails von Fans von Nadia C. Die meisten dieser Frauen sind um die vierzig, andere sind so jung, dass sie Nadia nicht live in Montreal gesehen haben können. Aber alle erinnern sich an den Schock. An ihre Verblüffung, als Nadia C. den Computer sprengt. An ihren plötzlichen Ekel vor allzu süßen Frühstücksflocken, vor den Packungen mit den winzigen Wegwerfgimmicks, ein Überfluss, der völlig fehl am Platz ist im Reich des heldenhaften Verzichts. An ihre Abneigung gegen Röcke, die so unpraktisch sind beim Nadia-C.-Spielen, wo der weiße Turnanzug zum vorwurfsvollen Spiegel ihres eigenen allzu schlaffen, pflichtenlosen Lebens wird. Denn Nadia C. ist nicht einfach nur leicht. Sie ist stark und unerbittlich. Nadia C. lächelt nie, sagt niemals Danke, ja, die Erwachsenen kommen zu ihr und flehen sie an, ihnen einen Blick zu gönnen. Sie schweigt, kühl und konzentriert, umgeben von Erwachsenen im Trainingsanzug, seltsame Turnlehrer, die sie respektvoll beglückwünschen. Sie kommt aus einem Land, das niemand kannte, bevor es im Fernsehen kam, selbst die Eltern nicht. Ein Poster von Nadia C. schmückt die Zimmer der kleinen Mädchen im Sommer 1976, die Jungen dagegen pinnen sich Farrah Fawcett übers Bett; unter ihrem bernsteinfarbenen Badeanzug spreizen sich sacht ihre gebräunten Schenkel, warm sind sie und zum Greifen nah.

* * *

Bei unserem ersten Telefongespräch weise ich Nadia C. darauf hin, dass dieser Bericht nicht unbedingt exakt sein wird, ich nehme mir das Recht, die Momente des Schweigens zu füllen. Wir vereinbaren, dass ich ihr den Text kapitelweise schicke und sie mir sagt, was sie davon hält.

»Liebe Nadia,
zu Ihren Fragen: Ihr Verhältnis zu Béla thematisiere ich weiter hinten im Buch. Die Chronologie? Mir scheint, es

muss mit Montreal anfangen, fast schon, damit man das los ist, denn alle kennen die Szenen oder erinnern sich zumindest. Aber wir besprechen das alles im Lauf der Woche, ich rufe Sie an. Hier ist die Fortsetzung, oder vielmehr: Ihre Anfänge!

Herzlich.«

Reihenweise Věras

Drei Jahre lang Formulare ausfüllen, um diese experimentelle Turnschule aus der Taufe zu heben, in der Rechnen und Training am Stufenbarren Hand in Hand gehen sollen. Drei Jahre lang Termine in Bukarest, bei den Offiziellen, die man mit Geschenken überhäufen muss, um die Sache voranzubringen, mit amerikanischem Whiskey, den ein Freund von Béla, ein Zöllner, bei Diplomaten beschlagnahmt, und etlichen Landschinken. Und jetzt, wo mit dem Städtchen Onești der Ort gefunden ist, entsprechen kaum dreißig Mädchen Mártas und Bélas Vorstellungen. Schon erstaunlich, moniert der Turnverband gereizt, an Mädchen, die in diese Schule wollen, fehlt es doch nicht, wozu diese Zeitverschwendung, diese viel zu harte Selektion! Und überhaupt, immer nur Mädchen. Wieso eigentlich nicht diesen Jungen aufnehmen, der Kopfstand kann und höher springt als seine Schwester? Die Angelegenheit sorgt höheren Ortes für Befremden. Was soll das eigentlich, Genosse, ein Sport nur für Mädchen?

Ist es eine Theorie? Eine Eingebung? Ein Befund? Ein Gedanke, der im Vorjahr Gestalt angenommen hat, als

Béla und Márta bei den Wettkämpfen der Nachbarländer die Runde machen, die Stärken jeder Turnerin notieren, ihre Schwächen, die Musik, die Übungen, die beim Publikum gut ankommen. In der Sowjetunion schöpft man aus dem Vokabular des klassischen Balletts, in Ungarn und Bulgarien dagegen sind die Gesten der Mädchen raumgreifend und sportlich, strotzende Hochlandkinder auf dem Trimm-dich-Pfad. Wenn sie jünger anfangen würden, könnten sie mindestens drei Olympiaden mitnehmen, ruft Márta schwer beeindruckt. Die bekanntesten rumänischen Turnerinnen sind um die zwanzig, und die meisten verlieren das Interesse am Wettkampfsport, sobald sie heiraten. »Was man da alles investiert, was allein für Zeit dabei draufgeht, Frauen auszubilden, die bloß noch daran denken, die Beine breitzumachen und die hausbackene Ehefrau zu geben«, schäumt Béla nach dem x-ten Wettkampf, »das ist doch genauso langweilig wie in einem Scheißballett, haben die Angst um ihre Frisur, oder was? Da bringt ja meine Oma eine bessere Rolle vorwärts fertig als die!« Völlig in Rage wegen der schlaffen Behäbigkeit der Athletinnen setzt er sich mit Márta auf eine Bank im Park nebenan: »Da schaue ich ja noch lieber diesen Kindern beim Spielen zu!«

Diesen Kindern, die sich ganz außer Atem ungeschickt an einen Ast hängen und keinen Gedanken an einen möglichen Sturz verschwenden, kleine Kinder, jeden Moment fürchtet man, sie könnten fallen. Und kann doch nicht wegsehen, trotz aller Angst. Oder eben gerade wegen der Angst, immerhin könnten sie sich den Hals brechen. Also, stimmt, die Jungs können springen, schneller laufen als die Mädchen, sie stellen ihre Heldentaten gern zur Schau, während die Mädchen die Schritte, die man ihnen zeigt, häufig nur schüchtern andeuten. Aber ein tapferer hüpfender Junge ist eben immer noch bloß ein Junge. Ein Mädchen dagegen. So viel leichter und biegsamer, man muss ihnen eigentlich bloß ein bisschen Schneid beibringen!

* * *

»Haben Sie schon einmal Věra beim Wettkampf gesehen, Genosse, Věra Čáslavská?«, fragt Béla den Bürokraten, der für seine Akte zuständig ist und ihn über die Berechtigung einer Schule nur für Mädchen befragt. Ja, natürlich! Die große tschechische Meisterin kennt doch jeder, selbst wenn man jetzt, im Sommer 1969, schon ahnt, dass die neuen tschechischen Machthaber sie nicht mehr zu Wettkämpfen ins Ausland lassen werden, nachdem sie letztes Jahr bei der Olympiade in Mexiko vor der versammelten internationalen Presse der sowjetischen Flagge mutwillig den Rücken zugekehrt hat, ein Skandal. Und da kommt jetzt dieser Ungar – der, so erinnert sich der Funktionär, offenbar Zugriff auf einen unerschöpflichen Vorrat an ausländischem Alkohol hat – und brüllt ihm ins Telefon: Solche Věras züchte ich dir reihenweise in meiner Schule, man braucht sie nur noch abzuernten! Ganz ehrlich, Genosse, kannst du dir Jungs vorstellen, den Pinsel in den Turnanzug gezwängt, und das mitten in meiner schönen Věra-Plantage? Lass mich in Frieden mit deinen Männchen, na, komm schon, wenn ich in Bukarest bin, trinken wir einen auf die Věras!

Die Erscheinung

An diesem ersten Schultag drängeln sich die Leute vor der neuen Schule. Die Eltern der Auserwählten und die Skeptiker, alle wollen sie ihn sehen, diesen Béla, der zusammen mit seiner Frau nach Onești gezogen ist. Béla. Ein ungarischer Name, bestimmt aus Siebenbürgen. Es heißt, er war Meister im Kugelstoßen und Boxer, Rugby spielt er auch, ist in der Handball-Nationalmannschaft. Aber … Und das Kunstturnen, fragen die Eltern besorgt. Ach, seine Frau versteht was vom Tanzen, von Anatomie und Diätetik. Béla dagegen hat zwei Jahre lang versucht, im Handstand stehen zu können, was in einem Sturz endete und seinen schizophrenen Vorstellungen von Leichtigkeit ein Ende setzte. Aber sympathisch ist er, ein schnurrbärtiger Riese, der die Mädchen auf den Armen herumträgt und behauptet, er werde neues Leben in das rumänische Kunstturnen bringen, das seit ein paar Jahren darniederliegt, den Zweiflern klopft er auf den Rücken, und wenn man die sowjetischen Meisterinnen erwähnt, spuckt er aus.

* * *

Ergebnisse haben sie versprochen, einem Beamtenwürstchen auf Whiskeyentzug, das mit einem einzigen übereifrigen Bericht die Schließung der Schule veranlassen kann. Es ist keine Zeit zu verlieren. Einundzwanzig Tage lang testen Béla und Márta die Mädchen. Sie denken, sie würden zum Spaß um die Wette rennen, dabei soll ihre Geschwindigkeit beurteilt werden. Einige fangen nach kaum einer Woche an, auf den Händen zu laufen, in der zweiten Woche sollen sie rückwärts in die Brücke runtergehen und das Bein an den Kopf werfen. Als sie zum ersten Mal vorsichtig auf dem zehn Zentimeter breiten Schwebebalken balancieren, werden sie an der Hand gehalten. Am Ende der dritten Woche hat Béla gerade einmal fünf Namen notiert. Einen davon mit Fragezeichen. Und die anderen? Haben nach einem Sturz geweint. Sich an ihn geklammert, wollten ihn nicht mehr loslassen. Andere haben sich mitten während der zwanzig Liegestützen lachend auf den Boden plumpsen lassen, haben das Gesicht verzogen, wenn er ihre Dehnbarkeit testen wollte und, ganz langsam, ihr gestrecktes Bein anhob. Es liegt gar nicht so sehr an ihrem Zögern, dass er sie aussortiert hat. Sondern daran, dass sie es so hemmungslos zur Schau tragen. Allmählich weiß er, was er sucht, doch es bleibt unauffindbar.

Bis zu diesem späten Vormittag auf dem Hof der Grundschule von Onești. Jahre später hat Béla die Geschichte ihres Aufeinandertreffens perfekt ausgefeilt, zu Anfang sagt er immer: Er wusste es auf den ersten Blick. Er könnte nun hinzufügen, dass sie ihm gleich danach schon wieder entwischt ist, verschwunden war. Sie, die Brünette, die an einem Donnerstagmorgen im Schulhof auf einem Mäuerchen ein sehr ordentliches Rad schlägt. Rattenschwänzchen trägt sie, ruft er sich ins Gedächtnis und versucht, sich an ein Detail zu erinnern, an dem er sie wiedererkennen könnte, während die Kinder angelaufen kommen und sich in Zweierreihen aufstellen, es hat geläutet. Aber sie haben alle Rattenschwänze, es ist Viertel nach zehn, die himmelblauen Blusen verschwinden ins Dunkel der Klassenzimmer, und eine von ihnen ist es.

Er macht jede Tür auf, eine Klasse nach der anderen, entschuldigt sich bei der Lehrerin für die Störung, versucht es mit einem: »Wer turnt hier gerne?«, manchmal meldet sich ein Junge. »Wer kann hier Rad schlagen?«, unentwegt dieselbe Frage, er ist müde und allmählich entnervt, weil er die Kleine nicht wiederfindet. In ihrer Begeisterung, dass der Schulalltag unterbrochen ist, melden sich viele, die dem Genossen vorturnen wollen, ihr gewöhnliches Mittelmaß rührt die Lehrerin, und er spürt, dass er gemein wird, er verlässt den Raum, als eine pummelige Schülerin sich noch einmal am Rad versucht, das ist doch alles zwecklos. Jetzt die letzte Klasse auf dem Stockwerk (oder schmückt er seine Erzählung nur aus, sieben Jahre später, indem er den Journalisten berichtet, es sei die letzte gewesen, ein Kunstgriff, seht ihr, wie alles nur von diesem einen Augenblick abhing?).

Noch einmal fragt er, wer Rad schlagen kann, und hinten im Raum werden Hände emporgereckt. Die Rattenschwänze der Brünetten sind leicht verrutscht, wahrscheinlich haben sie sich beim Spiel gelockert. »Ihr zwei da, zeigt ihr es mir mal?« Sie flüstern sich etwas ins Ohr und werfen der Lehrerin einen Blick zu, um sich zu vergewissern, dass sie wirklich, wirklich im Unterricht die Füße in die Luft werfen dürfen, dann stehen sie auf. Rechts herum. Links herum. Die Brünette bedenkt ihn nicht mit einem Blick, sie ist ganz bei ihrer Übung, noch einmal von vorne, aufmunternd klatschen die Kinder. Comăneci Nadia und Dumitriu Viorica. Erlaubnis der Eltern eingegangen im September 1969. Externe.

Diese Bemerkung von Béla über die Turnerinnen damals, »haben die Angst um ihre Frisur, oder was«, ist das genaue Gegenteil von dem, wonach es aussieht, bestimmt kein frauenfeindliches Witzchen, erklärt mir Nadia, als wir am Telefon über dieses Kapitel sprechen.

»Sie hatten tatsächlich Angst, sie seien nicht ›weiblich‹ genug, denn bei den Mädchen wurden Ausdruck und Haltung von den Kampfrichtern am höchsten geschätzt. Schweiß war nur etwas fürs Herrenturnen, die Damen dagegen durften nicht zu sportlich aussehen … Aber Béla war es völlig egal, ob wir hübsch waren, er belohnte jede Woche die Waghalsigste von uns und auch die Schnellste. Diese Medaille wollten wir alle haben … Ihm waren unsere Kraft wichtig, unser Mut und unsere Ausdauer, nicht unsere Frisuren! Ich glaube, deshalb wollte er mit so jungen Mädchen arbeiten, weil wir keine Zeit gehabt hatten, diese … Regeln zu lernen.«

1969

Zu den Aufnahmeformalitäten gehört eine ärztliche Untersuchung, nur im weißen Höschen zappeln die Mädchen mit ihren nackten Füßen auf den kühlen Fliesen, sie hüpfen auf und ab, man muss sie zurechtweisen. Sie sollen die Arme seitwärts ausstrecken, sie werden vermessen. Dann mit den Händen den Boden berühren. Überall wird Maß genommen. Hüften schmaler als die Schultern. Jetzt sollen sie sich so schnell wie möglich um sich selbst drehen und dann auf einen bestimmten Punkt im Raum zugehen, das erlaubt ein Urteil über ihre räumliche Orientierung. Sie werden abgetastet. Während sie an der Sprossenwand hängen, hebt man ihr gestrecktes Bein, bis sie die Nase krausziehen.

Nur sehr wenige fixieren weiter eine unsichtbare Linie, beißen die Zähne zusammen, wenn man ein bisschen fester zupackt. Manche beugen das Knie, damit der überdehnte Muskel nicht zieht, oder fangen an zu zappeln. Und sie? Hat Schneid, schreibt er in seine Kladde, stimmt, aber etwas Besonderes ist sie nicht. Sie wimmert nicht, wenn er sich auf ihren Rücken setzt – natürlich nicht mit seinem ganzen Gewicht, sie ist ja erst sieben –, während sie einen Seitspagat probiert, den Bauch flach auf dem Boden. Mit geballten Fäusten läuft sie um die Halle, bleibt auf Zuruf sofort stehen, es macht ihr Spaß, die Befehle zu befolgen, zu grüßen, die Brust durchgedrückt wie ein Kreisbogen. Wochenlang bedrängt sie Márta, »Frau Lehrerin, an Weihnachten, laufen wir da auf dem großen Balken?«, sie ist enttäuscht, dass sie die Schritte erst auf diesem Kreidestrich auf dem Boden lernen muss, dann auf einem sehr niedrigen Übungsbalken.

Nach dem ersten Vierteljahr werden die Mädchen mit ihren Eltern einbestellt. Nadias Mutter hat ein Taschentuch für die Kleine eingesteckt, sie hofft, diese Zeremonie (eine Formsache? Ein Urteil?) dauert nicht ewig, sie ist zum Maßnehmen mit zwei Kundinnen verabredet, der Winter naht, und mit den Aufträgen geht es aufwärts, Mäntel im Pariser Stil, sehr begehrt bei den Frauen in Oneşti, sehen Sie, so, und sie ziehen die gefaltete Seite einer jugoslawischen Modezeitschrift aus der Tasche.

In der Turnhalle läuft Musik vom Tonband, sie marschieren im Gleichschritt, das Kinn hochgereckt, alle im blauen Turnanzug, Nadias sitzt zu weit. Nach der Rede des Bürgermeisters, der sich glücklich schätzt, die Experimentalschule für die künftige sozialistische Turnelite in seiner Stadt zu haben, ruft Márta fünfzehn Mädchen beim Nachnamen auf. Sie drückt den Verliererinnen die Hand, die sich sogleich schluchzend ihren Müttern in die Arme werfen. Die fünf Auserwählten beglückwünschen sich fröhlich, durch das Fenster hinten in der Halle zeichnet die Sonne eine flüchtige Linie auf ihre kreidebleichen Schenkel.

Spätabends schläft sie endlich ein (das musste gefeiert werden, Nadia hat im Wohnzimmer vorgeführt, wie sie auf Händen läuft, bis sie eine Lampe umgerissen hat), den Turnanzug an die Wange gedrückt, zur Kugel gerollt auf dem Kissen.

1970

Nur zu gern würden wir sagen, dass sich alles klar abzeichnet, würden wir überwältigt der vorgezeichneten Laufbahn eines Wundermädchens folgen. Aber da ist dieser 23. Juni 1970, ihre erste Teilnahme an einem landesweiten Wettkampf.

Nadia tritt vor, ein kriegerisches Püppchen von achteinhalb Jahren, sie grüßt die Kampfrichter, bedeutet ihnen, dass sie bereit ist.

Sie steht auf dem Schwebebalken. Feilscht mit der Schwerkraft um ihr Gleichgewicht. Mártas letzte Ratschläge (»Zeig's ihnen allen!«) kringeln sich in ihrem Kopf zu Bändern, die ihre Bewegungen behindern. So oft hat sie hiervon geträumt. Stille in der Halle, man hört das Knirschen ihrer Fußsohlen, das Magnesia auf dem Holz bei jeder ihrer Drehungen. Es sind die kleinen Mädchen auf der Bank, die, die schon an der Reihe waren, sie schreien als Erste auf, ein antiker Chor, vom Unheil kündend, und sie entlocken dem Publikum das »Ooooh«, als Nadia rechts vom Balken stürzt.

Ernsten Blickes klettert sie wie im Training über den Stütz wieder auf das Gerät. Kaum hat sie den vermaledeiten Sprung erneut versucht, da stürzt sie wieder, diesmal links. Béla kommt gelaufen – komm zu Papa, Liebling, komm –, um der Kleinen, der Kleinsten der Schule zu helfen, der, die nie müde wird, die weiter übt, noch lange nach seinem allabendlichen »Schluss für heute!«.

Hunderte Male wird Béla genau das erzählen, zwanzig Jahre lang: Sie hat diesen Sprung noch einmal versucht, als müsste sie noch das Bild ihres Sturzes revidieren, mit schamroten Wangen wie nach einer Reihe furchtbarer Beleidigungen. Und wieder stürzt sie. Das winzige Kind schwingt sich zum vierten Mal auf den Balken, der ihr viel zu hoch ist. Die Leute lächeln, haben Mitleid mit diesen zusammengebissenen Zähnen. Ihre Hände fahren durch die Luft, ihr Oberkörper füllt kaum das Himmelblau des Anzugs aus. Aber welch ein Schweigen gebietet sie wieder in dieser Provinzturnhalle. Welche Verbissenheit, die paar Zehntel mitzunehmen, die sie ihr geben, wenn sie weitermacht. Der Stolz, die Arroganz in ihrem Blick, stärker noch als zu Beginn der Übung. Jetzt sind ihre Sprünge sicher, präzise. Die Lacher sind verstummt. Höchstpersönlich kommt sie und reißt ihnen aus dem Gedächtnis, löscht, woran sie selbst sich nicht zu erinnern scheint. Und das Einzige, was sie nach ihrem perfekt geturnten Abgang weglässt, ist der Gruß an die Richter.

Schniefend sitzen Viorica und Dorina auf ihrer Bank, bestimmt werden Nadias Patzer sie den ersten Platz in der Mannschaftswertung kosten. Nadia runzelt die Stirn, spricht mit niemandem. Und als eine ihrer Mannschaftskolleginnen die Hand zu einem ihrer verrutschten Rattenschwänze ausstreckt, steht Nadia mit einem Ruck auf, geht weg und wartet auf ihre Wertung. Es sind magere 6,20, aber Béla reckt die Faust wie ein Boxer nach dem Kampf. Hätte Nadia eine 6,00 bekommen, so hätten die Rivalinnen aus Oradea gewonnen, doch diese 0,20 machen den Unterschied.

Manchmal bringt Nadia in einer Ecke der Turnhalle, die Zehen gestreckt, Brust durchgedrückt, einen ganz ordentlichen Handstand zuwege; auf den Händen kann sie stehen, seit sie sieben ist. Aber man müsste ganz nah bei ihr sein, um zu sehen, wie ihre Handgelenke zittern, und zu hören, wie sie zählt, auf dem Kopf, die Bauchmuskeln fest angespannt, den Atem angehalten, um noch ein bisschen länger durchzuhalten. In diesen ersten Jahren baut sie in Kleinarbeit ihren Körper auf, überzeugt sich von der Effizienz von Gelenken und Einzelteilen, bevor sie zum Einsatz kommen. Wird sie zurechtgewiesen, hört sie zu, ganz die Ingenieurin, die die Mängel an der Anlage beheben möchte, so ernsthaft, dass sie fast schon stumpf wirkt.

Nach Nadias Stürzen am Schwebebalken hat Márta geschrien. Eine Demütigung, diese lächerliche Clownerie in aller Öffentlichkeit, die Göre hat versagt, bis auf die Tribüne hat man ihre Angst gespürt. Márta gingen die Worte durch, so wütend war sie. Im Zug nach Hause bereut sie es, sie beugt sich über die schlafende Nadia, streicht ihr mit der Hand die Haare von den Augen, es war so heiß in diesem Sommer. Im Schlaf zuckt das Kind zusammen, wendet sich ab und zieht die Beine an, als hätte ein Ungeheuer sie gestreift.

Freundschaftsländerkampf der Junioren

Mai 1972

Zu sechst steigen die kleinen Mädchen aus Onești auf das Siegertreppchen, zweiter Platz, eine Silbermedaille um den Hals. Die Tschechinnen, die DDR-Sportlerinnen genauso wie die Russinnen auf dem Foto wiegen im Schnitt zwanzig Kilo mehr als die Rumäninnen, Orchideen-Soldatinnen, denen Béla breite rote Bänder ins Haar gebunden hat, ihre Wirbelsäule zeichnet sich unter dem himmelblauen Turnanzug ab. Ljudmila Turischtschewa, die Sowjetmeisterin, ist achtzehn. Die russische Presse berichtet von einer »Polemik über das Alter der Wettkampfteilnehmerinnen«; unter einem Foto von Béla steht, »der Rumäne« habe nicht gewusst, dass die anderen junge Erwachsene sind.

* * *

Ein paar Tage nach der Rückkehr nach Rumänien bestellen Béla und Márta Nadia in ihr Büro über der Turnhalle. Manchmal fürchtet Béla, sie könnte krank sein, diese schweigsame Blässe, dieser starre Blick, aber zugleich die Verbissenheit dieses winzigen Körpers, die Schwierigkeit einer Übung restlos zu zerlegen, bis sie vollständig verdaut ist. Anakonda des Risikos, von dem sie nie genug bekommt.

Márta und er kennen sie zur Genüge, diese Mädchen, die in null Komma nichts aufsaugen, was man ihnen zeigt, ohne einmal Atem zu holen, und ihre Glieder die Schwierigkeiten herunterbeten lassen. Und die dann ein paar Wochen später erwarten, dass man ihnen übers Haar streicht, Komplimente macht oder dass man nach Trainingsschluss mit ihren Eltern über eine Zukunft im Nationalkader plaudert, ja, ganz bestimmt. Márta weiß, dass diese Sentimentalitäten zu nichts führen. Da wäre zu viel Aufmerksamkeit nötig, Aufmunterung, Hätscheleien, um herauszuholen, was man haben will, lauter Extrazeit für solche »Mimosen«, sie notiert das Wort mit Bleistift in ihrer Kladde vor einem rot unterstrichenen Namen: Mimose, Punkt. Nadia dagegen zuckt nicht mit der Wimper, selbst wenn man lauter wird. Man hört sie nicht. Man bemerkt sie nicht. Als wäre sie abwesend in der Zeit, in der sie sich nicht bewegt.

Du kommst voran, Nadia. Bist nicht gestürzt, zwei Goldmedaillen, gut gemacht, Liebling. Aber. Das kommt noch zu unzuverlässig, du wirst mehr arbeiten müssen als die anderen.

Beim Abendessen schiebt sie den Teller von sich und bittet die Mutter, ins Bett zu dürfen. Auf dem Rücken liegt sie da, und Tränen fallen auf ihr Kissen, ein stummer Taktschlag zu den geflüsterten Worten: »Fallschirmsprung, Fall-schirm-sprung«, bis sie einschläft mit dem Bild vor Augen, mit dem Béla ihr beschreiben will, wie sie an die Landung der Sprünge auf dem Schwebebalken herangehen soll, vor denen ihr noch bang ist.

»In meinem ersten Jahr im Internat sagte Márta eines Abends zu mir: Mach die Augen zu, stell dir vor, deine Beine wären Pinsel. Zeichne den Strich, ohne abzusetzen, und vor allem: Streich niemals etwas durch! Ganz verschreckt beichte ich ihr am nächsten Morgen: Frau Lehrerin, ich bin gestern im Traum gestürzt. Und Márta beglückwünscht mich: Stürz nur, Liebes, dann hast du's hinter dir, und wir reden nicht mehr davon. Können Sie das bitte irgendwo in das Kapitel einbauen?«

Oktober 1974

Aus Varna ruft sie ihre Eltern an, dort wird die Weltmeisterschaft ausgetragen. Sie kann nicht teilnehmen, sie ist zu jung. Beklagt sich am Telefon über alles, die Reise, das Wetter, Béla, die Turnhalle, sogar ihr kleiner Bruder fehlt ihr, obwohl sie ihn zu Hause keines Blickes würdigt. Sie legt auf, verspricht, ins Bett zu gehen, um morgen früh den Zug nicht zu verpassen.

Im November wird sie dreizehn. Mit diesem Kind wissen Gheorghe und Ștefania manchmal nicht recht umzugehen. Was sollen sie ihr schon antworten, wenn sie ihnen wütend entgegenschleudert, sie sei »außer Programm«, als wäre das eine schändliche Krankheit. Sie sind selten bei einem Training dabei. Haben nur einen einzigen Wettkampf gesehen. Sie haben keine Ahnung, dass am selben Morgen in Varna ein französischer Journalist, der hingerissen war von der »außerprogrammmäßigen« Vorstellung der rumänischen Mannschaft, um ein Gespräch mit Béla gebeten hat, doch da kein Dolmetscher verfügbar war, kann er den Trainer letztlich doch nicht in die Sendung einladen, diese Fernsehsendung, die er anmoderiert mit den Worten:

»Ich habe eine kleine Rumänin gesehen, die, wenn alles gut geht, sicher eine der größten Turnerinnen der Welt wird.«

»Wussten Sie damals, dass Sie eine der Besten waren?«

»Nein … Ich hörte Gerüchte, es hieß, da sei ein Mädchen in der Mannschaft, das sehr gut sei. Aber ich wusste nicht, dass ich das war.«

Als ich im Archiv in einem Artikel die Geschichte von der Pariser Gala finde, kann ich es kaum glauben, so sehr scheint mir diese Begebenheit schon umgeschrieben für die Legende, in Szene gesetzt: der aberwitzige Irrtum des französischen Turnverbands, der einen Teil der rumänischen Mannschaft zu einer prestigeträchtigen Gala einlädt, sie aber, als er auf den Kopien ihrer Pässe feststellt, wie jung die Turnerinnen aus Onești sind, stattdessen zu einem Schauturnen von Anfängerinnen schickt.

Nadia bestätigt mir am Telefon jedes Detail des Dramas. Ich spüre, dass dieses Abenteuer sie bis heute amüsiert und dass sie von mir dasselbe erwartet. Ein paar Tage nach unserem Gespräch, es gelingt mir einfach nicht, dieser Szene den Humor einzuschreiben, den sie gern darin sähe, rufe ich sie noch einmal an und gestehe, dass Károlyis Befehl, Nadia solle eine Folge extrem gefährlicher Elemente turnen, um das Pariser Publikum zu beeindrucken, ohne dass sie sich vorher hatte aufwärmen können, mir Unbehagen macht.

»Hören Sie, ich liebte diesen Sprung gerade, weil *er gefährlich war, ich wollte ihn immer wieder machen. Dazu brauchte man mich nicht zu drängen.«*

»Ohne Vorbereitung? Das war doch wahnsinnig riskant!«

»Für mich zeigt diese Szene vor allem, mit welcher Geringschätzung Frankreich auf Rumänien herabsah. Können Sie mir Ihre Seiten heute schicken? Ich rufe morgen zurück. Danke.«

Wie alt ist sie denn?

Es lässt sich nicht leugnen, die Franzosen haben niemanden geschickt, um sie am Flughafen in Empfang zu nehmen. Béla und die Kleinen stehen seit fast einer Stunde in der Ankunftshalle von Orly, er spricht weder Französisch noch Englisch und versteht nicht eine der Lautsprecherdurchsagen. Alles, was er hat, ist eine Adresse auf einem Stück Papier, und bald fängt die Gala an.

Das Taxi fährt, so erzählt Dorina, durch Straßen, die »nicht richtig nach Paris aussehen«, und rund um diese Vorstadtturnhalle, vor der sie halten, ist alles menschenleer. Sie werden freundlich begrüßt, eine Frau in dunkelblauem Kostüm bietet Orangensaft an und reicht den Mädchen einen Teller Kekse, den Béla entsetzt zurückweist. Kekse für Sportlerinnen! Sie werden in eine Umkleide geführt, in der es nach kalten Kippen stinkt. Als die Hostess die Kleinen sieht, als sie fertig für den Auftritt sind, weißer Anzug, die Haare in Rattenschwänzen mit roten Schleifen, beugt sie sich zu Nadia und fängt an zu kreischen, als wäre sie ein unwiderstehliches Kätzchen. In der Halle versuchen sich mollige Jugendliche zu Tonbandmusik ungeschickt im Radschlagen, die gerührten Eltern klatschen, gegen den Takt.

Da muss Béla sich wohl in der Turnhalle getäuscht haben, im Datum, um Himmels willen, soll ihm doch bitte einer bestätigen, dass es sich um einen Irrtum handelt, ein grausames Missverständnis, er ruft einen Typ im Trainingsanzug heran, zeigt auf diese Französinnen, deren füllige Schenkel aneinanderreiben, wenn sie wie blinde Enten auf das Sprungpferd zulaufen, dann weist er auf Nadia und Dorina, »das echte Meisterinnen«, wiederholt er. Der Franzose tätschelt Nadia den Kopf: »Jaja, später mal Meisterinnen, ganz bestimmt, die sehen putzig aus mit ihren Rattenschwänzen.«

Sie sind kurz vor dem Auftritt, als Béla, endlich hat er eine Dolmetscherin aufgetan, klar wird, dass der französische Turnverband sie zu einem Laienvorturnen geschickt hat und nicht zu der geplanten Veranstaltung. Die Wut peitscht ihm durch den Magen: Diese in ihrer Ignoranz aufgedunsene Hauptstadt mit den dreckigen Straßen und den vollgefressenen Kindern, in Frankreich kann man mit zwölf noch gar nichts! Dieses Land, das einen Pappteller mit aufgeweichten Industriekeksen für seine Wunderkätzchen bereithält, was für eine Geringschätzung!

Er ist nass geschwitzt, er musste laufen, um ein Taxi zu erwischen, aber irgendwann hatte Béla die Adresse der offiziellen Show herausgefunden und die Dolmetscherin überredet, sie zu begleiten. Die Mädels dagegen sind begeistert, so ein toller Tag, sie haben den Turnanzug unter der Trainingsjacke anbehalten.

»Nein, nein, hier keine Kinder, nur Welt-klas-se-Turnerinnen.« Die beiden Wachleute versperren den Eingang zum Sportpalast. Die Dolmetscherin bleibt hartnäckig, schiebt Nadia vor: »Meisterin!«, sie grinsen. Béla lächelt sie höflich an und befiehlt den Kleinen, sich bereitzuhalten. Er tritt vor, beginnt, schwerfällig vor ihnen auf und ab zu tänzeln, ein trunkener Boxer, wild schlägt er um sich, sie brauchen nur gebückt hindurchzuschlüpfen und zur Halle zu rennen. Die Wachleute im Nacken, läuft auch Béla durch düstere Korridore, unermüdlich feuert er Nadia vor sich an, los, lauf, immer geradeaus, sie zieht ab, vorbei an völlig verdutzten Feuerwehrleuten, gleich hinter ihr Dorina.

Endlich drückt sie die Schwingtür auf, und dahinter liegt die riesige, schwüle Halle voller Blitzlichter, Applaus und Tangos: Soeben hat Ljudmila ihre Bodenübung beendet. Nadia zieht so schnell wie möglich die Trainingshose aus, vielleicht ist sie bald dran, sie muss sich aufwärmen. Gerade fängt sie erst an, doch da steht Béla, ein Wachmann hält ihn zurück, krebsrot ist er und schreit, sie soll loslegen, sie protestiert, aber er gestikuliert mit hochgezogenen Brauen: »Jetzt!«

Sie ist nicht angekündigt. Sie hat keine Startnummer. Sie hatte keine Zeit, ihre Gelenke beweglich zu machen. Und wohin soll sie? Barren? Schwebebalken? Nein, geht nicht, da turnt gerade eine. Das einzige freie Gerät ist das Sprungpferd.

Schüchtern setzt sie einen Fuß aufs Podium, Kampfrichter und Fotografen wenden ihr den Rücken zu, alle konzentrieren sich auf eine junge Deutsche, die soeben ihren Aufgang geturnt hat. Vor Nadia das Sprungpferd, ganz nah. Das Sprungbrett davor hat sich unter dem Gewicht der letzten Turnerin leicht nach rechts verschoben, keiner kann ihr helfen, es gerade zu rücken. Die Deutsche grüßt die Kampfrichter. Nadia wirft einen Blick auf Béla, der von Uniformierten umringt ist. Er feuert sie an, brüllt: »Los, Baby, mach sie fertig! Gib ihnen den Tsukahara!«

Verblüfftes Murmeln, Lachen in der Halle: Die Deutsche hat ein paar Schritte nach hinten gemacht, irritiert von dem Kind, das sich gerade vor ihrer Nase aufgestellt hat und die Kampfrichter grüßt. Nadia holt tief Luft, aber schon kommt ein Offizieller, bedeutet ihr zu verschwinden. Keine Zeit. Laufen. Laufen, so kraftvoll wie möglich, die Kraft der Geschwindigkeit aufbauen, 24 km/h, sie springt mit geschlossenen Beinen auf das Brett, und ihre Hände treffen mit Wucht auf das Leder des Geräts, ein Druck von 180 bis 270 kg/cm^2, Handstützüberschlag rückwärts, die schlecht vorbereitete Sehne an ihrem linken Handgelenk wird brutal überdehnt, sie drückt sich ab, kommt in der Flugphase in eine gebückte halbe Längsachsendrehung, sie muss sie muss sie muss sie muss. Kaum schließt sie die Augen unter dem Aufprall, die Landung im sicheren Stand ist perfekt, die Zuschauer bringen mit ihrer Begeisterung die Luft zum Flirren, spontan stehen sie von ihren Sitzen auf. In ihrer Verblüffung zeigt die Oberkampfrichterin zunächst keine Reaktion. Dieser grazile, scharf gezeichnete Körper. Ein Sprung, den nur Männer turnen. Kaum Zeit, sich mit den anderen Kampfrichtern zu beraten, da steht ein riesiger Typ neben ihr, zurückgehalten von zwei Wachleuten, gefolgt vom russischen Trainer mit lautem Protestgeschrei.

»Frau Richterin«, keucht der Kerl, er riecht nach Lavendel und Schweiß, die gefalteten Hände erhoben wie zum Gebet, atemlos und mit verquollenem Gesicht, »Madame, ich flehe Sie an, Gott gebe Ihnen ein langes Leben, rufen Sie sie auf, sagen Sie ihren Namen. Bitte!«

Die Dolmetscherin versucht, einen der Organisatoren im dunkelblauen Anzug zu beruhigen, der wütend grummelt: »Wir sind doch hier nicht im Kindergarten«, und nach dem Mädchen Ausschau hält, aber es hat sich in Luft aufgelöst, und alle auf der Tribüne klatschen, bejubeln die Unsichtbare. Die von irgendwoher wieder auftaucht, ein weißer Wildfang auf dem Schwebebalken, sie hat sich an einer perplexen Russin vorbeigedrängelt.

Und der, ist das ihr Vater? Ein Onkel? Dieser Typ, den die Wachleute nur mühsam in Schach halten, weil er nicht aufhört, sich zu wehren, doch Béla umklammert die Hand der Kampfrichterin, legt sie gar auf sein Herz, er ist völlig außer Atem, aber er bekniet sie weiter. Sagen. Sie. Ihren. Namen. Madame. Ihren Namen. Wie alt ist sie denn, fragt ihn die Kampfrichterin. Und diese Zahl, diese Zwölf, macht ihr Gänsehaut, haben sie da gerade ein zwölfjähriges Mädchen gesehen?

Was sie an diesem Tag vollführt, wird niemand erzählen können, überall stößt man an die Grenzen der bekannten Wörter, wenn man beschreiben möchte, was man sich nie auch nur vorgestellt hat. Kann man sagen, sie greift nach der Zeit? Oder, sie nimmt die Luft in Besitz? Oder, sie gebietet der Bewegung, sich ihr zu beugen?

Irgendwann an diesem Nachmittag geben die völlig entnervten Organisatoren der Veranstaltung schließlich nach und lassen Dorina und Nadia offiziell am Boden antreten. Man meint zu sehen, wie der Zeiger einer riesigen Uhr, ein

Cursor, vorrückt und die angedeuteten Kurven für obsolet erklärt, die nur unzureichend von einem Turnanzug in Schach gehalten werden, der sich über den künftigen Brüsten der anwesenden jungen Frauen spannt.

Nichtunterwerfungsvertrag

Während sie am Flughafen Orly auf ihr Flugzeug warten, beobachtet Béla die Mädchen. Sie staunen mit offenen Mündern, wie überfrachtet von all dem Neuen, bombardiert mit Verlockungen: ein Donald-Duck-T-Shirt an einer Jugendlichen, der glänzend rote, halb geöffnete Mund eines Rosy-Models auf einem Plakat, durchsichtig hellgrüne Bonbons mit »Granny Smith!«-Geschmack im Sonderangebot, eine mit Blumen bestickte Jeans an einem jungen Mann.

In Montrouge, wo ihr Hotel war, haben sie Béla in einen Prisunic gezerrt und jedes einzelne Regal in dem Geschäft sorgfältig unter die Lupe genommen. Die zig Waschmittelmarken – sie bleiben vor denen stehen, die ein Spielzeug in der Packung versprechen –, die zweifarbigen Spülschwämme, Herr Lehrer, der da ist so hübsch! Die Schulhefte in fröhlich bunten, glänzenden Einbänden, die Zwiebackpakete, sie nicken zu Bélas Erklärungen und versuchen, sich den Geschmack von trockenem, eingeschrumpftem Brot vorzustellen. Und diese komischen Schachteln mit einem durchsichtigen Quadrat, schaut mal, schaut! Da sieht man ja die Nudeln durch! Herr Lehrer, können wir einfach nur die Schachtel haben, die ist so schön! Irgendwann gibt er jeder von ihnen eine kleine Münze, die sie am Ladenausgang in den roten Automaten mit dem Drehgriff stecken können. Diese dicken Kugeln, orange, grün, gelb, sind das Murmeln? Oh, die rosa hätten sie gerne, die da. Verstehe, Madame, wispern sie respektvoll, als die Verkäuferin ihnen bedeutet, dass sie den Kaugummi nicht aussuchen können, der kommt per Zufall. Die roten Samtvorhänge am Fotoautomaten entzücken sie, hier geht alles automatisch, begeistern sie sich, alles ist so modern!

Béla hat es eilig, sie in ihr Leben zurückzubringen, das Leben, das er ihnen erfindet, seit sie sechs sind. Die Einheiten der Stundenpläne, der immer gleichen Mahlzeiten, der Gesten und Gerüche. Und ihre ruhige Unterwerfung unter alle Einschränkungen, weil sie wissen, dass jeder Hauch von Lust, jede mögliche Ablenkung, ein Samstag beim Bummeln, beim Spielen im Kinderzimmer, ein zu herzhaftes Zulangen am Kaffeetisch, jede dieser Abzweigungen in ein anderes Leben weist, in das der gewöhnlichen Kinder, die kein Ziel haben und keine Zukunft.

Nadia C. merkt dazu nichts an, aber als ich sie am nächsten Tag frage, wie sie den absoluten Gehorsam der Turnerinnen erklärt, scheint dieses Wort, »Gehorsam«, sie zu stören: »Das ist ein Vertrag, den man mit sich selbst abschließt, keine Unterwerfung unter einen Trainer. Die ›Gehorsamen‹ waren für mich die anderen Mädchen, die, die nicht turnten. Sie wurden wie ihre Mütter, wie alle anderen. Wir nicht.« Und dann erzählt sie mir das Folgende. Ich finde es zu anekdotisch, aber sie will unbedingt, dass ich es in die Erzählung einbaue: »Das ist die Antwort auf Ihre Frage.«

Seit einem Vierteljahr sind sie im Internat, auch Nadia, die in Onești wohnt, denn der Zeitgewinn, wenn sie den Schulweg spart, ist nicht zu vernachlässigen. Es ist nach elf Uhr abends, sie spielen im Schlafsaal. Als sie Béla kommen hören, schalten sie schnell das Licht aus und stellen sich schlafend. Er tritt ein, macht es wieder an. Da müssen Sie sich getäuscht haben, unser Licht ist aus, Herr Lehrer« – aber da können sie nicht mehr aufhören zu kichern unter den Bettdecken, ganz aufgeregt, weil sie sich plötzlich als Komplizinnen fühlen.

»Ihr seid nicht müde? Dann müssen wir wohl ein bisschen nachhelfen, damit ihr einschlafen könnt!«, meint er. »Los!« Er lässt ihnen keine Zeit zum Anziehen – aufstehen, aufstehen –, da stecken sie schon barfuß in den Turnschuhen, entzückt von der Idee, die Nacht zum Tag zu machen, mit offenen Schnürsenkeln, im Schlafanzug draußen auf dem Schulhof. Er klatscht in die Hände wie jeden Morgen, sie laufen im Kreis, um sich aufzuwärmen. Sie lachen, zeigen mit dem Finger aufeinander, schäbig sehen sie aus, die Baumwollhosen rutschen, sie ziehen sie mit beiden Händen hoch, und Béla ununterbrochen: »Jetzt die Sprünge! Los!« Als er sie in den Schlafsaal zurückbringt, ist es nach Mitternacht, er bleibt immer freundlich.

Am nächsten Morgen klingelt der Wecker um fünf Uhr. Der Kopf ist schwer, die Waden sind steif nach einem schlampigen Training ohne Dehnen, ohne das nötige Wasser zu trinken, eine nach der anderen muss an den Barren, auf den Balken. Vor Müdigkeit schlägt ihnen das Herz bis zum Hals. Man hatte es für abgehakt gehalten, schlagartig kommt alles wieder hoch, wenn man die Holme packt, die verbotenen Bilder, ein verrenktes Knie, gerissene Bänder, das Geräusch der Knochen, die gegen den Schwebebalken krachen, Schädel, Wirbel, die Angst trocknet ihnen die Münder aus. Am Abend schalten sie ohne ein Wort das Licht aus, schmerzlich zurückgeworfen auf ihre geplagten, widerspenstigen Körper.

Sich reinwaschen von Zweifeln

Manchmal sieht Ştefania ihr beim Spielen zu, wie sie draußen mit ihrem Bruder herumläuft, diese normalen Momente passen nicht zu Nadia, ein Kostüm von Kindheit über einer seltenen Maschinerie. Nadia ist immer pünktlich. Räumt den Tisch ab. Wäscht auf Reisen selbst ihre Höschen und bringt sie sauber nach Hause. Hat niemals so niedliche Sprüche gebracht, wie Mütter sie mit leuchtenden Augen ihren Männern erzählen. Sogar dass Nadia selbst entscheidet, ins Internat zu gehen (so wenige Schritte wie möglich, so wenige Bewegungen außer denen, die sie im Traum verpatzt, und nur im Traum), ist einfach nur vernünftig.

Sonntags verlangt sie, dass man ihr die Muskeln »lang zieht«: Sie klammert sich an der Wohnzimmeranrichte fest, und Ştefania drückt das Bein ihrer Tochter nach oben, »Tu ich dir nicht weh?«, darauf befiehlt die Kleine ungeduldig, sie solle ihr endlich dieses verdammte Bein vor die Nase bringen. Nadia ist dreizehn, sieht aus wie zehn, und bald schon wird das alles sie nicht mehr interessieren, aber immerhin, so erklärt ihr Vater, stärken die Übungen ihr den Rücken und den Charakter.

Neulich kam ein Fotograf von der *Scînteia*, der nationalen Tageszeitung, und fotografierte für eine Reportage ihre Medaillen. Lange suchte er nach dem besten Winkel, bis Ştefania vorschlug, sie alle herauszuholen und auf einem schönen roten Samtstoff auszulegen. Als sie wissen wollte, was er in seinem Artikel schreiben würde, winkte er ab, bloß ein paar Zeilen unter einem Foto von den Medaillen: »Viel ist ja nicht zu sagen über so kleine Scheißer, die nichts vom Leben wissen!« Erleichtert hatte sie genickt.

* * *

Dieses brave Mädel. Das mit Márta im Zug nach Bukarest fährt, um auf Einladung der Partei an einer Kundgebung teilzunehmen, bei der es ihn zum ersten Mal aus der Nähe sieht, den, der mehr einem Operettenkönig gleicht als einem Genossen. Nadia repräsentiert die Mannschaft und trägt eine Hose und eine Jacke, die ihre Mutter genäht hat, kobaltblau mit roter Einfassung am Handgelenk.

Der Saal ist größer als die Turnhalle von Oneşti und voller Erwachsener, die sehr viel besser applaudieren können als das Publikum bei den Wettkämpfen. Perfekt synchron, nicht eine Hand klatscht außer Takt. Und er, der Genosse, sieht älter aus als auf den Porträts, die überall in der Stadt hängen, und seine Frau Elena erinnert Nadia an ihre Mathelehrerin, mit ihrem grauen Haarknoten, der ganz oben auf dem Kopf sitzt, und ihrer runden Taille. Eine Rede folgt auf die andere. Dann tritt ein blondes Mädchen in Tracht, bestickte Bluse und rot-weißer Rock, ans Mikrofon.

Bisher waren Worte für Nadia eine Art Werkzeug, etwas Nützliches, um zu fragen, etwas zu bekommen oder zu danken. Jetzt aber wirbeln sie wie schwerelos umher, duftige Klänge dringen aus dem Mund des blonden Kindes, Wolkenstreifen, jubilierende Himmel und eifernde Gestirne, sich verbrüdernde Felder, und all das zeichnet ein Bild von ihrem Land, Rumänien, in Worte gefasst von dem kleinen Mädchen, diesem Kind mit den wunderbar blauen Augen. Man möchte sich reinwaschen von seinen Zweifeln im Glanz dieses lichtdurchfluteten Wesens, Haut, Haare, zuckersüßes Stimmchen. Gegenüber solchem Leuchten fühlt Nadia einen Schatten über sich: ihre stumpfen braunen Haare und ihre dunkle Haut, Oneşti mit seinen rußgeschwärzten Straßen, dem Qualm aus den Fabrikschloten, in keinem Park findet man Blumen wie die, die die Auserwählte der Genossin Elena darbringt.

Jetzt ist sie dran. Márta schiebt sie vor. Verwirrt steht Nadia auf und geht zur Tribüne. Muss sie sie grüßen? Sind das Kampfrichter, die sie werten werden? Oder Zuschauer, die sie verführen muss? Sie strauchelt auf der Stufe, ein Soldat prüft das Mikrofon für sie. Und alles nimmt Form an. Das Bauchmuskeltraining im Morgengrauen, wenn niemand in der Stadt, nicht einmal ihre Eltern wach sind, die Stürze, die Verstauchungen, das beißende Magnesia, das sie abends im Bett bis in die Kehle spürt, das ganze Gerüst dieses Traumes, den sie heute gemeinsam feiern und zu dem sie gerne noch viel mehr beitragen möchte, ach, am liebsten wäre sie seine Galionsfigur, auch wenn sie die Dinge nicht in Worte fassen kann wie das durchsichtige Mädchen. Und es nimmt ihr den Atem, steigt auf aus ihrem Bauch, dasselbe Gefühl wie bei einem Salto in diesen Millisekunden, in denen ihr Körper sie verblüfft und von selbst wieder auf den Boden findet. Stehend applaudiert ihr der Saal, ernsthafte Greise skandieren aus voller Kehle RO-MÂ-NI-A, sie wendet sich zu Ihm, wie soll sie ihn nennen, einfach Er, er hat sich von seinem Königsthron erhoben, kommt auf sie zu, seine Augen liegen tiefer als auf den Bildern, fast meint man, er würde gleich weinen, noch nie hat sie einen Mann weinen sehen. Heißt sein Flüstern, sie soll näher kommen, oder versteht sie das nur so, er küsst sie auf die Stirn, sie verspricht, für die Mannschaft aus Onești die »bestmöglichen Ergebnisse« einzufahren. Zu Beginn dieses Jahres 1975 erhebt sich Gesang von jedem einzelnen Lächeln im Saal, lautstark beschwören sie die Zukunft.

* * *

Béla hört zu, wie Nadia von Bukarest erzählt. Gut gemacht, Liebes, ein einziges schwülstiges Gefasel, deine Versprechungen an den Alten und diese Gedichte. Wie soll sie überhaupt irgendetwas gewinnen, wo er gerade den Ablehnungsbescheid vom rumänischen Turnverband bekommen hat. Nicht eine Turnerin aus Onești ist für die Europameisterschaften in Norwegen nominiert worden. Rumänien wird ausschließlich durch Turnerinnen von Dinamo Bukarest vertreten. Da, wo die Turnhalle neu ist, da, wo die fügsamen jungen Trainer Abend für Abend detaillierte Berichte über alles verfassen, was die Securitate interessieren könnte: die Mädchen, die sie trainieren, die Eltern der Mädchen, die sie trainieren, die Witze, die sie sich in der Umkleide erzählen. Alles das trägt zum Großen Bauwerk des Genossen bei. Er dagegen, Béla. Was trägt er bei? Whiskey, Kaffee, Schinken, österreichische Schokolade, Schmuggelware von der ungarischen Grenze, Bauerngeschenke. Und was bekommt er dafür? Nichts. Während seine Eichkätzchen seit einem Jahr fast alle Wettkämpfe gewinnen und es bald schon den Russinnen zeigen werden, er weiß es: denn Olga steht vielleicht auf dem Stufenbarren, und ja, sie schafft auf dem Schwebebalken zwei Saltos in Folge, aber trotz allem bleibt das Mädchen ein Risiko. Sie flennt, sie zittert. Nichts dergleichen bei Nadia. Die Nadia vom Montag ist die Nadia vom Donnerstag ist die Nadia von morgens ist die Nadia von abends. Was wollen die eigentlich? Wo soll man da noch nachbessern? Selbst Nadias Eltern sind vorbildlich. Diskret. Völlig unpolitisch. Vorzeigerumänen, solide, wie seine eigenen Großeltern, ein ewiger Vorrat bescheidener Zuverlässigkeit.

Béla ist ohne Termin nach Bukarest gefahren, hat um eine Unterredung mit dem Typ vom Sportministerium ersucht. Ohne Erfolg. Dann zurück nach Onești, beim Training ist er unersetzbar, dann wieder auf einen neuen Versuch in die Hauptstadt, aber nichts zu machen, man hat ihn nicht vorgelassen. Am Telefon hat er einen Beamten um eine Lösung angefleht, nicht dass er diese »hervorragende landeswichtige Entscheidung« anzweifeln will, aber, beschwört er ihn, erweitern Sie die Mannschaft um eine Turnerin, eine einzige bloß der seinen! Nur schwerlich kann er sich seines Triumphs in Paris rühmen, zu viel Missfallen hat das Abenteuer bei den Verbandsverantwortlichen erregt, in allen Details waren sie von der Pariser Dolmetscherin ins Bild gesetzt worden, einer jüngst angeworbenen Securitate-Mitarbeiterin. Die Franzosen hatten Beschwerde eingelegt. Auf ihre Weise natürlich, ganz höflich hatten sie ihrer Verwunderung Ausdruck verliehen über den »Überraschungsauftritt dieser wunderbaren rumänischen Mädchen, die im Programm gar nicht vorgesehen waren«.

Genosse Lehrer, sagt ihm der, der ihn in Bukarest schlussendlich doch empfängt, Ihre Mädchen haben doch Zeit, sie sind kaum dreizehn Jahre alt! Guter Witz, johlt er mit seinem Kollegen los, sobald Béla aus dem Büro ist, der Ungar bildet sich doch tatsächlich ein, unser modernes, in voller Entfaltung begriffenes Land ließe sich von seinen Zwergbäuerinnen aus dieser rückständigen Stadt am östlichen Arsch des Landes repräsentieren!

Kommt es zu noch einem weiteren Treffen, über das er Stillschweigen wahrt? Oder hat Béla am Ende doch mehr Freunde an den richtigen Stellen, als er zugeben will? Findet er bessere Geschenke? Verspricht er eine Goldmedaille, einen Titelgewinn? Eine Woche darauf erhält er schließlich die Erlaubnis, die rumänische Nationalmannschaft um ein Mädchen aus seiner Mannschaft zu erweitern. Macht also drei von Dinamo und eins aus Onești.

Zu alt, um jung zu sein

In Sekunde fünfundzwanzig ihrer Schwebebalkenkür in Skien, Norwegen, schlagen ihre Handgelenke in Wellen gegen die Luft, die wirkt, als wäre sie geronnen, die Füße geschlossen auf den zehn Zentimetern Holz, eine absonderliche Hüftbewegung nach rechts und links, ein kleines Mädchen mimt einen beflissenen Rock 'n' Roll, Nadia streckt die Hände vor, und ohne sie auf den Balken aufzusetzen, zeichnet sie mit den Beinen eine schnelle große Kreisbahn, die weiße Schleife, die ihren Pferdeschwanz zusammenhält, dient als Orientierungspunkt: »Sie befinden sich hier.« Sie steigt so hoch in die Luft, als sie ihren Körper in eine Schwungbewegung versetzt, dass einige die Stufenbarrenübung nicht bis zu Ende mitansehen können, aus panischer Angst, ihre zierlichen Arme könnten einknicken und sie werde stürzen. Weiß sie, ist ihr klar, dass sie einen Genickbruch riskiert, so die besorgte Frage der Journalisten an die schwer beeindruckten Kampfrichter. Im roten Trainingsanzug auf der zweiten Stufe des Siegertreppchens schaut Ljudmila Turischtschewa zu, wie das Kind, das soeben zur jüngsten Europameisterin gekürt wird, das Publikum grüßt. Ihre Gesichtszüge wirken angespannt, eine sachte, traurige Bitterkeit durchzieht ihr Lächeln. Sie ist verblüht.

Ich schreibe Nadia C.: »Ihr Aufstieg ist ein Schauspiel, dessen perfekte Inszenierung auf zweifarbige Requisiten zurückgreift, auf Weiß und auf Rot. Das Weiß des jungfräulichen Turnanzugs. Das Weiß des Magnesia, von den Handflächen bis zu den Schenkeln. Und dann die androgyne Blässe der Kinderturnerinnen, bevor man Anfang der 1990er-Jahre dazu übergegangen ist, sie mit Schminke und glitzerndem Eyeliner zu kolorieren, das verkauft sich besser. Und Rot. Das Rot des Kommunismus und seiner Fahnen natürlich. Vor allem aber das samtige Rot der überdimensionierten Schleifen, die die Trainer Ihnen ins Haar banden, das Requisit, das für die Kindheit stehen sollte in einer Welt, in der Sie immer ›zu alt waren, um jung zu sein‹.«

Europameisterin! Die Nachricht kommt so überraschend, dass sich kein Foto findet, um den Artikel zu illustrieren, der am Tag ihrer Rückkehr nach Bukarest erscheint. Am Flughafen erwarten sie sie, überladen mit roten Nelken, sie, die soeben die Russinnen vom Thron gefegt hat. Endlich tritt eine junge Frau aus dem Flugzeug, sie trägt den dunkelblauen Trainingsanzug. Das ist Na-di-a! Sie ist so schön! Aber komisch, ein Riese mit Schnurrbart reicht ihr Plastiktüten und führt ein kleines Mädchen an der Schulter, wahrscheinlich seine Tochter. Wo ist nun unsere große Athletin, erkundigt sich ein Offizieller, er sucht nach einer kräftigen Sportlerin. Da tritt Nadia auf sie zu, ihre Medaillen bilden einen seltsamen Halsschmuck, einen goldenen Harnisch auf ihrer schmalen Brust, und fast schon in Zeitlupe gehen die Fotografen auf die Knie, um sich auf die Höhe des blassen Kindergesichts zu begeben.

Nadia schüttelt Hände. Ein Parteikader dankt ihr im Namen der gesamten Nation, dass sie Wort gehalten hat, dass sie sie eingefahren hat, die guten Ergebnisse, die sie dem Genossen Ceaușescu versprochen hatte.

Alles, was dann im Lauf des Jahres 1975 passiert – wollte man die Geschichte fälschen, man wüsste gar nicht recht, was man eigentlich verändern sollte –, diesen akribischen, exemplarischen Aufstieg, erlebt Béla ganz einfach als Bestätigung. Er hatte recht. Nadia räumt seine Zweifel aus, kommt seinen Befürchtungen zuvor, sie liefert, eine Botschafterin seines Traums, Gegenstand des Experiments, in dem sie beinahe schon die Prinzessin ist. Beinahe. Denn jetzt gilt es, die Verantwortlichen zu überzeugen, dass sie den Mädchen aus Oneşti einen Platz in der künftigen Olympiamannschaft einräumen.

* * *

Béla schwört es, seine Mädchen werden die Russinnen erledigen, da, mit Tinte schreibt er es auf die Papiertischdecke in der Gaststätte, in die er drei Verbandsmitglieder eingeladen hat, und setzt seinen Namen darunter: Genossen, wenn ihr meine Kleinen nehmt, wird sich nach Montreal keiner mehr an die Russinnen erinnern!

Er ist aber auch ein Witzbold, dieser Muskelprotz, fast schon rührend, wie er die rumänische Hymne anstimmt, im Stehen schlägt er mit der Hand den Rhythmus dazu, als führte er Truppen in den Kampf: »Geeint folgen wir der siegreichen Partei, der Sozialismus gedeiht in den Fluren; Rumänien, erbaut von der Arbeiter Volk, alle Feinde werden wir zertreten, um zu leben im Kreis aller Völker unter den Strahlen der Sonne, und in Friie-ieden.«

Na gut, dann machen wir eben einen Vorentscheid zwischen den beiden Mannschaften, dann urteilen wir nach Aktenlage, kommen die Kader überein, amüsiert von dem Theater, das dieser Kerl aufführt, den sie immer noch »den Ungarn« nennen.

* * *

Sommer in der Hauptstadt, der Duft der Linden klebt am Beton. Die Hitze beißt sich fest, sengende Fänge, stehende Luft, schwer und schwül. Hier in der großen verglasten

Turnhalle liegen keine alten Matten auf dem Boden, sondern elektroblaue Bodenläufer. Die Trainer bei Dinamo, die auf der Anrede »Genosse Coach« bestehen, nehmen ihre Turnerinnen mit nach Constanța am Schwarzen Meer, sobald die Temperatur achtunddreißig Grad übersteigt. Die Mädchen aus Onești hingegen schleppen sich zwischen den Übungen ans Waschbecken und benetzen sich das Gesicht mit kaltem Wasser.

War es Bélas Vorschlag, genau an diesem Tag jemanden vom Verband vorbeizuschicken? Den Sportfunktionär, einen General, der die Halle betritt und Béla bedeutet, das Training fortzusetzen, während er Platz nimmt? Béla freut sich. Einen besseren Moment hätte es nicht geben können. Was soll's, dass Luminița über Kopfschmerzen klagt (los, zurück auf den Balken, wenn du springst, hört man das bis nach Siebenbürgen, du bist so grazil wie eine Kuh, du kannst ruhig ein paar Gramm Schweiß verlieren!), oder dass Dorina beim doppelten Rückwärtssalto viermal in Folge stürzt. Der General wird den Muff von Schweiß und Magnesia schnell über haben, die Luft wird durch den weißen Staub noch trockener. Béla braucht gar nichts zu tun, nur abzuwarten, bis der Soldat aufsteht, sich die Uniform abklopft und mit der Frage auf ihn zukommt: »Wo sind denn die Turnerinnen von Dinamo, Genosse Lehrer?« Da braucht er nur ganz unschuldig zu antworten: »Am Strand, wie immer, wenn schönes Wetter ist.« Wutschnaubend zieht der General ab und bestellt die beiden Mannschaften ein. Tags darauf verteidigt sich der Trainer von Dinamo unter Berufung auf die »nötige Erholung für die jungen Mädchen bei dieser Hitze«, und Béla hebt die Brauen: »Pardon? Erholung? Ist Erholung auch eine olympische

Disziplin?« Der General ernennt ihn zum Leiter der National- und Olympiamannschaft, ihm obliegt die Auswahl der Turnerinnen.

Geschafft. Jetzt soll alles perfekt sein. Er beauftragt Márta mit der Suche nach einem neuen Mannschaftsarzt, der aus Bukarest versteht nichts vom Turnen, er ist unmöglich mit seinen bedachtsam vorgeschobenen Lippen und seinen jovialen Ratschlägen. Die Eichkätzchen kommen schon wieder in Gang, härten sich ab, ihr Rücken beugt sich ohne Widerstand, solange es nicht blutet, erklärt Béla den Mädchen, mach dir nichts draus, dann ist es wahrscheinlich nichts wirklich Ernstes.

Biomechanik einer kommunistischen Fee

15. November 1975

1975 war die nationale Passbehörde eine Abteilung der Securitate und ihr Name reine Augenwischerei, denn außer für hohe Parteikader wurde dort kaum je ein Pass ausgestellt. In Wirklichkeit diente die Dienststelle vor allem dazu, Ausreisewillige zu identifizieren, wenn sie ein Visum beantragten, um sie dann umgehend von ihrer Arbeit zu suspendieren und unter Sonderbewachung zu stellen.

Auf ihrer vorolympischen Tournee reist die Turnmannschaft in die DDR und in die USA, dann nach Kanada und sogar nach Japan. Ist Nadia 1975 noch eine einfache rumänische Staatsbürgerin, oder ist sie bereits Teil der Fahne geworden, eine Geschichte im Entstehen, eine nationale Waffe? Sie kann sich, sagt sie mir, nicht erinnern, die Regeln für die

Wettkämpfe gelernt zu haben, an denen sie teilnimmt, als wären die Wertungssysteme so alt wie sie selbst und eine Stütze auf ihrem Weg. Kleine, unsichtbare Kreuze auf dem Boden, damit sie etwas hat, worauf sie die Füße stellen kann.

Er legt auf. Sinkt auf sein Bett, seltsam müde, fast gelähmt. Zu gerne möchte Béla noch einmal hören, was der Typ vom Verband eben gesagt hat, als er ihm von dem Telegramm aus London berichtete. Wenn er nun falsch verstanden hat. Er wählt noch einmal die Bukarester Nummer.

»Entschuldigen Sie, Genosse Bălcescu … War das: Sportlerin des Jahres oder Turnerin des Jahres?« Turnerin des Jahres, also das, was er zuerst verstanden zu haben glaubte, das ist doch nur ein gönnerhafter Glückwunsch, fast schon eine Pseudoauszeichnung für ein Püppchen mit zuckersüßen Trippelschritten. Und von den siebenundzwanzig Stundenkilometern beim Anlauf aufs Sprungpferd redet keiner, letzte Woche erst haben sie sie gemessen. Der Titel, Turnerin des Jahres, macht ihm nicht Mut, sondern Sorgen. Wie ein Versprechen auf die Zukunft, von dem er nicht weiß, ob er es wird halten können. Márta und er haben die Europameisterin erschaffen, aber ohne wirkliches Rezept. Jetzt müssen sie nachhelfen, damit das Mögliche Wirklichkeit werden kann. Wenn es ihnen gelingt, bei Nadia noch den Rest an Unbekanntem, an Risiko zu tilgen, dann werden sie zwangsläufig noch bessere Ergebnisse erzielen.

Was sie zu sich nimmt, wird neu berechnet. Hundert Gramm Fleisch mittags und fünfzig Gramm abends, das sind ungefähr vierhundert Kalorien, Gemüse, zweihundert Gramm pro Mahlzeit: hundertzwanzig Kalorien. Drei Becher Joghurt pro Tag: hundertachtzig. Und Obst, drei Früchte vielleicht: hundertfünfzig. Kein Brot, keine Kartoffeln, kein Zucker, versteht sich. Nicht vergessen, einen Strich auf Silvinas Ölflasche zu ziehen; wenn sie mehr als die fünfzig Milliliter verkocht, die pro Tag eingeplant sind, verfälscht das alle Berechnungen. Er hat schon so oft auf Silvina eingeredet, aber Reden ist nicht Entscheiden. Dann macht er den Speiseplan eben selbst.

Neue Tagesplanung. 6 Uhr bis 8 Uhr: Training. 8 Uhr bis 12 Uhr: Schule. 12 Uhr bis 13 Uhr: Mittagessen. 13 Uhr bis 14 Uhr: Ruhe. 14 Uhr bis 16 Uhr: Hausaufgaben. 16 Uhr bis 21 Uhr: Training. 21 Uhr bis 22 Uhr: Abendessen, Hausaufgaben, Schlafengehen. Er wechselt noch einmal den Arzt, bis er endlich einen findet, der keine seiner Entscheidungen infrage stellt. Das Blut des Kindes wird in seine Bestandteile zerlegt, sein Atem gemessen, der Urin in biologische Formeln umgewandelt. Jeden Morgen vor dem Training durchläuft sie Leistungstests, vollführt reihenweise Beugen und Liegestütze. Er zimmert ihr stählerne Bauchmuskeln, damit sie keine Miene verzieht, wenn ihre Hüften mit Karacho auf den Holm des Stufenbarrens aufschlagen, die Knochen kaum geschützt unter dem blauen Stoff. Ihre Kraft muss stabil sein, damit die Mechanik auch Unvorhergesehenes abfangen kann, falls sie einmal müde ist oder erkältet. Er liest biologische Abhandlungen, unterstreicht wichtige Passagen, trifft sich mit Leichtathletiktrainern: Was machst du, damit sie schneller laufen? Ich lasse sie einfach *mehr* laufen, so die Antwort. Also erhöht auch Béla die Vorgabe, wie oft die Übungen wiederholt werden müssen. Bisher turnten sie an die zehn Durchgänge pro Tag, dann konzentrierten sie sich auf die Details. Die neue Zahl wird willkürlich festgelegt: fünfundzwanzig Mal morgens, und fünfundzwanzig Mal nachmittags.

In den ersten Monaten hat keine von ihnen genug Muskelkraft, um diese eineinhalb Minuten Sprünge, Halteteile und Saltos mehr als fünfzehnmal in Folge zu turnen. Sie haben Seitenstechen, ihre verkrampften Muskeln lassen sie von einem Teil zum nächsten torkeln wie röchelnde Zechschwestern. Den ganzen Tag über befiehlt er: Noch mal. Fang von vorne an. Im Handstand knicken die Handgelenke der Mädchen unter ihrem Gewicht ein. Krämpfe halten sie nachts wach, der Hunger weckt sie immer früher, vier Uhr morgens, er hört sie im Schlafsaal flüstern. Abends essen sie schweigend, in schnörkellosen Gesten führen sie die Gabel zum Mund. Auch ihre Tränen verändern sich: Jetzt gilt ihr Weinen bei jedem Training der Unmöglichkeit, über sich hinauszuwachsen, in machtloser Wut, wie vor einem Konstrukt aus Sehnen und Muskeln, die früher einknicken als sie selbst.

Béla arbeitet am Rausch, an der Betäubung. Rund um die Barren und den Schwebebalken lässt er eine Grube ausheben und mit großen weichen Schaumstoffschnitzeln füllen. Er redet ihnen zu, sich aus vollem Tempo in die Grube zu stürzen. Jeden Tag baut er ein neues Teil mehr in ihre Bahn ein, bis sie die Angst vor dem Sturz völlig verlieren, ihr gebeugter Rücken den Boden verachtet. Und alles beschleunigt sich, ihre Stimmen werden spitzer, ihre Sprünge schneller, alle Angst stumpf. Abend für Abend stehen sie Schlange beim Arzt und lassen sich wieder flottmachen. Eine Zerrung, eine Stauchung, die bitte, bitte bis morgen früh weg sein muss. Und der Arzt liefert. Verschreibt Entzündungshemmer, Schmerzmittel und Kortikoide. An Weihnachten fahren sie nach Hause, drei Tage Ferien.

Verrückt spielen

Ştefania bringt Nadia am 27. Dezember zurück ins Internat und bleibt zum Training. Am liebsten würde sie sich die Augen zuhalten, als die Turnerinnen mit einem Sprung den Horizont ausforschen, eine Umkehr von unten und oben, die Luft wird geradezu dehnbar. Ihre Tochter beginnt von vorne. Steigt auf den Schwebebalken. Stürzt. Außer Atem greift sie eine Feldflasche und trinkt kaum einen Schluck, bevor sie sich noch einmal an den doppelten Rückwärtssalto macht. Um sechzehn Uhr wird auf Bélas Wink hin die Halle geleert, die Putzfrau weggeschickt, ebenso die übrigen Trainer und selbst der Pianist, es bleiben nur Nadia, Béla und Ştefania, der Béla das Versprechen abnimmt, nichts von dem weiterzusagen, was sie gleich zu sehen bekommt. Die Vorhänge werden vorgezogen, mitten am helllichten Tag wird das Licht angeschaltet.

Es ist, als wäre sie anderswo. Das Kind scheint von einem Auftrag besessen, dessen Namen es selbst nicht kennt. Nicht ein Blick zur Mutter oder zu ihm. Ihr bleiches, angespanntes Gesicht, die aufeinandergepressten Lippen, die Ringe unter den Augen, sie holt tief Luft und nickt ihm zu, er hebt sie hoch, sodass sie direkt den oberen Holm greifen kann. Sie nimmt den nötigen Schwung, kommt in die Riesenfelge. Dann, auf Bélas Zeichen hin, lässt sie los und vollführt zwischen den Holmen eine ganze Drehung um sich selbst, die Beine breit gegrätscht, ihr Nacken streift das Holz, sie fängt sich gerade noch.

Diese Überraschung ist ein Geheimnis, eine weltweite Überlegenheitserklärung, von deren Existenz noch niemand weiß. Dieser unvorstellbare Sprung, für den man vergessen muss, dass Knochen brechen, Sehnen reißen und Wirbel Sprünge bekommen, im Fall des Falls. Für den man verrückt spielen muss, off-piste. Unvorstellbar, dieser Sprung, der aus einem Fehler hervorging, eines Morgens vor ein paar Monaten.

Nadia machte sich damals gerade für einen klassischen Salto bereit. Ist es ihr Körper, der, um nicht draufzugehen, einen Ausweg sucht in dem Moment, als ihre Hände abrutschen und sie den Holm verpasst, ihr Becken brutal gegen das Holz kracht? Béla ist gelaufen gekommen, aber zu spät, und ohnehin, wenn sie … es wäre immer zu spät. Sie hat es geschafft, sich an den Holm zu klammern, den sie losgelassen hat. Er bietet ihr ein Glas Limonade an, eine Pause, sie winkt ab, leichenblass, als müsste sie sich gleich übergeben, dann nimmt sie es doch, desorientiert ist sie, benommen und überdreht zugleich, denn sie ist nicht gestürzt. Sie schweigen.

Wer von beiden schafft es, nachzuvollziehen und zu entschlüsseln, was da passiert ist, um es ins Reine zu schreiben? Vielleicht ist es gar nicht er, der den Vorschlag wagt, den Weg des um Haaresbreite vermiedenen Sturzes noch einmal nachzugehen, sondern sie. Gleich am nächsten Tag machen Béla und die Kleine sich an die Arbeit, um den fabelhaften Fehler zu bezähmen.

Die Elemente sind nach Schwierigkeit geordnet, ein

A-Element gilt als einfach, B ist schon komplexer. E-Elemente turnen weltweit nur sehr wenige Mädchen. Sagen wir, Liebes, wir nennen das ein Super-E! Als Béla die Meldungen seiner Turnerinnen für Montreal ans IOC schickt, ist keine Rede von einem E, und erst recht nicht von einem Super-E; schließlich hatten in München die Russinnen auch alle anderen überrumpelt, nachdem sie »vergessen« hatten, die Elemente aus Olga K.s Übung anzugeben.

»1972 sorgte sich der Internationale Turnverband aufgrund der ›gefährlichen Elemente von Olga K., die Beckenfrakturen zur Folge haben könnten‹. Man erwog, sie zu verbieten. 1976 wurde Károlyi gefragt, ob das, was Sie da turnten, Sie nicht in große Gefahr bringe. ›Möglich‹, antwortete er, ›aber Nadia stürzt eben nie!‹«

Sie seufzt. Sagt nichts. »Ist in dem Kapitel etwas, was Ihnen nicht gefällt?«, frage ich betreten.

Sie: »Nein … Aber ich sehe schon, worauf Sie hinauswollen … Der Sport im Ostblock mit den furchtbaren Trainingsmethoden usw.« Ich setze zum Protest an, aber sie unterbricht mich: »Geben Sie mir bitte Ihre Postadresse.«

Ein paar Tage darauf finde ich in einem Umschlag die Kopie eines Artikels, der 1979 im Mitteilungsblatt des Französischen Turnverbands veröffentlicht wurde. Die Verantwortlichen zeigen sich nach der Fernsehübertragung der Europameisterschaften in Straßburg besorgt über die vielen schweren Stürze der Turnerinnen, denn »so entsteht ein schlechtes Bild von unserem Sport«. Im Einvernehmen mit dem Sender wird vereinbart, sich »weniger auf die Zwischenfälle zu konzentrieren«, wenn die nächsten Wettkämpfe übertragen werden.

Magnesia-Jungfrau von Orléans

29. März 1976, New York, Madison Square Garden
Wie soll man von einem kleinen Mädchen berichten, das gefährliche Übungen herunterbetet wie Kinderreime, die es bald über hat? Die Oberkampfrichterin rechnet die Punkte nach, sie ist fassungslos. Sie sucht nach Schwachstellen, um ein paar Zehntel abzuziehen, aber da ist nichts. Es sind zehn. Eine Woche später in Japan beim Chunichi-Cup gibt es noch zweimal die Höchstwertung, am Barren und beim Sprung.

Béla nimmt ihre Augenringe unter die Lupe, ihren Geruch, trinkt sie genug zwischen den Trainings? Und dann muss er sich noch um die kümmern, die inzwischen die Kulisse abgeben, die Statistinnen: die übrigen Mädchen aus der Mannschaft. Langweilig sind sie, vorhersagbar, versuchen, ihre Angst und ihre Müdigkeit zu vertuschen, wogegen Nadia die reinste fleischfressende Pflanze ist, die man mit Gefahren regelrecht füttern muss. Sie führt aus, was der Körper ihr diktiert, ein Körper, der der Luft Feuer einschreiben kann, eine Magnesia-Jungfrau von Orléans. Sie kratzt am Unmöglichen, räumt es zur Seite, um Platz zu schaffen für das Nächste, immer das Nächste.

»Mmja. Bei Ihnen klingt das von Anfang an so, als wäre Béla eine Art … Spezialist, dabei hatte er kaum Ahnung!«

»Er hat Ihnen die Elemente gezeigt, ein bisschen Ahnung musste er doch wohl haben, oder?«

»Er hat das Turnen zeitgleich mit mir gelernt.« (Sie lacht,

und da ich sie nicht sehe, weiß ich nicht, ob sie belustigt ist oder verbittert.)

Ihr zufolge war Béla eine Art Geniemanager, eher Visionär als Techniker, und dazu hatte er, wie bei dem Pariser Turnier, ein paar Ideen, um sie »in Westeuropa sichtbar zu machen«.

»Und Géza, der Choreograf Ihrer wunderbaren Bodenübung in Montreal, das war doch genial! Diese Mischung aus kindlichen Gesten und großer Akrobatik, dieser Humor …«

»Géza … Er hatte einen Blick für mich, wie ich lebte, ja, und er hatte ein Gefühl dafür, was den Kampfrichtern gefallen könnte, eine Art … Manager.«

»Na so was, überall nur Manager! Denn in gewissem Sinn … hat ja auch Ceaușescu Ihr Image ›gemanagt‹ …«

»Ja. Lauter Manager. Viele Manager, sehr viele.«

Yes, Sir, That's My Baby

Zunächst hatte Géza für Nadia eine Choreografie geschrieben, die ihre Geschmeidigkeit, ihr Tempo betonte, zu einer martialischen Musik im Viervierteltakt. Abgelehnt von Béla und Márta. Bei seinem zweiten Versuch auf die Melodie von *Scheherazade* bringt er ihr bei, mehr Wollust in die Handgelenke zu legen, das Becken zu lockern und über die Kopfhaltung eine orientalische Note herauszuarbeiten. Längst bevor Nadia einmal durch ist, bemerkt Géza schon seinen Irrtum. Beflissen bemüht es sich um Sinnlichkeit, doch das Mädchen schwänzelt mühsam dahin, bei jedem Hüftschwung wirft es ihnen fast genierte Blicke zu, als würde es sich am liebsten anziehen gehen. Danke für heute, ab in die Dusche und ins Bett.

Béla bleibt eine Zeit lang schweigend sitzen, sie sind allein in der Turnhalle, dann platzt plötzlich die Wut aus ihm heraus, er wirft Géza vor, er habe die Kleine sabotieren wollen mit seinen Anzüglichkeiten, schau dir das an, da muss ich kotzen, und als Géza droht, ihre Zusammenarbeit hiermit zu beenden, fleht er ihn an, er soll etwas anderes finden, nur nicht diese Abscheulichkeiten, verzeih mir, Géza, ich brauche dich, ich brauche dich so, bitte, in Montreal will ich für Nadia Maßarbeit, etwas absolut, völlig Neues! Und ohne die Zigarette loszulassen, fängt er an, trällernd ein paar Schritte zu skizzieren, so-was-schau-mal-was-in-der-Art-viel-leicht, ein plumper Transvestit, der sich in Kindheit versucht, »irgendwas Leich-tes, Ent-zü-ckendes, tralalala«.

Versöhnt holen sie sich Salami und Tomaten aus der Küche, setzen sich an den großen Sprelacart-Tisch und gehen die Konkurrentinnen durch. Die Russinnen aus der Generation Ljudmila, die von den Tänzern vom Bolschoi-Theater gecoacht werden, ein paar wehmütige Ports de bras, eingeschoben zwischen perfekt geturnten Bahnen, das Ganze auf Tschaikowsky – kennen wir. Da sollten wir uns eher mal bei Olga umschauen. Die in München mit den Schleifen im Haar auftrat. Sie kräuselt die Nase wie ein goldiger Hamster, kokettiert und turnt dann ein E-Element, das ihr das Genick brechen wird, wenn sie patzt; seitdem sehen Empfindsamkeit und Theatralik plötzlich alt aus. Olga mimt noch einen Rest Kindheit, und daran klammert sie sich, denn, wie Béla beiläufig bemerkt, sie wird ja bald einundzwanzig.

Und Nadia, was ist mit Nadia? Sie fasziniert mit ihrer Technik, da ist sie herausragend, zweifellos. Aber wie lange werden die Russinnen brauchen, um eine vom selben Modell zu fabrizieren, eine Super-E? Ein paar Monate? Wenn du sie mit nur drei Adjektiven beschreiben müsstest, was würdest du dann über Nadia sagen? Ernsthaft-perfekt-unerschütterlich? Tadellos-präzise-beeindruckend? Was sie braucht, ist eine ›Masche‹, eine verdammte Scheißmasche, weißt schon, eine Art Etikett, was Einfaches, sie wiederholen sich, inzwischen völlig betrunken. Nicht deine dreckigen Weibermaschen, Achtung, ja, besudel mir nicht mein Eichkätzchen, droht Béla vergnügt, als sie schließlich auseinandergehen, und Géza legt sich ohne einen einzigen neuen Einfall ins Bett außer dieser Gewissheit: Es wirkt peinlich, wenn Nadia die Hüften schwingt. Es wirkt peinlich und lächerlich, wenn Nadia süßliche Kapriolen in die Luft zeichnet: Ihr möchte man zuschauen, wie sie auf Bäume klettert oder über den Strand rennt, wie sie Weihnachtsgeschenke auspackt und vor Freude in die Hände klatscht, Nadia hat genau das Alter für die Rolle, die alle anderen spielen, die sich mühsam als Schulmädel verkleiden und versuchen, all die unsportlichen Begehrlichkeiten vergessen zu machen, die sie wachrufen, die Brüste noch betont unter dem elastischen Stoff.

Géza macht sich auf die Suche. Wochenlang probiert er herum. Nadia zwackt von der Schulzeit ab, von den Ruhepausen. Sie versuchen verschiedene Stücke an ihr, lassen sie fallen wie schlecht sitzende Klamotten, nein, zu oft gehört, diese Volksweisen und Walzer. Dan, der Pianist, wühlt in seiner Tasche, zieht ein Notenheft heraus, das ihm ein Freund aus dem Ausland mitgebracht hat: *Young Ameri-*

cans von David Bowie. Aber wenn die Kampfrichter etwas so Gewagtes in den falschen Hals bekämen? Also nein. An diesem Nachmittag drehen sie sich schon seit Stunden im Kreis, Dan hält mit der Linken eine Kippe und skizziert mit der freien Hand, fast wie mit Dämpfer, einfach nur zur Entspannung, das Thema von *Yes, Sir, That's My Baby*, ein Charleston von 1925. Nadia, die gerade eine Limonade zu Mittag trinkt, sitzt im Schneidersitz auf der großen Bodenfläche, diesem derart abgenutzten Quadrat, dass man stellenweise nicht einmal mehr den weißen Randstreifen erkennt. Sie nickt im Rhythmus und steht auf, und dann stellt sie sich vor den Pianisten und skizziert zum Spaß ein paar übertrieben ruckartige Gesten, eine Stummfilmparodie, mit knallenden Hacken und schlackernden Armen geht sie auf Béla zu. Sie ist ziemlich witzig, viel witziger, als sie sich ihnen gegenüber sonst gibt, sie setzt sich ein bisschen in Szene, um die Stimmung aufzulockern, aber alles in allem, denkt Géza, während er ihr so zusieht, ist sie: hinreißend. Unerträglich reizend. Man möchte ihr in die Wange kneifen, ihr einen Klaps auf den Hintern geben und sie wieder in die Spur schicken, noch mal. Und noch mal. Von ihr ausgehend schreibt er, ohne noch einen Tag zu warten. Es gibt kaum etwas umzuschreiben, nur ganz wenig zu retuschieren: Sie ist ja schon da. Als die »Sperenzchen« klappen, so nennt Béla die Tanzschritte, durchsetzt er die Choreografie mit Teilen, für die es keine Namen gibt, er erfindet, was er sich von ihr erträumt, und bringt zugleich in eine Ordnung, was sie turnt, sie schafft, wovon man nicht zu hoffen gewagt hatte, dass sie es versuchen würde.

Sie stürzt. Auf den Rücken / auf den Bauch / beinahe auf den Kopf, und eines Morgens kommt er gelaufen, oh

Schreck, eine Gehirnerschütterung. Das Tempo, mit dem sie sich aus seiner Umarmung löst und die Arme hinstreckt, damit er sie wieder hochhebt. Man bandagiert ihr die Knöchel. Ihre Achillessehne ist geschwollen und verdickt, mit Klebeband befestigen sie zum Schutz ein Stück Schaumstoff darüber, sie ist eben zu oft mit dem Fuß auf dem unteren Barrenholm aufgeschlagen. In ihren Knien bildet sich ein Erguss als Reaktion auf die wiederholten Erschütterungen, ihre Kniescheiben überziehen sich mit Hornhaut. Besonders aufmerksam muss darüber gewacht werden, dass die offenen Blasen an ihren Handflächen sich im Staub vom Boden und von Magnesia nicht infizieren. Ihr Körperfettanteil ist so ideal, dass man sich, wenn sie anläuft, um sich in ihre Flickflacks zu werfen, fragt, ob sie wohl je die Füße wieder auf den Boden setzen wird. Dan beschwert sich, dauernd ist Nadia in ihrer ersten Bahn der Musik voraus. Pass dich an, bekommt er zu hören. Bleib dran. Als die Olympiade näher rückt, darf kein Außenstehender mehr in die Halle; die Türen werden verriegelt. Für die ganz neuen Elemente erfinden sie Codenamen, das Super-E nennen sie »Comăneci-Salto«, die offizielle Taufe ist eines Abends bei einer improvisierten Feier bei Béla, er schenkt Nadia eine neue Puppe für ihre Sammlung.

»Rufe ich auch nicht zu spät an, Nadia?«

»Nein, nein. Tut mir leid, ich hatte noch keine Zeit, Ihre letzten Seiten zu lesen.«

»Kein Problem. Also: Ich bin gestern auf einen Dokumentarfilm gestoßen. Der Kommentator sagt Folgendes, O-Ton: Bei den Spielen in Mexiko 1968 war Věra Čáslavská eine sehr attraktive Frau, schon richtig, aber man hatte nie das

Gefühl, sie könnte sich bei einem Sturz wehtun. Wohingegen er von Olga 1972 in München Gänsehaut bekam, weil sie so niedlich war, so jung, weil man zum ersten Mal in einer Turnhalle Angst hatte. Um sie, um ihr Leben. Wenn ich diese alten Journalisten höre, die über die Gefährlichkeit in Verzückung geraten, dann werde ich … Das Allerhöchste sind also kleine Mädchen am Rande der Querschnittslähmung?! Das ist doch irgendwie … pornografisch. Und … Hallo, sind Sie noch da? Finden Sie, ich übertreibe?«

»… Nein. Wir reden noch mal darüber. Über das Risiko. Sobald Sie über meine Kindheit hinaus sind. Ich wünsche Ihnen eine gute Nacht.«

Die Manager im Osten (Siegeszug der roten Schleifen)

Denken Manager eigentlich immer so? Dass es gut ist, die Geschichte, an der sie gerade schreiben, mit Requisiten auszustatten, man denke etwa an die Frisur von Věra Čáslavská. Wie das Haar einer Rock-'n'-Roll-Diva, auftoupiert und zu einem Knoten aufgetürmt mit einem schwarzen, zum Eyeliner passenden Band, eine amerikanische, eine Ausgehfrisur. Unwiderstehlich überlegen turnt Věra Elemente, die sonst nur die Herren beherrschen. Ein blütenweißer Bubikragen unterstreicht das Schwarz ihres Anzugs, ihre spitzen Brüste regen sich nicht, wenn sie ihre Bogengänge turnt, fast könnte sie ein Champagnerglas in der Hand halten, wenn sie mit ihrem gewinnenden Lächeln Gold und Silber einfährt.

Věra ist eine Hexe im Bubikragen. Věra ist aufreizend gefährlich. Beim Prager Frühling hat sie ihre Stimme erhoben, laut und verständlich, hat gegen die sowjetische Invasion demonstriert und das *Manifest der 2000 Worte* unterschrieben. Věra ist eine Muskelfee. In ihrem Versteck, einem mährischen Wald, wo sie sich vor den Repressalien der neuen Machthaber verkrochen hat, hat sie trainiert, allein auf einem umgekippten Baumstamm, der ihr als Schwebebalken dient. Aber die Spiele nahen und man kann nicht auf sie verzichten, also lädt man sie ein, aus ihrem Wald herauszukommen, alles ist verziehen …

Als bei der Eröffnungsfeier in Mexiko die tschechische Mannschaft ins Stadion einzieht, skandiert die überwältigte Menge vor ihr: »Frei-heit Tsche-cho-slo-wa-kei Vě-ra!« Věra schlingt die Wettkämpfe nur so hinunter, was für einen Appetit sie hat, fröhlicher, sonnengebräunter Heißhunger, entworfen und einstudiert hat sie ihre Übungen auf der grünen Wiese, sie wirbelt herum, hübsch ihr etwas aufgelöster Knoten, sie grüßt die Kampfrichter. Stehende Ovationen im Publikum, das völlig mitgerissen ist von Čáslavskás überwältigender Darbietung, die Journalisten kommentieren schon die Goldmedaille, die ihr in wenigen Augenblicken zuerkannt werden wird. Und da, unbemerkt, die drei Gestalten im grauen Anzug, die von ihren Plätzen nicht weit vom Tisch der Kampfrichter auf die Sowjetrussin Larissa Petrik zugehen, ihr gratulieren. Nicht entgangen sind sie freilich den Tschechen, deren Trainer Věra in die Arme nimmt und sie tröstet über diesen Treueeid, den die tschechoslowakischen Apparatschiks den Sowjets in letzter Minute leisten. Titel und Medaille werden die beiden Turnerinnen teilen müssen.

Věra steht wieder aufrecht. Noch einmal widersetzt sie sich dem Befehl. Und wahrscheinlich sind es nur sehr wenige unter den Millionen von Fernsehzuschauern, so wenige, die die unbeugsame Botschaft zu entschlüsseln wissen, die Věra an die tschechische Obrigkeit richtet, indem sie bei den ersten Tönen der sowjetischen Hymne ostentativ den Blick senkt. Die Margerite, die in ihrem blonden Haar steckt, zittert leicht im Rhythmus ihres Atems. Vor den Kameras der ganzen Welt wendet Věra der langsam aufsteigenden roten Fahne den Rücken zu. Leb wohl, Věra.

Im Westen herrscht ehrliche Entrüstung, dass sie um die Goldmedaille gebracht wurde, solche olympischen Mauscheleien sind absolut inakzeptabel! Und Čáslavskás großartige Haltung, ihr Mut gegenüber dem Unterdrücker, das werden wir nie vergessen. Die Sowjetunion nächstes Mal ausschließen? Haben wir dem Komitee vorgeschlagen, aber das wäre doch schade um den Sport, schließlich haben sie doch immer so erstaunliche Turnerinnen in der Hinterhand! Die Münchener Spiele nahen, man munkelt von einer phänomenalen Überraschung bei den Russen. Manche behaupten, sie hätten ein Foto von ihr gesehen, ein sehr junges Mädchen, das angeblich auf dem oberen Barrenholm steht, während die anderen sich nur mit den Händen daran festklammern. Es heißt, seit 1970 bereiten die Sowjets sie heimlich auf etwas vor, was bisher noch keine Frau auf der Welt gewagt hat: einen Rückwärtssalto auf dem Schwebebalken. Olga K. heißt diese Sonst-keine-junge-Frau-auf-der-Welt. Ein spitznasiges Frettchen mit schiefen Zähnen, wirklich putzig, glatte, seidige Haare, die ihr Trainer ihr mit Schleifen zu Rattenschwänzen bindet. Ihre Babyfroschschenkel bilden ein O, wenn sie ihre hübschen Füße schließt, die goldene Haut in ihrem Nacken, auf der Seide über ihren Wirbeln, auf den winzigen Knochen.

O.L.G.A. Die vor den Objektiven in Tränen ausbricht und bei ihrer Stufenbarrenübung 1972 in München einen absurden Fehler an den anderen reiht. Zusammengekauert auf ihrem Stuhl verdaut sie den Schock ihrer Fehlleistung, mit dem Handrücken wischt sie sich die Nase und wartet auf die Wertung, das Schnütchen ganz zerknittert, rund um sie lauter kräftige junge Frauen, die sie nicht eines Blickes würdigen. Eine weinende Russin! Das sind also doch nicht alles Roboter! Die allzu gefühlsbetonte Kommunistin, die alles verbockt hat, flennt live und in Farbe, zur Wonne der amerikanischen Magazine, die sich geradezu vernarren in diese so unkriegerische Russin. Aber gleich am nächsten Tag ist sie geheilt und liefert, was versprochen war. Ein funkelnder Wirbel von Angstnummern. Ihr schlanker Hals, der brechen könnte, wenn sie das Element turnt, das acht Jahre später verboten wird, weil die Kampfrichter es für zu gefährlich halten. Man weiß nicht einmal, ob sie gewonnen hat, ist ja auch ganz egal, alles gurrt, überwältigt von dieser »Frische«, eine Brise, wie herrlich, »man meint, sie wäre sieben!«

Montreal 1976. Olga ist einundzwanzig. Wie durch ein Wunder ist die Kleine klein geblieben. Erschöpft von den Anforderungen des Sowjetstaates, der sie seit vier Jahren von Ehrengala zu Prunkgelage schleppt, ihre Haut vom Schlafmangel matt. Wieder werden in ihre faserigen Haare rote Schleifen gebunden, um Zeit zu gewinnen, um sie einmal noch zu hören, die entzückten Seufzer im Publikum, mmmmm. Schleifen aus rotem Satin, rot wie die Vorhänge in einem Freudenhaus, in dem man sie zum letzten Mal den Blicken darbieten wird, rot wie die Requisite, die das Begehren verlängert, rot zur Bestätigung für den Käufer, dass das soeben erworbene Bild wirklich *frisch* ist, rot das Seidenmatt dieser Beinahe-Strapse, und sie sind tatsächlich nötig, die roten Schleifen, um noch ein bisschen Zeit herauszuschlagen, denn die Andere, die neue Rumänin, ist gerade erst vierzehn, und sie ist: hinreißend.

Zahlen

»Hören Sie, mal was Lustiges«, sagt sie sehr lebhaft zu mir. »Ich habe in Montreal siebenmal die Zehn bekommen und drei Goldmedaillen gewonnen. Macht einundzwanzig, die Ziffer dieser Olympiade, und wenn man sieben und drei zusammenrechnet, meine Startnummer, dann gibt das wieder … zehn, die Höchstwertung!«

»Eine andere Zahl, Nadia. Zwanzigtausend. Zwanzigtausend Versuche/Wiederholungen des Saltos am Stufenbarren vor Montreal, dem Comăneci-Salto …«

Pause am anderen Ende der Leitung, mir ist, als zuckte sie mit den Schultern und wäre wieder schlecht gelaunt.

»Natürlich! Was dachten Sie denn?«

»Sie kamen etwa zehn Tage vor Beginn der Wettkämpfe nach Montreal, um sich gut vorzubereiten. Sie wurden ständig von Dolmetschern begleitet, die alles umformulierten, was Sie sagten. Was für ein Verhältnis hatten Sie zu den anderen Turnerinnen, denen aus Westeuropa? Was dachten

Sie über die offensichtlichen Unterschiede, über die Freiheit, die sie genossen?«

»Wissen Sie, die waren … ziemlich schlecht. Sie interessierten mich nicht. Die Russinnen kannte ich gut, Nelli vor allem, seit drei Jahren trafen wir uns auf Wettkämpfen. Ansonsten … Meinen Sie, die rumänischen Machthaber waren die einzigen, die ihre Sportler bei internationalen Veranstaltungen überwacht haben? Im Turnen versucht jedes Land herauszufinden, was die anderen vorhaben, es ist wie eine Schachpartie. Man gibt dem Gegner doch keine Geheimnisse preis! Wir mussten der Presse erzählen, dass wir drei Stunden pro Tag trainierten, obwohl es sechs waren, so hatten wir immer einen Vorsprung!«

»Montreal verkaufte das Image eines unschuldigen Schulmädchens, das aus dem Nichts kommt, dabei räumten Sie schon seit zwei Jahren alle Siege ab. Sie haben zum Entstehen dieses Bildes beigetragen. Über Sie hat der Machtapparat ein System beworben. Der totale Erfolg des kommunistischen Regimes, die Apotheose der Selektion: das Neue Kind, hochbegabt, schön, brav und leistungsstark.«

(Verärgertes Lachen.)

»Ach so, natürlich! Die Rumänen verkauften den Kommunismus. Die französischen oder amerikanischen Athleten dagegen repräsentieren heute gar kein System, nicht wahr, und gar keine Marke …!!«

Sonderangebot

Montreal 1976

»Auf dem Tisch: Gläser mit einer bräunlichen Paste, Schüsseln mit krümeligem Quark und große Teigplatten mit Tomatensoße, Schinken und geschmolzenem Käse.« Dorina notiert in ihrem Tagebuch sorgfältig jedes der – verblüffenden – Details ihres Olympiaaufenthaltes; und *Peanut butter*, *Cottage cheese* und Pizza hat sie eben noch nie gesehen. Angesichts der Cornflakes zum Frühstück prusten sie los. »Getreideflocken? Das ist ja Tierfutter hier!« – »Und dann kauen sie dauernd, ist Ihnen das auch schon aufgefallen, Herr Lehrer?«, stellen sie fest und staunen über die Westmünder, die ständig in Bewegung sind, Kaugummis, Hotdogs, Bonbons, Snacks.

Béla weiß, dass er sich beeilen, Verblüffung und Staunen beschleunigen muss. Den Einfluss des Schauspiels begrenzen. Die Mädels nicht auf die Hubschrauber aufmerksam machen, die die Athleten zu den Wettkampfstätten bringen, reine Sicherheitsmaßnahme, und auch nicht auf die ständigen Kontrollen und Durchsuchungen an den Eingängen.

Bei jeder Westreise achtet Béla darauf, dass sie von der Turnhalle direkt ins Hotel gehen und vom Hotel in die Turnhalle, die Kleinen haben kaum Zeit, Minimarmeladengläser und Shampoo-Pröbchen zu sammeln, da sind sie schon wieder im Flugzeug nach Bukarest. Hier aber bilden die in Silberpapier gewickelten und mit Ausrufezeichen versehenen Schokoriegel »Genuss garantiert!!!« eine Art unausweichliches, tentakelartiges globales Kettenkarussell, in dessen Fängen man sich nie hundertprozentig konzentrieren kann; alles in diesem olympischen Dorf macht den Mädchen schöne Augen, zögerlich strecken sie die Hand nach den neuesten Nike-Modellen aus, die in der Halle ausgestellt sind, eine zuckersüße Welt, die sich unbemerkt in ihren Köpfen einnistet. Weder Béla noch Márta richten viel aus gegen die sechshundertachtundzwanzig Sponsoren, die sich auf den Plätzen im Dorf drängen.

Gelb gekleidete Clowns reichen den Athleten Minigetränkedosen, ein Sortiment säuerlicher Sprudel, orange, bräunlich, grün, lila Plastikschüsseln quellen über von Kaugummis, Bonbons in den Farben der Spiele, aus riesigen Wannen fischt man T-Shirts, Kappen, Anstecker in den olympischen Farben, Plüschtiere in allen Größen, oh, darf ich eines mitnehmen für meinen Bruder, Genosse Lehrer? Und da ziehen sie weiter mit drei Bären im Arm, mit Schlüsselanhängern, Luftballons, schillernden Bändern und sogar Briefpapier. Perplex starren sie auf die Schilder für »Sonderangebote!!!« in den Läden auf dem Gelände. Drei zum Preis von zwei. Ein Dollar geschenkt, wenn Sie die ganze Reihe nehmen! »Hier werden die Leute dafür bezahlt, dass sie einkaufen«, behauptet Luminiţa. In bequemen Lounges mit gedämpftem Licht übertönen die neuesten Hits (Abba! Elton John und Kiki Dee!) den Ton des ständig laufenden Fernsehers. Die Mädchen bleiben stehen, fassen Márta am Arm, schauen Sie, da, wenn der Jingle ertönt, der den Werbeblock eröffnet. Diese Minifilmchen sind su-per, Frau Lehrerin. Und so lustig … Auf den Couchtischen stapeln sich Hochglanzmagazine. Sie probieren die Sofas aus, blättern in *Elle, Life, OK!*, erkennen nicht ein Gesicht außer »Alain Delon!«, rufen sie begeistert. Sie prusten jedes Mal los vor Lachen, wenn die Sicherheitstüren schrillen – »eine Ente!« –, mehrmals am Tag müssen sie da hindurch.

Alles ist so modern, meint Dorina wieder und wieder, so »hightech«, das Wort hat sie heute früh erst in einer Zeitschrift gelernt. Hightech, ständige Fürsorge, und alles so bequem: Beim Frühstück haben sie kaum einen Fruchtsaft geleert, da ertönt schon eine duftende Stimme an ihrer Schulter, die ihnen noch einen anbietet. Hightech, Hunderte von Hostessen, die wie gesunde, glänzende Zierpflanzen aufgestellt sind, so zuvorkommend, dass man sicher ist, irgendwo ist man sich schon einmal begegnet, wie sonst soll man sich ihre liebevolle Vertrautheit erklären, dieses Winken, das ihr »bye-bye« begleitet. Sie sind so schön schön schön, meint Dorina wieder und wieder zu Nadia, so modern! Sie riechen nach Minze und Haarlack, biegsam wie Sportlerinnen ohne Schweiß.

Angesichts dieses Überflusses von Möglichkeiten ist Béla machtlos. All diese unnötigen Bilder, dieser Hintergrundlärm, lauter bedrohlicher Sumpf. In Oneşti bekommt man schon mal zu hören, wenn man einmal durch die Stadt durch sei, könne man ja noch einmal in umgekehrter Richtung gehen. Dabei ist diese Leere gar nicht leer, wie beruhigend ist eine freie Straße, so viel Platz, einfach Luft, die Raum lässt für eine Geste. Schweigen zwischen den Bäumen, Auslagen mit erdigem, knubbeligem Obst und Gemüse, ein paar Puppen im einzigen Spielwarenladen und kleine Hinterhöfe, in denen man spielt, bis es dunkel wird, dann geht es nach Hause, Radio hören oder lange lesen, bis man einschläft. Diese Einschränkungen bergen einen umgekehrten Himmel; die wahren Schranken sind diese unbegrenzten Angebote hier, dieser westliche Reigen, bei dem einem schwindelig wird vor lauter Drehen.

»Dieser Überfluss, war das beeindruckend für Sie?«

»Natürlich. Wissen Sie, als meine Mutter zum ersten Mal in den Westen kam, das war in einem Vorort in New Jersey, tja, da hat sie geweint zwischen den Regalen im Supermarkt.«

Ich versuche zu verstehen. Hat Ştefania vor Freude geweint, war sie so vom Donner gerührt bei dieser ungewohnten Auswahl, allein von der Tatsache, dass sie überhaupt Auswahl hatte, und Nadia fällt mir ins Wort, fast schon aggressiv. Der Ekel vor diesem absurd aufgehäuften Zeug, korrigiert sie mich. Die Traurigkeit, die Begehrlichkeit in sich aufkommen zu fühlen angesichts von so viel hohlem Nichts. »Bei uns gab es nichts zu begehren. Und bei euch wird man ständig zum Begehren gedrängt.«

Ausführlich sprechen wir am Telefon über das, was ich Bélas »Winkelzüge« nenne, diese manchmal fast verzweifelte Art, die Turnerin ins Rampenlicht zu rücken, die bereits Europameisterin ist, für die sich aber die westlichen Medien nicht interessieren. Ich schicke Nadia meine Seiten, sie gibt keinen Kommentar dazu ab; Wochen später schreibt sie mir: »Das Wort ›Winkelzüge‹ ist zu negativ. Der Mythos von der Turnerin, die von der ganzen Welt neu entdeckt wird, so genial ist sie, ist völlig falsch. Die Kampfrichter müssen schon von einer Turnerin gehört haben, um sie angemessen betrachten und werten zu können. Und Béla wusste das. Niemand kannte uns, als wir nach Montreal kamen, alle wollten bloß die Russinnen. Béla war nicht nur ein Coach, eher schon ein Coach-Agent-Anwalt ... Schreiben Sie bitte ›Plan‹. Nicht ›Winkelzüge‹.«

Bélas Winkelzüge oder Bélas Plan

Geheult hat er, mit den Fäusten auf den Tisch gehauen, gewinselt, paketeweise Kent verschenkt und den Verantwortlichen beim Turnverband und im Zentralkomitee Medaillen versprochen. Schwächelnde Gören hat er geohrfeigt, Kekse, die er unter den Betten im Schlafsaal gefunden hatte, in den Müll geworfen und die Schuldigen ohne Abendessen ins Bett geschickt, sieben Ärzte hat er gefeuert, die Vornamen derer, die sich zu schwer verletzt hatten, um heute hier zu sein, hat er – noch nicht einmal mit Absicht – vergessen, er hat sich mit einem Budget von sechsundfünfzig Lei (knapp 2,60 D-Mark) pro Kind und Tag abgefunden, zu viel Essen bringt euch eh nur früher ins Grab, meine Lieben. Von seinen eigenen Händen hat er kleine Hautfetzen abgerissen, um sie auf Nadias offene Blasen zu kleben, Haut repariert Haut! Aber nichts zu machen, keiner kennt Rumänien, seit ihrer Ankunft im olympischen Dorf hat kein Journalist zum Interview gebeten. Béla hat alle Zeitungen gekauft, den Fernseher erst nach den englischen und französischen Nachrichten ausgeschaltet. Nichts, bis auf eine Kurzmeldung in einem Fachblatt.

Warum, wo Nadia doch seit zwei Jahren die amtierenden Meisterinnen abhängt, warum nicht eine Reportage, warum so wenig Fotos, warum wirkt Nadia noch immer wie ein Gerücht? Dieser Frust, wie an einer unsichtbaren Grenze von den Russinnen abgefangen zu werden, die den Blick aus dem Westen verstellen. Und irgendwo da, unter ferner liefen, sein Eichkätzchen-Clown.

Am 17. Juli ist das riesige Forum nur halb gefüllt. Der Hallensprecher kündigt die rumänische Mannschaft an, das Publikum klatscht zerstreut. Im Gänsemarsch wollen sie gerade losmarschieren, da fasst Béla Nadia am Arm. Der Sprecher wiederholt: »Die rumänische Mannschaft!« Mit einer Handbewegung gebietet Béla ihnen, sich nicht zu rühren, während er dem, der sie zusammenstauchen kommt, erklärt, eines seiner Mädels sei auf der Toilette, *sorry*. Die Lautsprecherstimme klingt jetzt anders: »Die rumänische Mannschaft?« Nadia wagt ein zaghaftes »Wir sind dran, Genosse Lehrer«, als hätte er kurz auf dem Schlauch gestanden. Béla beugt sich vor, flüstert ihr etwas ins Ohr, was sie wiederum Dorina ins Ohr flüstert, die es Mariana weitersagt und so weiter bis zu Luminița, die begeistert in die Hände klatscht.

Als sie endlich erscheinen, im Gleichschritt und in regelmäßigem Abstand, recken alle die Köpfe nach ihnen. Was ist das denn? Eine Pausenanimation? Ein Irrtum? Was tun denn hier so kleine Mädchen – wie alt sind sie, geschätzt kaum zwölf? Und alle sind sie gleich gekleidet, eine regelrechte Armee, während man bei den Russinnen selbst von Weitem noch Ljudmila in Rosa und Nelli in Königsblau unterscheiden kann. Über das abgetönte Weiß ihrer Turnanzüge laufen blau-gelb-rote Streifen, von oben an den Schenkeln bis unter die Achseln. Und wie eine Zielscheibe auf der Brust der Rumäninnen das Wappen: Tannen und ein Berg, dicht gedrängt unter einer naiv gelben Sonne, umringt von Kornähren, und obenan ein roter Stern, ohne auch nur die Andeutung eines Busens, der ihn verformen würde.

Die Mädchen aus den verschiedenen Mannschaften grüßen einander höflich und beginnen sich eine nach der anderen einzuturnen, die komplexen Elemente lassen sie aus, um sich nicht in letzter Sekunde zu verletzen. Nur die einen nicht. Gestärkt von Bélas Angriffsplan, laufen sie von einem Gerät zum anderen, eine Räuberbande, die ohne Zögern das gesamte Programm herunterturnt, als hätte der Wettkampf bereits begonnen.

Der Sprecher verkündet das Ende des Einturnens, alle kommen zurück in den neutralen Bereich, in dem die Gegnerinnen einander streifen, ohne je miteinander zu sprechen, ein stillschweigendes Gesetz. Welches die rumänischen Mädels soeben mit Füßen treten. Fröhlich-ungehobelt fallen sie über diesen Raum der Ruhe und der Erwartung her, bekleckern sie die olympischen Regeln: Wie ein elektrisierendes Nervenbündel in der schwülen Atmosphäre kommt Dorina daher, springt ab, Doppelsalto, und landet fast auf den Füßen der verblüfften Ljudmila, doch ohne einen Blick für die Russin zieht sie, unbekümmert vor sich hinsummend, das Gummi an ihren Rattenschwänzen nach. Dann kommt Nadia, auf Olga zu, hopp, zwei Rückwärtssaltos in Folge, ihr Fuß stößt an den Arm der verschreckten Russin. Die Sowjets drängen sich aneinander, umringen ihre verdutzten Trainer, wie kann Béla seine Turnerinnen nur das Risiko eingehen lassen, auf einer Tasche auszurutschen, einem Trainingsanzug, der auf dem Boden herumliegt! Gerade wollen sie sich beschweren, da pfeift Béla und klatscht in die Hände, und die Kleinen traben brav zu ihm.

Die amerikanischen Fernsehsender korrigieren überstürzt ihre Kamerapositionen, stellen sie so ein, dass sie Nahaufnahmen von den russischen Gesichtern machen können, Ljudmila, Olga und Nelli, die sichtlich getroffen sind von der Botschaft der Rumäninnen, diesen kriegerischen Paukenschlägen, den Elementen, die niemand im Raum beim Namen kennt.

* * *

Heute heißt es, Nadia habe in Montreal in absoluter Stille geturnt. In Wirklichkeit dröhnte gleichzeitig die Musik zur Bodenkür einer Russin, während noch eine Dritte unter den Anfeuerungen des Publikums auf das Sprungpferd Anlauf nahm. Es heißt, Béla habe seine Sitznachbarin brutal zum Schweigen gebracht, die, während Nadia auf dem Schwebebalken tanzte, zu Gott flehte, das alles möge ein Ende haben. Er sah jedes Detail, jeden Sprung, jede Drehung, alles, wie ein Hindernislauf, eines nach dem anderen abgehakt, er starrte auf den linken Knöchel des Kindes, der nach einer Stauchung letzte Woche bandagiert worden war, hoffentlich, hoffentlich hält er. Dorina dagegen erinnert sich an diesen Moment, in dem sie plötzlich sicher war, dass Nadia nicht mehr stürzen konnte, als hätte sie es verlernt. *Ave Nadia, gratia plena*, stammelt der Kommentator in der Liveübertragung. Und für diese ganze Geschichte wird sie endlos einstehen müssen, wird Bilder und

Zahlen erforschen müssen wie ein Rätsel, auf das sie noch immer keine Antwort findet.

Auf meine Frage: »Können Sie ermessen, was Sie 1976 bewirkt haben?«, erwidert Nadia, die Schlafwandlerin ihrer Überkindheit: »Nein, ich weiß nicht, ich frage mich das immer noch … Was habe ich denn getan?«

Sie haben die Patina von der Zukunft geputzt und den hübschen schmalen Pfad weggefegt, der für kleine Mädchen vorgesehen war, möchte ich Nadia C. zurufen, Ihnen verdanken die kleinen Mädchen vom Sommer 1976 ihren Traum, sich ins Nichts zu werfen, mit angespannten Bauchmuskeln und nackter Haut.

Ein Lausbub bin ich

Nadia wird auf allen postolympischen Huldigungen des Westens herumgereicht, immer in Begleitung von Dorina, ein großartiges Casting, die Königin mit ihrer Zofe, einem geläufigeren Modell. Ins Fernsehstudio kommen sie in Begleitung einer Dolmetscherin, »Verbands-Jugendleiterin Rumänien«, eine Aufpasserin, die die Wortwahl überwachen soll.

Auffällig die fast greifbare Nervosität der »Dolmetscherin« – es wird live gesendet –, als die Moderatorin wissen möchte, ob die Mädchen es nach diesem Monat in Montreal eilig haben, nach Rumänien zurückzukommen. Ihre Erleichterung, als beide sich begeistert zeigen, den Westen hinter sich zu lassen. Das Interview ist beinahe zu Ende, eine schleichende Werbung für die wohltuende Wirkung der sozialistischen Kindheit.

Mit einem breiten Lächeln fragt die Moderatorin: »Was hast du vor, wenn das hier alles zu Ende ist?« Das Kind sitzt nachlässig, mit leicht gespreizten Beinen in einem ledernen Drehsessel, den es vergnügt hin- und herschwingen lässt. »Daran denke ich noch nicht«, antwortet sie in demselben Reflex, wie man sich die Ohren zuhält. »Natürlich nicht, Liebes, aber … Sag mal, wenn das hier alles zu Ende ist, Nadia, wirst du dann heiraten?« Kaum ist die Frage gestellt, da prustet Nadia los, versinkt noch tiefer in dem kreiselnden Stuhl, ihr gelber Synthetik-Rolli bildet auf ihrem hohlen Bauch eine Falte, sie zieht das Gummi an ihrem linken Rattenschwanz nach.

Und jetzt, ein schwieriges Thema, aber unvermeidlich. Die Moderatorin mit dem dicken Haarknoten senkt die Stimme und beugt sich zu der in ein blaues Kostüm gezwängten Dolmetscherin, die zustimmend nickt, ja, richtig, unvermeidlich.

»Wie soll ich sagen … Siehst du, Liebes, Olga ist ja jetzt … groß geworden. Was hast du vor? … Wenn du anfängst abzubauen.«

Ausgiebig mustert das Kind die Frauen. Und mit der Andeutung eines aufsässigen Lächelns manövriert sie sich aus dem Abgrund: »Ich denke nicht ans Abbauen. Das hier ist erst der Anfang.« Nun, da überlassen sie sie gerührt der Kindheit und bitten sie zum Abschluss, etwas auf Rumänisch zu singen, ein Volkslied vielleicht? Die Kleine kräuselt die Nase, wendet sich ihrer Komparsin zu, sie stecken die Köpfe zusammen, verschwörerisches Getuschel, dann richtet sich Nadia in ihrem Sessel auf, und wie eine Unabhängigkeitserklärung, ein Schleichweg, frei von roten Schleifen, entbietet sie ihre bleichen, ungeschminkten Wangen den Scheinwerfern und schmettert mit festem Blick in die Kamera: »Ein Lausbub bin ich, frech wie je, juchheirassa juchhe!«

* * *

Rund um Nadia sammeln sich in diesem Sommer 1976 weitere Zahlen an; fünftausend Anrufe an den kanadischen Turnverband in weniger als drei Monaten, in den USA sechzig Prozent mehr Notrufe: beim »Nadia-Spielen« haben sich die Mädchen Handgelenk oder Knöchel gebrochen.

Als ob ihre Töchter vor nichts mehr Angst hätten, als wären lauter Jungen an ihnen verloren gegangen, sorgen sich die Eltern kleiner Mädchen im Westen, die sich an die höchsten Äste hängen und im Turnanzug zum Essen kommen, verschwitzt und zerzaust. Das ist bestimmt nur eine Phase. Das vergeht schon wieder.

Momentaufnahmen

26. bis 27. Juli 1976

– Die Titelseite einer amerikanischen Tageszeitung druckt »BYE-BYE, NADIA!«, sie steht vor einem Mikrofon, das von einer Männerhand gehalten wird, im Arm hält sie eine braunhaarige Puppe mit hängendem Kopf.

– Am Flughafen von Montreal erkennen Hunderte sie wieder und wollen ihre Rattenschwänze berühren, sie wird an den Schalter von Air Canada gedrängt. Irgendwie wird sie in einem Büro in Sicherheit gebracht, die Stewardess beugt sich zu ihr herunter und streicht über Nadias Wange – *so cute* –, während sie ihr ein Glas Wasser reicht, ein Pilot unterhält sich derweil mit den Journalisten; er erinnert sich, ja, vor einem Jahr oder zwei flog er Bukarest–London, und sie war da mit ihrer Mannschaft, sie durfte nach vorne ins Cockpit. Jede Menge Fragen zum Flug hat sie gestellt. Tja, und jetzt begegnet er ihr neulich im Fernsehen, und das Kampfgericht gibt ihr die Höchstwertung! »Ich war so stolz … Mein kleines Mädchen …«

– Am Flughafen von Bukarest warten siebentausend, rennen hinaus auf die Landebahn, das Flugzeug muss weit vor der eigentlichen Parkposition stehen bleiben. Kein Vergleich mit den Besuchen ausländischer Staatschefs, bei denen sie alle zur Teilnahme angehalten sind, wo sie mit einem künstlichen Lächeln an den Prachtstraßen stehen und Fähnchen schwenken. Diesmal müssen die Parteifunktionäre in Militäruniform eine ganze Stadt im Zaum halten, die winkt, Blumen wirft, bunte Plakate werden hochgehalten, um die Laternenmasten winden sich Männer bis ganz oben, den Fotoapparat im Anschlag.

In ihrem lavendelblauen Kostüm, der offiziellen Mannschaftskleidung, knielanger Rock, setzt sie einen Fuß auf die Gangway, die Stewardess hat ihr ein paar rote Nelken gereicht, dann hält sie inne und tritt in die Kabine zurück, ich kann nicht, Herr Lehrer, ich will hierbleiben, sie klammert sich an seinen Ärmel, er wird wütend, dem Zentralkomitee hat er Fotos versprochen, General Mladescu ist eigens für dieses Mädel angereist, das gerade aussieht, als hätte es in tiefster Nacht ein Monster unter dem Bett entdeckt. Durch die offene Tür hört man das fröhliche »NA-DI-A, NA-DI-A!« und Füßetrampeln. Dorina richtet wortlos Nadias Pferdeschwanz gerade und drängt sie sanft Richtung Ausgang. Béla versucht vorwärts zu kommen, aber die Menge ist zu dicht, da ist plötzlich ein Mikrofon und tanzt Nadia ungeschickt vor dem Mund, und sie sagt ihr Sprüchlein: »Ich bringe drei Goldmedaillen nach Hause, und ich widme sie der Partei, dem Vaterland und dem rumänischen Volk.« Aber sie ist kaum zu hören, denn ein Kinderchor schmettert: »BRA-VO NA-D-III-A!«, ein Journalist fasst sie brutal am Arm, noch mal, verlangt er, noch mal, Béla stößt ihn zurück, Nadia reibt sich den Arm, Béla streicht ihr über die schweißnasse Stirn, er hält die kleine, feuchte Hand, flüstert ihr ins Ohr: »Noch mal von vorne, Liebes. Los, Liebes.«

Am nächsten Tag druckt die *Scînteia* das Telegramm aus Montreal an Nicolae und Elena Ceaușescu, in dem sie ihnen danken, dass sie diesen großen Sieg ermöglicht haben, die Unterzeichneten, in Rangordnung, Nadia Dorina Mariana Anca Gabriela Luminița Iuliana.

– Über sechzigtausend Briefe aus aller Welt gelangen nach Onești, bei manchen steht auf dem Umschlag nur:

Frl. Nadia Comăneci, Kunstturnerin, Rumänien

– Zweihunderttausend Postkarten mit ihrem Foto druckt die rumänische Post, bitte in der Schlusspose ihrer Bodenübung. Im weißen Turnanzug natürlich, die rechte Fußspitze aufgestellt. Und ein Lächeln, dieses Lächeln, dessen

Existenz sie jetzt beweisen muss, um die Kritiker in die Schranken zu weisen.

– Sie haben nur einen Wunsch, dieses Verlangen: das Mädel zu sehen. Hussein von Jordanien, Jimmy Carter, Giscard d'Estaing, alle träumen sie davon, bei ihrem Staatsbesuch in Bukarest die Kleine beim Training zu sehen. Und was soll sie machen, um sie zufriedenzustellen? Die Übung von Montreal, vor allem die Schlusspose, du weißt schon.

Da sitzen sie in den Höhen der schönen Turnhalle, sie prustet los, als sie sich nach einer Bahn gerade noch fängt. Sie sitzt bis spät abends mit ihnen zu Tisch in diesem edlen Restaurant für die Mächtigen, die Diplomaten und Securitate-Beamten, Kinder gibt es nicht im Capşa, die Kellner beugen sich, eine gestärkte Serviette auf dem Unterarm, in aller Form zu ihr herunter, es gibt so viel zu essen, Fleisch, Soßen, sie bekommt ein bisschen Wein.

Sie posiert zwischen zwei Generälen. Sie posiert zu Hause, im Wohnzimmer, auf dem alten entenblauen Sofa mit dem goldgelben Überwurf, ihr Vater im Anzug (zu so einem Anlass) betrachtet sie, wendet sich ihr zu, während sie mit einem Album auf den Knien tut, als würde sie Briefmarken sortieren. Der Fotograf hat sie gebeten, gelbe Strümpfe anzuziehen, als Ergänzung zur roten Jacke und der blauen Hose des Trainingsanzugs.

In Schuluniform, weißes Haarband, die himmelblaue Bluse bis zum Hals zugeknöpft, darüber das dunkelblaue Hängekleid, sie posiert, ernster Blick, im Kreis ihrer Mitschülerinnen, eine unscharfe Masse von Händen, die verzückt auf die Medaillen um ihren Hals weisen.

Sie posiert mit Béla im Park der Turnhalle, Orchideenschleifen an ihren Rattenschwänzen. Als würden sie ihre Arbeit besprechen, sie gibt die Miniaturmitarbeiterin an der Weltarchitektur, die sie errichtet haben.

Sie posiert in ihrem Zimmer zwischen den Puppen aus den »fünf Kontinenten«, die ihre Mutter sorgfältig auf das Bett drapiert hat.

Sie posiert in rumänischer Trachtenbluse.

Sie posiert am Strand, im zitronengelben Bikini, einen roten Ball in den Händen. Nadias wohlverdiente Ferien! Sie posiert im Badeanzug, umringt von Kindern, denen sie Autogramme gibt.

Mit den Mädchen aus der Mannschaft, am Strand, im Trainingsanzug (in dieser von der Partei gesponserten Ferienwoche trainieren sie von sieben bis neun Uhr, machen Gleichgewichtsspiele im Sand, dann Mittagessen, obligatorische Mittagsruhe, danach eine Stunde Schwimmen und einen Strandlauf, um die Knöchel zu stärken, gefolgt von einem »gemütlichen« Training bis zum Abendessen).

Sie posiert im Schnee, die Mädchen aus der Mannschaft stehen auf Skiern in einer Reihe hinter ihr, aber Nadia muss sie nach dem Foto abschnallen, denn Béla erlaubt nicht, dass sie einen Sturz riskiert.

Sie posiert im Kreis von Erwachsenen in Militäruniform (der schmerbäuchige General hält für das Foto sehr ausgiebig ihre Hand, Nadia hört ihn laut schnaufen, seine Hand ist breit und wabbelig).

Auf einem Podest vor ihrem riesigen Porträt, auf einer Hochhausfassade, ein Mädchen mit harten, überheblichen Zügen.

Dieser Fotoband über sie endet mit einem Bild von der

Kundgebung im Kongresszentrum, bei der sie zur Heldin der sozialistischen Arbeit ernannt wird, nie zuvor hat es eine so junge gegeben, weil dieser Titel normalerweise Müttern kinderreicher Familien zuerkannt wird. Sie ist das Neue Kind des Fortschritts, moderner noch als die stark expandierende rumänische Erdölindustrie.

Man sieht sie im Profil, wie sie Ceauşescu zulächelt. Wieder im himmelblauen Kostüm der Mannschaft tritt sie ans Mikrofon und sagt mit spitzer Stimme ihr Sprüchlein auf: »Ich bin sehr bewegt. Aus der Hand dessen, der in Rumänien am meisten geliebt wird! Diesen Augusttag werde ich nie vergessen. So wenig wie Ihren Glauben an mein Können und den der vielgeliebten Genossin Elena. Alle Mädchen in der Mannschaft haben die Wärme Ihrer elterlichen Liebe gespürt, und wir danken Ihnen von ganzem Herzen, geliebter Conducător.« Mit einer Handbewegung bringt er den Applaus zum Schweigen: »Da haben wir ein junges Mädchen, geboren in einem sozialistischen Staat und geehrt mit den höchsten sportlichen Auszeichnungen der Welt!« Jeder Satz des Conducătors wird mit »anhaltendem« Applaus bedacht, so die offizielle Bekanntmachung.

Sie posiert mit Béla, er beugt sich herunter, um vor dem Objektiv auf ihrer Höhe zu sein. Er selbst erhält den Banner der Arbeit, eine Auszeichnung für diejenigen, die die Jugend an die Vollkommenheit heranführen. Jeden Morgen beim Training begrüßt er sie, die einen noch angeseheneren Orden erhalten hat als er selbst, mit den Worten: »Ah! Da ist ja unsere heilige, prämierte Kuh!«

From Romania with Love, Nadia

1977

»Das muss ja was gewesen sein, als die Teams von EBS Entertainment in Onești gelandet sind …«

»Oh ja! Die Leute haben sich um den Ü-Wagen gedrängelt und um Flip, kein Mensch hatte in Onești jemals einen Schwarzen gesehen …«

»Und wie hat Flip Wilson das aufgenommen?«

(Sie lacht.)

»Er hat gleich morgens mit allen mit Țuică angestoßen, und mit dem Dreh mussten wir dann warten, bis er wieder nüchtern war!«

»Auf ihn geht das Bild von Béla beim amerikanischen Publikum zurück, er hat ihn zu einer Gestalt in dem Märchen gemacht, das die Medien um Sie errichtet haben …«

»Die Amerikaner haben Béla sofort angehimmelt. Er hatte einfach alles …«

»Zum Beispiel?«

»Ach, seine Sprüche, wissen Sie, er hatte das vor der Aufzeichnung auswendig gelernt, ›Winning is everything‹ *oder* ›Show me a good loser and I'll show you a loser‹. *Solche Sachen.«*

»Erinnert Sie das nicht an etwas, der unglaubliche Vorspann?«

»Nein … An einen Film?«

»Der Sechs-Millionen-Dollar-Mann, *und Sie in der Rolle von Steve Austin!«*

»Der Anlass für meine Reise ist ein kleines Mädchen. Ich habe mich im gleichen Moment in sie verliebt wie Sie, Millionen Fernsehzuschauer.« Mit diesen Worten von Flip Wilson, Moderator und Comedian-Superstar, beginnt die amerikanische Unterhaltungssendung, die in der Primetime gesendet wird. Der Titel: *From Romania with Love, Nadia.* Energische Musik unterstreicht die schnelle Montage des Vorspanns, eine Folge lächelnder Gesichter; zunächst die Nebenrollen: Dorina, Luminița, Mariana, Márta in einem farbenprächtigen *Split Screen*, dann Béla, der ein paar Sekunden Standbild abbekommt, und schließlich, Trommelwirbel und triumphierende Fanfaren, ein Zoom auf Nadias lachendes Gesicht.

Eröffnungssequenz: Ein tollpatschiger Flip Wilson keuchend hinter Nadia, verzweifelt winkt er in die Kamera, sie läuft weit vor ihm, beide tragen den Trainingsanzug der rumänischen Mannschaft. Überblenden in die Turnhalle, Flip steht auf dem Schwebebalken, sie hält ihm die Hand, er wimmert: »Mama, ich habe Angst!« Dann Flip Wilson im Kreis von Kindern mit goldener Haut und in dicken weißen Blusen mit roter, blauer und grüner Blumenstickerei; brav applaudieren sie dem Moderator, bevor sie sich zu einem traditionellen Rundtanz bei der Hand fassen, begleitet von runzeligen alten Musikern, die man eigens aus Bukarest hat kommen lassen, Profis, die jungen Musiker aus Onești interessieren sich nur für die Stones und können keine der Volksweisen, die die Amerikaner hören möchten.

Flip Wilson, im Gegenlicht vor der rot leuchtenden Sonne, hält eine goldene Weintraube in die Kamera: »Diese Weinbeeren« – er beißt hinein, schließt die Augen, mmmm – »unvergesslich, Freunde, und dieses Brot« – eine

Frau mit Blumenkopftuch reicht ihm eine dicke Scheibe Brot – »dieses Brot, wooow, da vergesse ich lieber, was man bei uns Brot nennt, bäh.« Und er wirft ein eingeschweißtes, farbloses Toastbrot über die Schulter. Die Schlussszene öffnet den Blick auf die Kinder, die sich auf der Wiese zu einem Chor formiert haben und ein nostalgisches Lied zum Besten geben, Flip drückt Nadia an sich, während er aus dem Off mit zitternder Stimme verspricht: »Ich werde da sein in Moskau, und vom Publikum aus werde ich meiner Nadia Kusshände zuwerfen!«

Mehr noch als für Nadia wirbt diese Sendung für Rumänien. Ein fröhliches Rumänien. Und diesmal geht es nicht um ein Komma, sondern um ein unterschlagenes Wort: kommunistisch. Obwohl es nie ausgesprochen wird, gilt doch der Lobpreis in dieser ganzen verblüffenden amerikanischen Werbeveranstaltung einem naiven, frühlingshellen Kommunismus mit vor Gesundheit strotzenden Pionieren. Eine stumme Koproduktion zwischen Rumänien und den USA, denn in der Sendung gibt es kein Interview mit Nadia, und was sie mit Béla spricht, wird nicht übersetzt.

Betört vom weißen Turnanzug der zarten Kommunistin widersetzen sich die kleinen Mädchen im Westen den kalten Kriegen. Sie hungern nach unerbittlichen Prüfungen und Urteilen, nach nachtschlafenden Weckrufen, nicht klimatisierter Luft, nach Hymnen und nach Nüchternheit, und zerfressen von dem Wunsch, dabei zu sein, von dieser Selbstaufgabe, folgen dem Ruf ganze Armeen von kleinen Simone Weils und machen sich auf zur Turnstunde nach Rumänien, eine Kampfansage an die zuckersüße Welt, die sie zu Hause erwartet.

Genosse

> So ist der Mann. So ist der politische Führer. So ist Ceauşescu, der Staatspräsident, der als einzige Ehrerbietung die annimmt, wie Mose sein Volk anführen zu können auf dem Weg ins versprochene Land des Wohlstands und der Unabhängigkeit.
>
> M.-P. Hamelet, Journalist bei Le Figaro, 1971

Wie soll man ihn beim Namen nennen. Er heißt meisterhafte Zahlen, exponentiell steigende Grafiken, stetiger Zuwachs bei der Weizen- und Gemüseproduktion, spektakulärer Fortschritt im Lande. Er ist die Kraft, der Leiter, der Führer, der Leuchtturm. Er ergreift nicht Partei zwischen China und der UdSSR, wirkt bei der Vorbereitung der KSZE-Schlussakte von Helsinki mit, spricht mit der BRD wie mit der DDR, empfängt nach dem Sechstagekrieg Arafat und bricht doch nicht mit Israel. Am 15. August 1968 reist er nach Prag, um Dubček seine Unterstützung zuzusichern, und erklärt bei seiner Rückkehr nach Bukarest vor einer riesigen Menge: »Rumänien verurteilt die Invasion der russischen Panzer in der Tschechoslowakei!« Rumänien. Verurteilt. Diese Worte, noch nie in syntaktischer Folge verwendet, erhalten Beifall bis aus den USA. In Frankreich begrüßt Charles de Gaulle die »heilsame Brise im Osten« und verleiht ihm das Großkreuz der Ehrenlegion. Nixon ist begeistert von dem Empfang, der ihm in Bukarest bereitet wird, und hebt die offensichtlichen Parallelen zwischen den USA und Rumänien hervor.

Es gab den Ostblock und den Westen. Er schlängelt sich dazwischen, gibt sich als Brücke zwischen beiden.

Wie soll man ihn nennen? »Genosse« wirkt zu vertraulich für einen, der, kaum auf dem Präsidententhron, bei einem Architekten ein königliches Zepter für die Kundgebungen bestellt. Generalsekretär der Kommunistischen Partei, Staatsratsvorsitzender, Staatspräsident und oberster Führer zugleich. Er ist der Ingenieur der Zukunft, er konstruiert die Erzählung, in der sie leben werden. Er reicht dir die Hand: Nimm Platz in der Geschichte, werde Teil dessen, was ich nach und nach ersinne. Der Genosse spricht, ohne sich Zeit zum Atemholen zu gönnen. Er deklamiert, er proklamiert. Der Genosse übernimmt alle Rollen, und das Publikum klatscht Beifall. Er widersteht den Sowjets! Er ist der endlich wiedergewonnene Nationalstolz! Kontaktperson für westliche Regierungschefs! Ihr moderner Partner, ein Kennedy des Ostens, sich seiner Tradition freilich stets bewusst, ein feudaler König im Kreis seiner Ritter, zum Nationalfeiertag in mittelalterlichem Gewand! Er wird bejubelt, von Dichtern gefeiert, gepriesen von Schriftstellern als »führender Denker auf dieser Erde«, »der dem Leben wieder Leben geschenkt hat«, »der denkende Polarstern, die Donau des Denkens«. Und alle nehmen sie teil am Aufbau des rumänischen Unterfangens, für jeden gibt es eine Rolle, eine Botschaft, die er in den Arenen hochhalten kann, es lebe unser geliebter Conducător!

Das Land ist ein unförmiges Gewebe, das dringend seine Pracht zurückgewinnen muss, und rau ist es, verdammtes Bauernleinen. Ein Gewebe, das sich irgendwann an die Form gewöhnt, die man ihm aufprägt, aber dieses Land verformt sich so schnell wieder, ständig muss man es sich wieder vorknöpfen … Das Tempo legt zu, die Geschichte muss haargenau die bleiben, die der Genosse entworfen hat, unbedingt: Brigaden von Redakteuren und Korrektoren lesen die Artikel in der Tageszeitung *Scînteia* und prüfen, dass sein Name bei jeder der dreißig Erwähnungen pro Seite richtig geschrieben ist, CEAUŞESCU.

Nicht nur Worte sind nötig, sondern auch Bilder: Kinder. Weiß gekleidet reichen sie ihm die Hand, strahlen ihn an. Und ihr, der Genossin Elena, diesem Triumph des Willens und des Fortschritts, eine Frau, deren Auftritt und Herkunft bescheiden sind, die aber zur »größten Gelehrten von Weltruhm« geworden ist, mit akademischen Graden überhäuft für ihre Dissertation über Polymerisation, die Verteidigung fand in der Abgeschiedenheit einer Universität statt, die für Studenten verboten und von Polizisten bewacht wurde. Elena, »ehrwürdige Ingenieurin, Doktorin, Vorsitzende des Staatsrats für Wissenschaft und Technik«, die Neue Frau, Mutter und zugleich Ministerin für Forschung, Erziehung, Justiz und Gesundheit, umflattert von Tauben, die man beim Dreh der unzähligen Dokumentarfilme über ihr aufsteigen lässt. Und diese kraftvolle Nadia ist ihr Verdienst, das Neue Kind, das sie beklatschen, denn heute ist sie das Schauspiel.

»Sie haben gut recherchiert«, meint sie nach langem Schweigen … »Ich sage nicht, dass es das, was Sie schreiben, nicht gegeben hat, aber es ist eben eine Analyse im Rückblick. Ich steckte mittendrin. Und da war es ganz anders als das, was Sie beschreiben. Es wird Sie schockieren, ich kenne ja die Gewissheiten Ihrer sogenannten liberalen Demokratien zu diesem Thema … aber da war auch eine Art … Freude in den 1970er-Jahren, obwohl das natürlich nichts am Übrigen

ändert. Ich hasse diese Filme, die Romane über Osteuropa, all diese Klischees. Die grauen Straßen. Die grauen Menschen. Die Kälte. Wenn ich Leuten aus dem Westen erzähle, dass man in Bukarest im Sommer vor Hitze erstickt, schauen sie mich an, als hätte ich eine Schraube locker, und das noch heute! Lassen Sie uns bitte versuchen, mein Leben oder die Jahre von damals nicht zu einem schlechten, schwarz-weiß malenden Film zu machen. Ich wünsche Ihnen eine gute Nacht.«

Sie legt so schnell auf, dass ich ihr gar nicht von meinem Treffen mit Mihaela G. erzählen kann, der Soziologin, die mir erklärt, warum das Turnen für die Machthaber so schnell die Priorität unter den Sportarten erlangte: Die Turnerinnen aßen wenig, sie waren sehr rentabel; zu jung, um eine Meinung zu vertreten über das, was sich im Lande abspielte, sie würden bei keinem Wettkampf im Westen politisches Asyl beantragen.

Das kleine Mädchen aus Onești entflammt mit den Spitzen seiner Schläppchen ganz Rumänien, bei ihm schillert der Kommunismus, der zum postkartengroßen Bild eines weißen Turnanzugs mit rotem Stern gemacht wurde, die Reinheit in Nadias Feuereifer für die Arbeit, hochverehrt im Westen, dem so ein laizistischer Engel abgeht.

Die Russen haben die Welt mit dem Sputnik fasziniert, und wie die USA werden sie militärisch die Oberhand behalten. Rumänien aber macht mit denen, die Béla seine »Marschflugkörper« nennt, die weltweit hinreißendste Show, die mit ihrer Wunderwaffe fasziniert: der Bombe Nadia C., die turnt, was die amerikanischen Experten mit Worten beschreiben wie »reiner Wahnsinn, eine biomechanische

Unmöglichkeit«. Bis der Oberregisseur sich allmählich verärgert zeigt über den winzigen Schatten, der ihn selbst zu sehr ins Abseits stellt. Ceauşescu, so erfahre ich von Mihaela, ordnet daher 1981 landesweite Sing-, Tanz- und Turnwettbewerbe an, um das Bild des heroischen Mädchens zu verwässern, das er selbst gekrönt hat.

Wie ein Hund

In den ersten Frühlingstagen 1977 wird sie ausgiebig herausgeputzt. Ihre Mutter hat das lavendelblaue Kostüm gebügelt, das sie seit letzten Sommer nicht getragen hat, sie musste den Knopf am Bund versetzen, er war zu eng, sie wird frisiert, Pferdeschwanz oder Rattenschwänze?, dabei geht es gar nicht zu einem Wettkampf.

Direkt vor dem Aufbruch mustert Márta sie mit prüfendem Blick – sie wird mit ihr nach Bukarest fahren – und schlägt Ştefania vor, etwas Rouge auf die Wangen zu legen, sie sieht hundeelend aus, die Kleine. Die Mutter lehnt ab, »Nein, das genügt«, und unterbricht sich wie eine Ertappte. Márta und Béla stehen ihm nahe, du-weißt-schonwem, und wenn sie an höherer Stelle berichten, sie habe in Wirklichkeit gesagt »Das ist auch so schon mehr als genug«? Dann würde daraus geschlossen, dass sie und ihr Mann staatsfeindlich eingestellt sind, sich zersetzend verhalten bezüglich der nationalen Feierlichkeiten um ihre Tochter, die zum nationalen Symbol geworden ist. Vielleicht bereiten sie sogar die Ausreise vor, auf die müssen wir ein Auge haben, ich verlasse mich auf Sie, Márta. Die Eltern einer Heldin wie unserer Nadia müssen völlig untadelig sein, wenn die jetzigen nicht passen, dann müssen wir eben andere nehmen.

* * *

Nadia ist dem Genossen schon einmal begegnet: Langsam hat er sich von seinem Stuhl (einem Thron) erhoben, um ihr die Hand zu drücken, als sie bei der Kundgebung geehrt wurde.

»Das ist wirklich etwas Besonderes«, bekommt sie zu hören, »du musst ja so stolz sein, er wird dich persönlich empfangen wie eine Ministerin!«

Müssen sich alle Minister die Hände waschen, fragt sie die Dame, die sie bei ihrer Ankunft in ein Badezimmer führt mit Wänden, so glatt und weiß, dass sie aussehen wie ein Vorwurf an alles, was nicht glatt und weiß ist. Sie zögert kurz, bevor sie die Hand auf den Wasserhahn legt, ein Schwanenhals, muss man ihn am Schnabel fassen oder ihm den Hals umdrehen, um das warme Wasser abzustellen? Und als sie dann in seinem Büro ist, geht alles schief. Die Angesehenste Gelehrte der Welt ist da und herrscht Nadia an, als diese sich setzt: »Steh auf, bist du etwa schon müde?«, sie hat den falschen Stuhl erwischt, wie soll sie es auch wissen, sie war noch nie in einem Raum mit so vielen Möglichkeiten, all diese bestickten, gepolsterten Stühle, manche mit granatrotem Samt, andere wassergrün, Sofas und Teppiche viel weicher als die Matten in der Turnhalle.

Er wendet ihr den Rücken zu. Die Sonne, die sachte Streifen durch das Dämmerlicht im Raum zieht, lässt seine schwarz-grauen, mit Pomade geglätteten Haare funkeln, keiner sagt etwas, und sie ist durstig. Ganz aufrecht steht der Genosse da, und sein dunkelgrauer Anzug scheint seinen Gesten zu gehorchen. Wie ein Pope, aber Popen riechen nach altem Holz und Muff. Er ist eher wie ein Vater, nicht ein Papa, ein Vater, sauberer als eine Familie.

Hinterher wird sie tausendmal gefragt, wie es war, und sie erfindet ein bisschen, schließlich wird sie nicht den Vorfall mit dem Stuhl erzählen, oder dass die angesehenste Gelehrte der Welt mit dem Conducător über sie geredet hat, als wäre sie gar nicht da: »Die hat ja verdammt Fett angesetzt, oder?«, und sie dann angefahren hat: »Los, los!«, damit sie schnell verschwindet.

Amerikanisches Zwischenspiel: Der Prozess

September 1977

Die Fernsehsendung, für die sie eigens nach New York geschickt wird, ist kein Prozess, jedenfalls kein echter. Diese Sendung, die so viele Menschen gesehen haben, all diese Leute, die seufzend in ihren Wohnzimmern hocken – hui, was hat die Fee zugelegt –, es ist so kränkend, so demütigend, als risse man ihr die Hose herunter und zwänge sie zu einem lauten Geständnis: »Ja, ich habe meine Tage.« Denn darum geht es doch, aber nein, traurig und ungläubig sprechen sie über sie, immer wieder »Nanu, du hast dich … verändert«, und das heißt, du hast jetzt deine Tage, und sie, die pausbäckige, plumpe Idiotin, die nicht raus kann aus ihrem Sessel und einfach gehen, rutscht im Gegenteil bei jeder Frage des Moderators ein bisschen tiefer hinein.

Und sie träumt, dass sie heult, oder sie heult wirklich, aber das kann doch gar nicht sein, denn wenn sie heulen würde, käme ihre Mutter gelaufen, bestimmt, aber hier kommt keiner, als sie nach der Sendung so bitter weint. Sie sitzt auf dem Sessel in der Maske, wo ihr das zu dunkle Make-up abgeschminkt wird, sie senkt den Blick auf ihre Schenkel, die noch ausladender sind als gestern, ihre Mutter wird nicht kommen, sie ist zu weit weg, und überhaupt, wer könnte nur ihr Fleisch in Schach halten, das lebendig wird wie fresssüchtige, arrogante, brutale Blumen, die sich das Recht anmaßen, sie nach und nach zu ersetzen.

Der Prozess läuft im Fernsehen, drei Minuten und neununddreißig Sekunden in einer amerikanischen Unterhaltungssendung. Auf einen Anwalt wird verzichtet. Die Angeklagte Nadia C. tritt auf in Begleitung einer Rumänin, die als ihre Dolmetscherin vorgestellt wird. Im Lauf des Prozesses wird freilich erkennbar, dass die »Dolmetscherin« keine Fürsprecherin der Angeklagten ist, sondern eher eine bizarre Anwältin eines Konglomerats bestehend aus: dem Trainer Béla Károlyi, dem rumänischen Turnverband sowie all den vielen Fernsehzuschauern, die sich beraubt fühlen, betrogen durch das neue Auftreten besagter Nadia C. (siehe all die Briefe nach der Ausstrahlung der Europameisterschaften, in denen sich beklagt wird, dass die Elfe von Montreal nicht wiederzuerkennen sei).

Untersucht werden unanfechtbare Fakten, bezeugt per Meterstab und Waage, durch wissenschaftlich belegte Beweise. Tunlichst bleibt man beim höflichen Ton im Gespräch mit dem Kind im roten Rollkragenpullover, das sich in seinem Sessel verkriecht.

Moderator: »Wie es heißt, hast du seit Montreal ein paar Kilo zugenommen … Warst du krank?«

Die Dolmetscherin auf Rumänisch zu Nadia: »Verglichen mit Montreal bis du dick geworden und arbeitest viel schlechter.«

Der Toningenieur bedeutet dem Moderator, dass die Antwort des Mädchens trotz Ansteckmikrofon unhörbar ist, ein verlegenes halblautes Murmeln.

Moderator: »Es gibt aber doch etwas, was sich nicht verändert hat, Nadia, du sprichst sehr, sehr leise, bist du immer noch so schüchtern?«

Dolmetscherin, verärgert: »Er fragt, ob du vielleicht mal lauter reden kannst?«

Lächeln, ein Schnaufen, fast eine Entschuldigung.

Moderator: »Nadia, eines Tages hast du vielleicht selbst eine Tochter, möchtest du, dass sie Turnmeisterin wird wie du?«

Fieberhaft fällt sie der Dolmetscherin ins Wort, die gerade »übersetzen« will: »Nein, daran denke ich noch nicht, ich habe noch Zeit, viel Zeit.«

Die Manager im Westen

Im selben Jahr 1977 herrscht in den Westmedien ein Triumvirat von kleinen Mädchen. Jodie Foster spielt in *Taxi Driver* eine kindliche Prostituierte, in hochhackigen Sandalen und Minishorts zieht sie über New Yorks Bürgersteige. »Bist du wirklich erst zwölfeinhalb?«, fragt Robert De Niro alias Travis Bickle, »Hey, Jodie, hast du einen

Freund, wann willst du heiraten?«, fragt der Journalist, der die Schauspielerin in seine Sendung lädt.

Auch Brooke Shields verkörpert in Louis Malles *Pretty Baby* ein prostituiertes Kind, eine Jungfrau in cremeweißem Spitzenkleidchen, die kurz nach der Jahrhundertwende in einem Bordell versteigert wird.

»Ich will, dass du mein Liebhaber wirst«, säuselt sie Keith Carradine zu einer nostalgischen Melodie von Scott Joplin zu. »Mmmh, dein Blick ist schon ein bisschen … nymphomanisch! Weißt du, was dieses Wort bedeutet?«, fragt der Moderator Brooke Shields spöttisch in seiner Talkshow. Verunsichert flüstert die Kleine: »Nein, weiß ich nicht wirklich, nein.« Da blättert der Moderator in einer Zeitschrift und hält sie in die Kamera: »Mmmh, umso besser, sehr gut. Sag mal, findest du dich auf diesem Foto sexy?«

Mit zehn hat sie nackt in einer Badewanne posiert, ihr glatter, zartgliedriger Körper von oben bis unten eingeölt, das Gesicht sehr auffällig geschminkt. Brooke reibt sich schweigend die Nase, sie wendet sich dem Fotografen zu, der neben ihr im Studio sitzt und sich begeistert: »Was für ein Vamp! Dieses Foto, sehen Sie, das ist ein nacktes kleines Mädchen, das aussieht wie ein kleiner Junge, der aussehen will wie eine Frau.« Er arbeitet für den Konzern Playboy Press an einer Ausgabe über sehr junge Mädchen: *Sugar and Spice.*

Das dritte Mädchen ist Nadia C. Den kleinen Mädchen im Westen bietet das kommunistische Kind mit dem nackten Gesicht eine Schule des Kriegs. Wie plant man am besten den Angriff, wie schleudert man mit voller Wucht seinen gestreckten Körper vor.

»Ich war 1977 zu einem Wettkampf in New York, da hingen am Broadway diese riesigen Plakate, ein sehr junges Mädchen, mein Alter, glaube ich, machte Werbung für ein Parfüm. Ich war wie gebannt. So eine war ich nicht … Ich war kein Mädchen, das träumte, Frau zu sein. Aber ein Junge war ich auch nicht. Ich war … anderswo. Außerhalb von alldem.«

Kastanienbraune, glänzende Locken umrahmen ihre blauen Augen mit den langen, mit Mascara geschwärzten Wimpern, sie hat die geglossten Lippen halb geöffnet und schmiegt einen beigen Plüschbären an sich, das kleine Mädchen im weißen Rüschenkleid, an das Nadia sich so gut erinnert, ist acht, als es das Gesicht für das Parfüm Love's Baby Soft wird. Unten auf dem Plakat der Slogan: »Because innocence is sexier than you imagine …«

Prag 1977
Europameisterschaften

Sie kleben an der Sicherheitsabsperrung, wo ist sie, sie ist nicht da, dann ruft einer von ihnen: Nadia! Er reckt den Finger, zeigt sie den anderen, und alle scharen sich um die rumänische Mannschaft, sie schreien ihren Namen, ist sie das auch wirklich, sie hat einen neuen Haarschnitt! Die Fotoapparate werden gezückt, Blitzlicht am ausgestreckten Arm, blind drauflos, als hätte sie einen Unfall gehabt und als wollten sie jede Einzelheit des entstandenen Schadens erfassen, begierig nach dem besten Blickwinkel auf das kommunistische Wappen ihres Turnanzugs, ganz verzogen von dem breiten Gummiband des BHs, der ihre Brüste platt drückt.

Béla, der alles berechnet hat, der Erfinder der Superkindheit für die kleinen Automatenmädchen, ich weiß es einfach, hat er den westlichen Journalisten erklärt, die wissen wollten, wie er sie in so jungem Alter entdeckte, jetzt fühlt er sich müde, fast geschlagen. »Was hast denn du gedacht, dass sie nie groß werden würde?«, spöttelt Géza, und Béla mit der Überzeugung eines Wissenschaftlers: »Nein, natürlich weiß ich, dass das alles völlig normal ist. Aber ... wir sind das eben nicht mehr gewohnt, diese ... Frauenkörper.«

Die ganze Welt gewöhnt sie sich gerade ab. Und dabei waren sie es, Béla und Nadia, die Vermesser des Luftraums, die der vagen Anmut der Vorgängerinnen ein Ende gesetzt haben. Ein gefräßiges Baby haben sie da in die Welt gesetzt. Überall haben die nationalen Turnverbände die Bewertungsgrundlagen geändert, seit dem Comăneci-Salto liebt man das Hochgefährliche, gerade noch ausgebliebene Unfälle, jetzt muss das Unvorstellbare in Serie geturnt werden.

Woher kommen sie, die Kandidatinnen, in kaum einem Jahr gezeugt? Jünger, schlanker und kleiner, Rennmaschinen ohne Rückspiegel, kaum haben sie reden hören von Ljudmila und ihrer veralteten Anmut. Maria Filatowa ist fünfzehn, ein Meter dreiunddreißig bei dreißig Kilo, riesige Schleifen halten ihre Rattenschwänze, als sollten sie ihre übermächtigen Schenkelmuskeln überdecken. Auf dem Schwebebalken scheint ihr überhebliches Kinn gesteuert von einem Stahlseil, das jemand tief aus diesem Miniaturwesen heraus lenkt. Mit der Startnummer acht eine weitere Russin, sie ist nur Reserve, aber Jelena Muchina steht auf dem oberen Holm, bevor sie zu einem gehockten Salto zwischen den Barren hinabhechtet, etwas nie Dagewesenes. Solche wie die, die sich von Nadia inspirieren lassen, müssen viele gefunden, fabriziert werden, denn wo man vorher eine Ungenauigkeit mit einer Schulterbewegung ausglich, macht die inzwischen nötige Geschwindigkeit das jetzt unmöglich. Da geht nichts mehr auf Biegen, nur noch auf Brechen.

In einer Mail an Nadia erwähne ich die Zeichensetzung in den Artikeln über ihre Rückkehr ein Jahr nach Montreal, diese Ausrufezeichen, die nur noch den Auslassungspunkten Konkurrenz machen: »50 kg!!!!!« »Nadia ist heute eine ganze Frau ……………«, und sie bestätigt: »Man durfte nicht vom Damenturnen sprechen, ganz richtig, die Leute kommen nicht, um Frauen zu sehen … Wissen Sie, warum die Wettkampfanzüge immer langärmelig sind? Das liegt daran, dass sie den Mädchen die Arme verdecken sollen. Unsere Bizepse, die Adern. Denn auch nach Männlichkeit darf es auf keinen Fall aussehen!«

Geleitschutz

Diesen Zwischenfall bei den Europameisterschaften in Prag schreibe ich zunächst als Burleske nieder. Dass dieser Präsident anordnet, einen internationalen Wettkampf abzubrechen, weil er findet, seine Mannschaft sei ungerecht gewertet worden, macht Ceaușescu zu einer noch groteskeren Gestalt. Nadia hat diese paar Seiten gelesen, sie wirkt belustigt. Aber als wir gerade auflegen wollen, meint sie noch: »An diesem Tag … Das ist nur ein Detail, aber der Typ von der Securitate hat mich unter den Arm genommen wie einen … Koffer. Ohne ein einziges Wort.«

Als ich das Kapitel umschreibe, wird es also nicht die Geschichte eines Diktators, sondern die von diesem Kofferkörper, um den sich Kampfrichter, Präsident und diverse Dompteure streiten und den sie einander aus den Händen reißen, unter dem Vorwand, ihn zu schützen. Eine neue Szene in diesem Stummfilm, diese gefräßige Leidenschaft für ein junges Mädchen, das nie jemand nach seiner Meinung fragt. Was sie seit Jahren darbietet, braucht vielleicht keine Worte. Wahrscheinlich ist sie unübersetzbar.

An diesem ausgesprochen milden Herbstsonntag, die Gäste sind nach einem exzellenten Mittagsmahl eingedöst, sitzt der Genosse wie Tausende Rumänen vor dem Fernseher und verfolgt die Liveübertragung der Meisterschaften. Auf dem Bildschirm erscheint Béla Károlyi, niemand im Raum gibt einen Kommentar ab über den »bruderstaatsangehörigen« Ungarn (seit Kurzem gilt die Maxime, den Begriff »Minderheiten« zu vermeiden, er bringt den Genossen in Rage: »Wir sind hier alle Rumänen, Abkömmlinge der Daker, keine Spalterei im Land!«). Außerdem bringt Béla Medaillen heim und viele Devisen, die Amerikaner, Japaner und Franzosen können sich an Wettkampfspektakeln nicht sattsehen.

Soeben hat Nadia die Russin mit den Chinesenaugen geschlagen, Nelli Kim, »noch nicht mal einen slawischen

Namen hat das Schlitzi-Mädchen!«. Sie zieht über dem Po ihren Turnanzug gerade und geht auf das Podium zu, um ihre Goldmedaille abzuholen. Moment mal. Was ist da los? Die Kamera zoomt auf die Russinnen, die Nelli Kim auf Händen tragen, sie wirft Handküsse zu den Tribünen. »Wir verstehen nicht, was da … Haben die Russinnen an diesem Gerät … gewonnen? Aber nein, das kann doch nicht … Sie haben gewonnen?!«, stammelt der rumänische Kommentator. Der Genosse windet sich aus dem Sofa heraus, er stottert, wettert, vor Erregung überschlägt sich seine Stimme: »Rumänien verurteilt diese … Aggression!! Die Kampfrichter haben sich kaufen lassen von den Russen und ihrem Bastard!« Da steht er, kotzübel ist ihm, alle haben sich ihm zugewandt, erwarten, dass er das wieder in Ordnung bringt, Kinder, alle hoffen sie dauernd, dass er lobt, tadelt und zeigt, wo es langgeht.

Pfiffe tönen aus dem Fernseher, die Zuschauer haben sich von den Sitzen erhoben, auch sie entrüstet, die Kamera schwenkt von den Sowjets auf Nadia im Profil, Hände auf den Hüften, die Russinnen wirken winzig neben ihr.

Er muss eine Entscheidung treffen, die dieses historischen Augenblicks würdig ist, dieses Stotterns der Geschichte, Russen, Tschechen. »Sofort das Flugzeug klarmachen!«

»Das Flugzeug, Genosse?! Sie … wollen nach Prag?«

»Nein, dummes Zeug. Wir holen sie her! Unterbrechen Sie diesen Wettkampf!«

Sogleich wird der Botschafter benachrichtigt: »Heute ist Sonntag, meine Mitarbeiter sind nicht im Haus«, wiederholt er, bis ihm klar wird, dass er höchstpersönlich zur Wettkampfstätte fahren soll. Sein Auftrag: dieser Demütigung ein Ende setzen, eine echte Kriegserklärung.

* * *

Béla mag sich noch so brüsten, bei den Sowjets wundere ihn gar nichts, sollen sie doch ihrer Mutter in die Möse zurückkriechen, aber diesmal wurde eine Grenze überschritten. Seine immer noch etwas zu speckige Jungkuh – aber mit den richtigen Übungen wird er ihr schon wieder menschliche Gestalt beibringen – hat Nelli gerade beim Sprung erledigt, und da tönt die Stimme aus den Lautsprechern, es sei zu einem Rechenfehler gekommen: Die Goldmedaille geht an Nelli, und Silber an Nadia! Feierlich wendet sich Béla ans Publikum: »Habt ihr das gesehen?? Habt ihr gesehen, wie die Zahlen nach der russischen Fahne getanzt haben? Ganz von alleine turnen die Wertungen über die Anzeigetafel?!« Ungerührt ist Nadia bereits auf dem Weg zur nächsten Übung. Und holt eine Zehn am Stufenbarren!! Da jauchzt er vor Freude, Béla, das Mädel ist doch ein verdammter Skorpion, die Mädchen aus der rumänischen Mannschaft recken ihrer Königin die Faust entgegen, ihre Gesichter strahlen vor wildem Vergnügen. Alle jubeln ihr zu, »Na-di-a Na-di-a«, sie läuft zu Béla, er drückt sie an sich, ihr kleines brutales Herz an seiner Brust, er weiß es, sie denkt schon nicht mehr an die Goldmedaille, die sie ihr eben gestohlen haben, sondern an das Nächste, immer das Nächste. Ein letztes Gerät, ein einziges, und sie kann den Gesamttitel noch holen. In ein paar Sekunden ist sie dran, Na-di-a Na-di-a, die Kampfrichter rufen sie auf. Sie tritt an den Schwebebalken und schließt die Augen, holt tief Luft im von Blitzlichtern durchzuckten Schweigen.

Endlich konnte der Botschafter die Sicherheitsbeamten überzeugen, ihn zu Béla durchzulassen. Schwer betroffen von den stumpfen Gesichtern der Mädchen, ihren vor Erschöpfung hohlen Augen, von ihren mageren Schenkeln, der Wucht, mit der ihre Hüften auf die Barren aufschlagen, hat der Botschafter kaum Zeit, den Grund seiner Anwesenheit zu erklären: »Genosse Károlyi, ich bin der rumänische Botschafter, das Flugzeug des Genossen erwartet Sie«, da legt ihm dieses Monster von Ungar nahe, sich zum Teufel zu scheren zusammen mit seinem Flugzeug, und der Oberste Genosse gleich mit und ganz Rumänien dazu. Der Ungar ist so nah wie möglich ans Podium getreten, keuchend und mit gefalteten Händen flüstert er in Nadias Richtung: »So, ja, Liebes, los, ja, langsam, in den Stütz und dann, laaaaaangsam, ja …«, als würde er sie führen auf ihrem Weg über das Nichts. Zehn! Die Menge ist überwältigt, verliebt, und Béla brüllt mit krächzender Stimme den Schergen des Genossen zu, als sie ihn packen, zehn, zehn, zehn!

Drei Minuten Pause hat sie vor dem letzten Gerät, Nadia plumpst auf einen Stuhl, den Rücken von Schweiß überströmt, sie trinkt ein paar Schlucke Wasser, Béla da hinten scheint in einer großen Diskussion mit irgendwelchen Offiziellen. Die Mädchen aus der Mannschaft schlüpfen in ihre Trainingshosen, dabei ist es doch warm in der Halle. Nadia dehnt sich gewissenhaft die Beine, die Oberschenkelflexoren zittern. Und da steht er vor ihr. Packt sie ohne

Umstände am Arm, ein Unbekannter im grauen Anzug, er ist so nah, dieser faulige Mundgeruch, sie macht sich steif, stammelt: »Herr Lehrer, Herr Lehrer!«, in Richtung Béla, der umringt ist von grauen Anzügen, dann lauter, Herr-Leh-rer, sie schlägt um sich, Béla beugt den Körper zu ihr, bäumt sich auf, aber zu viele halten ihn, Baby, ich bin da, wir bringen das in Ordnung, Nadia hört ihn nicht durch das Lärmen der pfeifenden Menge, die aufgetürmten Fotografen versuchen, ein letztes Bild von den Rumäninnen zu bekommen, sie marschieren, ohne sich umzublicken, unter Geleit im Gleichschritt Richtung Ausgang.

An diesem Herbstsonntag wiederholen die Kommentatoren aller Länder verdattert: »So etwas hat es noch nie gegeben. Noch nie. Die Rumäninnen verlassen den Wettkampf. Leider wird Nadias Goldmedaille in ihrer Abwesenheit automatisch an Nelli Kim verliehen.«

Sie werden in den Bus verfrachtet, dann in die Privatmaschine gepfercht. Da ist bestimmt ein Krieg im Anmarsch, schüttelt es Dorina, manche weinen auf ihrem Sitz, andere spielen Karten. Es gibt keine Stewardessen, nur die übliche Dolmetscherin zappelt aufgeregt herum. Béla setzt sich neben Nadia. Vor und hinter ihnen die grauen Anzüge. Er legt seine Hand auf die laue Hand, drückt sie sanft, in der Kehle ein merkwürdiges Drücken, Nadias kleine Finger halten seine fest, ruhig ist sie, zuversichtlich. Der Pilot zählt auf: Dreitausend. Nein, fünftausend. Ich höre von zehntausend Personen, die uns am Flughafen erwarten! Denn der Sportminister hat live im Radio erklärt: Niemals werden wir uns von den Sowjets demütigen lassen. Unser Genosse hat das untröstliche Kind nach Hause geholt.

Schluss mit diesem Leidensweg, wir schützen unser nationales Baby, die heldenhafte Nadia! Das Flugzeug steht, sie laufen herbei, frenetisch, entrüstet, verstört, wo ist sie, wir wollen sie in Sicherheit bringen, abschotten von allem, was sie kaputt macht, ein warmes Nest bekommt sie und Geleitschutz.

Dekret 770: Tot oder lebendig

»Wir waren das Land der Kinder«, erklärt mir Madalina L., eine rumänische Wissenschaftlerin, die ich in Paris treffe, um sogleich zu präzisieren, dass sie nicht die sozialistischen Pioniere in weißen Handschuhen meint, diese zwangsenthusiastischen Minisoldaten, sondern die Art, wie im Bus süße Fratzen spontan auf die Wangen geküsst wurden.

»Man nahm sie auf den Schoß, ob man sie kannte oder nicht, man überhäufte sie mit Geschenken, auch wenn man selbst nichts hatte. Die Kinder wurden so unterstützt, gefördert, dass manche zwangsläufig irgendeine Meisterschaft entwickelten, Radu Postăvaru zum Beispiel, der Orchesterdirigent, der mit fünf Jahren auf internationale Tournee ging. Nicht außergewöhnlich zu sein war eine Tragödie. Und keine Kinder zu zeugen war eine Straftat, das wissen Sie ja, vermute ich.

Das Dekret 770 … Das war … ein Krieg gegen die Frauen … 1966 ließ Ceaușescu Abtreibungen verbieten, er wollte eine neue Generation, die ganz und gar nach seiner Ideologie erzogen würde. Ein paar Jahre lang hat das funktioniert, Decreței *hießen diese vielen Kinder. Um 1973 begann die Kurve abzuflachen, weil die Frauen sich organisierten, so gut sie konnten, obwohl es ab 1975 fast unmöglich wurde, einen Reisepass zu bekommen. Dann hat sich Ceaușescu in den Kopf gesetzt, alle Auslandsschulden zu tilgen, die Geschichte kennen Sie: Lebensmittel wurden rationiert; da waren mehr Kinder nicht mehr zu ernähren, man konnte einfach nicht. Unmöglich. Man … hatte Angst, sie würden verhungern, verstehen Sie? Na ja … manche hatten das Glück, in den Ferien Bulgarinnen oder Polinnen zu begegnen, die wussten Bescheid, schenkten uns heimlich ihre Pillen; wir schluckten sie, egal wie, die Beipackzettel verstanden wir nicht, wir … Ich kann Ihnen das … nicht sagen, entschuldigen Sie. Wenn man schwanger wurde, war das … Es ging so weit, dass wir uns … das … Ungeborene … per Hand … So viele Tote … verblutet in ihrer Küche, ich …«*

Madalina macht eine lange Pause. Ich schlage ihr vor, an einem anderen Tag weiterzureden, »das ändert gar nichts«, flüstert sie.

»Wie soll ich es sagen«, wiederholt sie, »wie. Ich sage ›Krieg‹, weil … Es waren Männer, Ärzte, die bezahlt wurden, damit sie die Gebärmütter der Frauen überwachten. Männer, Vorarbeiter, die eine Belobigung bekamen, wenn möglichst viele ihrer Arbeiterinnen schwanger waren. Milizionäre hatten den Auftrag, in den Krankenhäusern die Akten der Frauen zu studieren, um die ausfindig zu machen, die in den ersten Wochen schwanger waren, und sie am Abtreiben zu hindern.

Wissen Sie, was ich euch im Westen nicht verzeihe? 1974 trug die UNO Rumänien den Vorsitz der Weltbevölkerungskonferenz an, schließlich hätten wir die ›demografische Krise‹ gelöst! Und Nadia, verstehen Sie, sie konnte zwar nichts dafür, aber sie gehörte dazu, zu dieser Dauerwerbung für das Vorzeigekind. Und die Ironie des Schicksals wollte, dass Nadia, als sie erwachsen war, dem selbst nicht entging, sie wurde ›inspiziert‹ wie wir alle, von der ›Menstruationspolizei‹, diesen Ärzten, die uns monatlich an unserem Arbeitsplatz untersuchten und uns drängten, mehr Kinder zu bekommen.

1984 oder 1985 ist, ich weiß nicht mehr wo, eine Frau nach einer Abtreibung ums Leben gekommen. Die Securitate hat die Familie gezwungen, die Trauerfeier vor der Fabrik abzuhalten, ihr Leichnam wurde als abschreckendes Beispiel zur Schau gestellt. Als Beispiel … Zur Schau gestellt haben sie auch die Körper der Lebenden, wie Nadia, überall die Postkarten von ihr, ihre Triumphe; tot oder lebendig benutzten sie uns.«

Umgeschrieben

Am 4. März 1977 um 21:22 Uhr bebt die Stadt. Die Medien filmen nichts von den Trümmern, nichts oder fast nichts von dem verwüsteten Bukarest, kein Interview von den Davongekommenen, die sich an eine eiskalte Nacht erinnern, in der »der Himmel rot war wie Blut«, diese Nacht, in der das Erdbeben die Hauptstadt in eine Sterbeanstalt verwandelt hat. Tunliches Schweigen umgrenzt die Katastrophe, ein unermessliches Schweigen, in dessen Tiefe die Rumänen gar nicht anders können, als das Ausmaß des Geschehens zu erahnen oder sich vorzustellen. Dutzende Reportagen zeigen Ceaușescu, wie er sich in den Krankenhäusern über dankbare Verletzte beugt. In Wirklichkeit weigert er sich bei seinen Besuchen, den Überlebenden die Hand zu drücken, und verlangt, dass seine ganze Umgebung desinfiziert wird.

Die Zerstörung der Stadt ist der Ausgangspunkt für den Conducător, sie umzuschreiben, neu zu formulieren, er nutzt die Ruinen, um ganze Viertel plattzumachen. Denn das bäuerliche Rumänien ekelt ihn wie stinkender Unrat. Verschwinden müssen nicht nur die Dörfer, auch die Spuren von Ländlichkeit in Bukarest. Das ganze Land soll eine Stadt ohne toten Winkel werden. Wenige Tage nach der Tragödie, noch immer hört man Verschüttete wimmern, ordnet Ceaușescu den Beginn der Bauarbeiten an.

Ich erwähne Nadia gegenüber eine Fotoserie, die damals in der rumänischen Presse erschien: Sie posiert mit Dorina, im Blaumann der Arbeiterinnen lächeln sie ins Objektiv, eine Schaufel in der Hand.

»Haben Sie bei der Ersten Hilfe mitgewirkt?«

»... Nein. Ich war nicht in Rumänien, sondern auf einem Wettkampf im Ausland. Ich kam erst ein paar Tage später zurück.«

»Dann sind diese Fotos also reine Manipulation! Das Vorzeigekind hilft beim Wiederaufbau des Landes ...«

(Sie unterbricht mich.)

»Heute nennt man das doch ›PR‹, oder? Sobald ich wieder im Lande war, habe ich Krankenhäuser besucht! Wissen Sie was? Wir kommen nie weiter, wenn Sie nicht zwei oder drei Dinge begreifen. Alle Sportler, die gewinnen, sind politische Symbole. Sie werben für Systeme. Damals der Kommunismus, heute der Kapitalismus. Und bei euch ...«

(Ihr Auflachen am anderen Ende der Leitung scheint mir ironisch.)

»Wissen Sie, dass selbst damals schon die Marken, die eure weiblichen Athleten gesponsert haben, sie vertraglich dazu verpflichtet haben, sich zu schminken, in der Öffentlichkeit lieber Kleider zu tragen als Trainingsanzüge, finden Sie das vielleicht besser oder … moderner?«

Immer für sich

Ştefania war sehr stolz auf ihre Tochter, als sie rumänische Jugendmeisterin wurde, der Titel hatte etwas Bewundernswertes, Gesundes. In den Jahren danach überließ Ştefania alles dem Genossen Lehrer, ihr stand nicht der Kopf nach Purzelbäumen, und waren sie noch so virtuos. Weil sie an den nächsten Morgen dachte, wenn sie ab vier Uhr ganz vorne in der Schlange für das Öl stehen musste, das gerade im Laden eingetroffen war, weil sie jeden Abend nach Hause kam, erschöpft vom stundenlangen Warten auf Fleisch in der prallen Sonne, in Tücher gewickelt brachte sie es nach Hause – so haben wir etwas, um den Arzt zu bezahlen –, weil sie für den nächsten Tag noch drei Hosen fertig machen musste.

Jetzt aber. Europa. Die Welt. Amerikanische Zeitschriften, Fernsehsendungen. Eine Puppe nach ihrem Abbild. Das Bukarester Kongresszentrum voller Parteigrößen, die ihr stehende Ovationen bereiten. Und diese schwarzen Wagen, die immer öfter bei ihnen halten, um Nadia abzuholen oder aus Bukarest zurückzubringen. Die beängstigenden schwarzen Wagen, die Argwohn erregen und alle auf ihr Haus aufmerksam machen. Die Nachbarn misstrauen Ştefania, und sie versteht das. Manchmal, wenn Nadia samstags abends mit ihnen isst, kommt es ihr vor, als würde das Gesicht ihrer Tochter eine neue Autorität ausstrahlen, etwas, was Vertraulichkeiten und Zweifel ausschließt. Ein Kind, das die Tür für Uniformen aufmacht, für offizielle Wagen, ein hoher Gast, vor dem man sich überlegt, was man sagt, ein Kind, das sie anblickt, ohne zu lächeln.

»Jetzt misstraust du schon deiner Tochter!«, ist Gheorghe beim Abendessen aufgefahren, als sie ihm bedeutet hat, still zu sein, er erzählte gerade einen Witz über den Genossen, der in der Werkstatt kursierte. Seiner Tochter misstraut man doch nicht, also wirklich.

»Wie war Nadia Comăneci als Baby?«, fragt dieser Journalist letzte Woche. Er sagt »Co-mă-neci«, als kennte sie nicht den Namen ihrer Tochter. Und was ihr einfällt, ist das »Hoppe, hoppe, Reiter, fällt er in den Graben, fressen ihn die Raben«, das »Wem gehört der Fuß, Fuß, Fuß? Und das Aug, Aug, Aug? Und der Bauch? Und der Kopf, der Kopf, na, wem gehört der?« Manchmal, wenn wir im Garten spielten, drückte ich sie an mich, so zart und weich, ganz außer Puste, so war sie gerannt, sie wollte immer rennen und alles allein machen – *singurica singură* –, sich allein frisieren, allein anziehen, meine Hand mit einem Löffel voller Reis stieß sie zurück. Und Gheorghe erzählte das den Nachbarn, also die weiß, was sie will, klar, für ihn war es leicht, das toll zu finden, ich habe auch versucht, sie toll zu finden, aber dieser Wille bei einem

Baby von drei Jahren, ständig von mir wegzulaufen, als wollte sie mir beweisen, wie nutzlos ich war, da hatte ich manchmal Lust zu sagen, die kenne ich nicht, das ist nicht meine.

Sie war gar nicht so richtig bei uns, möchte sie dem Journalisten antworten. Sie war immer für sich.

Krankheit

Wem gehört der Schenkel? Und der Bauch? Vor dem Spiegel hebt Nadia vorsichtig das T-Shirt an. Sie möchte weinen, sinkt auf den Teppich in ihrem Zimmer, tief holt sie Luft, damit es vorübergeht, ein Anfall von Traurigkeit. Keine Lust. Nicht mehr. Kummer überflutet sie. Ihr Leben, hart wie eine tapfere ferngesteuerte Eisenbahn, blockiert. Der Gehorsam ist nur eines der gesprengten, fehlenden Teile im perfekten Puzzle ihres früheren Lebens, daneben gibt es: diesen ständigen Hunger, der einen kaum schlafen lässt (träumen, dass man isst, und im Morgengrauen aufwachen, zu Tode erschreckt, weil man fast gegessen hätte), die Hände voller Blasen und winziger Schnittwunden, die nie verheilen, die Schenkel überzogen mit blauen Flecken an den Adern, und ihre Muskeln, deren Fasern nachgeben, die krachenden Sehnen, jedes Mal gerade noch aufgefangen durch die Retter in der Not, Codein und Cortison.

Sie möchte weg sein. Nicht da sein müssen, wenn der Lehrer in Zentimeter und Kilogramm die Zahlen ihrer *Krankheit* verkündet. Das Beste wäre, wirklich krank zu werden, im Bett bleiben zu müssen, unter einer Decke zu schlafen, die die Außenwelt ganz ersticken würde. Der Schlaf ist heute der einzige Raum, in dem sie ihren Kummer ein paar Stunden lang ablegen kann. Dieser inakzeptable Verrat, ein grinsender Faustschlag, am liebsten würde sie sie abschneiden, diese Dinger – das Wort *Brüste* kommt ihr nicht über die Lippen –, diese Kapitulation, die sie zu den anderen katapultiert: den Mädchen im Lyzeum. Denen Dorina inzwischen so sehnlich gleichen möchte, wo sie sich früher doch einig waren, dass diese Mädchen schlaff sind, schlaff, schlaff, klebrig-süß wie *rahat*! Man sinkt in sie ein wie in Kissen, die reinste Bequemlichkeit. Und heute, sie könnte kotzen, ist sie selbst auch bequem geworden. Hässlich. Unförmig. Sie vermisst sich, oh ja, wie sie sich vermisst, und dieses kleine Ritual, das sie bis letzten Sommer abends im Bett vollzog: mit der Hand über die Bauchdecke streichen, die aufgespannt ist zwischen den Masten ihrer hervorspringenden Hüftknochen, und dann beruhigt einschlafen.

Es schreitet fort. Das Übel hüllt sie ein, schluckt ihr altes Leben, ganz allmählich. Das jüngste Symptom der *Krankheit:* letzten Samstag, als sie zum Sprungpferd anläuft. Alles scheint wie immer. Aber mitten im Anlauf fängt etwas an zu wackeln, eine lächerliche, zuckende Bewegung: ein überzähliges Stück Fleisch, das nicht zu ihr gehört, von dem sie aber jedes Zittern spürt, jede widerliche, autonome Fettzelle. Mitten im Lauf hält sie inne. Bricht schluchzend zusammen, steht nicht mehr vom Boden auf, auf den sie sich plump hat fallen lassen unter dem Schock des neuerlichen Fortschreitens der *Krankheit*, die anderen erbleichen angesichts der unglaublichen Beleidigung, deren Zeuge sie werden, in dieser Halle, in der sie niemals protestieren oder sich beklagen.

Und diese ganze Organisation, die Zeit, die sie jetzt braucht, um ihre *Krankheit* möglichst noch ein bisschen geheim zu halten: diese dicken Binden in ihrem Höschen, die sie in ihrem Zimmer zwischen der Wand und dem Regal mit ihren Puppen, Pokalen und Medaillen versteckt, haufenweise befleckte Bandagen und Wattebäusche. Sie kann sich nicht entschließen, vor ihren Eltern durch die Küche zu gehen (mitleidig sind sie und enttäuscht, vermissen schon die Fee), mit »diesem da« in der Hand, um es in den Müll zu werfen wie einen normalen Teil ihres Lebens, zwischen Kartoffelschalen und die Zeitung von gestern. Sie wartet bis zum späten Nachmittag, verbirgt das in Zeitungspapier gewickelte Paket unter ihrem Pulli, um es wie ein kompromittierendes Indiz in den Mülleimer am anderen Ende der Straße zu schmeißen. Eine Kriminelle ist sie geworden, mit blutigen Fingern und plumpen Höschen.

Und alle scheinen zu hoffen, dass es nur ein vorübergehendes Ereignis ist, nicht dieser Aussatz, der sie vor ihren Augen befällt. Sie bleiben auf Abstand, Béla, ihr Vater. Abends nach dem Training nimmt Béla, wenn er zufrieden ist, die Mädchen auf den Rücken und rennt durch die Halle, sie lachen laut heraus, das Gesicht gerötet vor Vergnügen. Nie im Leben kann ich mehr rittlings auf seinen Schultern sitzen, sagt sich Nadia, als sie ihnen zusieht, vielleicht befürchtet er, sie könnte durch die Strumpfhose nässen, auch sie hat Angst, etwas könnte aus ihr herausfließen und sie wäre machtlos, geplatzt ist sie, zerronnen. Auch ihr Schweiß wirkt schwerer, abends schnuppert sie an ihren Achseln, staunt, darin den beißenden Geruch zu finden, der im Kittel ihrer Mutter hängt. Krank. Schmuddelig von innen heraus. Béla tätschelt ihr linkisch die Schulterblätter, um ihr Mut zu machen, wahrscheinlich sucht er eine Stelle an ihr, die nicht befallen ist. Das kann man alles regeln, hat Márta ihr versprochen, die sie eines Tages in Tränen aufgelöst in der Umkleide antraf. Mit der modernen Medizin ist heute alles möglich, Liebling.

Von wegen. Sie war die Unbesiegbare, ganz abgesehen von den Medaillen. Sie alle waren unbesiegbar, schnörkellos und schnell, vor kaum einem Jahr trommelten sie beim Laufen auf den Boden, warfen sich in den Staub, kugelten durchs Gras, im Badehöschen sprangen sie in den Fluss, kuschelten sich an ihre Väter, sie leckten sich die Finger ab, der moldawische Sommer erlaubte ihnen zum Abendessen ein Eis, sie schwebten jenseits der Zeit. Allem würden sie entkommen.

Jetzt aber schrumpft die Zeit. Und sie selbst schrumpft mit. Ihre Gedanken verschrumpeln, wie bei einer schäbigen Hausfrau, deren Gedanken sich an immer engeren Wänden stoßen, man muss sich so vorsehen, um nicht ertappt zu werden, auf der Straße begegnet ihr ein junges Mädchen in heller Hose, und gleich denkt sie, dass der Stoff schmutzig werden kann, ihr Körper hat sich in eine schlaffe Maschine verwandelt, deren Funktionsstörungen sie fürchten muss. Sie möchte einfach ihren Weg weitergehen, aber auch den Weg hat die *Krankheit* verändert, ihn mit neuen Problemen und Gefahren gespickt. Sie zieht den Kopf ein, um nicht die Aufmerksamkeit dieser Typen im Alter ihres Vaters auf sich zu lenken, die ihren Mund anstarren, wenn sie die Eiswaffel ausschleckt, das gierige Blinzeln des Hausmeisters in der Turnhalle, wenn sie mit durchgedrückter Brust grüßt, ihr Vater, der leicht das Becken einzieht, wenn sie sich ihm entgegenwirft, und sie mit einem Kuss auf ihre Stirn sanft von sich drückt.

Ihre Großmutter hat letzten Sonntag geschimpft, als sie im Nachthemd bäuchlings auf dem Boden lag und fernsah: »Setz dich ordentlich hin, schämst du dich nicht!«, dazu ein strafender Blick auf Großvater, der im Sessel hinter ihr saß.

Heute Nachmittag hat sie das Training geschwänzt, wie vorgestern, sie ist so müde. Wo ist meine Meisterin, seufzt ihre Mutter, du wirst doch wohl nicht dein ganzes Leben weinend im Bad sitzen wollen, reiß dich zusammen und gib mir das für die Wäsche, du hast ganz schön geschwitzt, du hast doch wohl keine Infektion du weißt schon wo, Liebling, du weißt doch, jetzt musst du unbedingt dein Trikot schützen.

* * *

Sie knoten sich das Sweatshirt um die Taille, nur so zur Sicherheit, beim Aufstehen werfen sie vorsichtig einen diskreten Blick auf den Stuhl, nur keine Spur hinterlassen. Brutal ihres Königreichs verwiesen, sind die exkleinen Mädchen in der Schwebe zwischen Ost und West und bleiben hängen, während andere an ihrer Stelle eine geruchlose Entschuldigung für die Fehlzeit verfassen. Leider können sie nicht mehr teilnehmen.

Zwei Männer sind aus einem schwarzen Wagen mit Bukarester Nummer gestiegen. Sie haben in Comănecis Wohnzimmer Platz genommen. Zweck des Besuchs: Nadia auf eigene Bitte, denn sie kann seine Methoden nicht mehr ertragen, von dem Ungarn und seiner stinkenden, zurückgebliebenen Partnerin entfernen, sie einem modernen Trainer mit rumänischem Namen anvertrauen, in Bukarest. Nadia wird damit für Anfragen leichter verfügbar, denn weiterhin wollen alle das Mädel sehen. Und nebenbei endlich diesem Trampel das Maul stopfen, der sich seit Montreal für unverzichtbar hält und ohne Angst vor Sanktionen überall herumposaunt: »Wenn euch das nicht passt, dann kommt doch diese Rotznasen selbst trainieren.«

Sie preisen die Hauptstadt, die neue, ultramoderne Turnhalle und das hochkarätige Lyzeum. Das brandneue Internat und selbstverständlich die Möglichkeit, dass sie in den Schulferien nach Hause kommt. Ihre Mutter wischt sich an einem perfekt gebügelten Geschirrtuch die Hände ab, entschuldigt sich für das glänzende Parkett, das sie gerade eben gebohnert hat, sie ist so müde, was Nadia mit ihrem Gepolter alles anrichtet, ja, vielleicht ist das eine Lösung, auf Abstand zum Herrn Lehrer zu gehen. Einen Versuch ist es wert, eine gütliche Trennung, keiner ist böse, mein Liebling. Ihr Vater begleitet die Verbandsmitglieder zur Tür, stolz ist er auf diese Unterredungen mit der höchsten Ebene, alles das für seine Tochter und ihre Zukunft. An diesem Abend ist es zu spät, um Béla Bescheid zu sagen. Gleich morgen früh wird sie aufbrechen. Nadia lässt einen Zettel für Dorina da, den ihre Mutter ihr überbringen wird: »Ich ziehe nach Bukarest!! Besuch mich!!!! Deine Nadia.«

Am nächsten Morgen tröpfelt die Dämmerung in die Turnhalle, sie füllt sich mit spitzen Stimmen, eine nach der anderen begrüßen sie Béla, reiben sich die Hände mit Magnesia ein, bevor sie mit den alltäglichen Aufwärmübungen beginnen. Alles ist schon ausradiert. Ihr Name *Nadia Comăneci* am Spind. Ihr Name *Nadia Comăneci* auf der Anwesenheitsliste. Sehr früh heute Morgen wurde sie ihm entrissen ohne Vorwarnung, seine Kleine, seine, ach, leider nicht mehr ganz so Kleine.

Es geht auf die Weltmeisterschaften zu. Der Pianist nimmt Platz. Eine Neue turnt sich ein, ihr Gesicht wirkt ausgezehrt und ihr Körper so vertrocknet, dass er keinen Schweiß ausscheiden kann. Géza kommt sich neben ihn setzen, schweigend betrachten sie die Neue. Leise fragt Géza: »Du weißt es, oder?« Béla nickt. Dann verstummen die beiden, lassen ein bezauberndes Stück Melancholie, *that's my baby baby*, ein paar Noten eines Charlestons von vor 1929, einen längst verflüchtigten Duft vom einen zum anderen schwirren.

Wenn ich meine Notizen durchlese, scheint mir die Szene klar: Nadia rebelliert gegen Béla und seine harte Disziplin, sie streiten ständig. Auf der anderen Seite sucht Ceaușescu eine Gelegenheit, Bélas Macht einzuschränken, der, beschattet und verwanzt, vor nichts mehr Angst hat, nicht einmal vor der Securitate. Es ist entschieden: Sie wird in Bukarest trainieren. Beleidigt verlässt Béla Onești und geht in den

Norden nach Deva, um dort eine neue Schule aufzubauen, eine »Medaillenfabrik«.

Diese Version schicke ich Nadia. Nein, erwidert sie, so stimmt es nicht. Sie wollte gar nicht wirklich auf Abstand gehen, diese Entscheidung haben die rumänischen Machthaber getroffen, ohne sie zu fragen, sie hassten Béla.

Ein paar Tage nach unserem Austausch veröffentlicht eine rumänische Zeitschrift einen Artikel, der ihrer Version widerspricht und meine entkräftet. Das Schriftstück aus den Archiven der Securitate spricht von wiederholten Schreiben, die sie damals an die Behörden gerichtet hat und in denen sie darum fleht, nach Bukarest verlegt zu werden, denn sie ist fix und fertig. Und als die Partei sich ihrer Trennung widersetzt, sie fürchten nämlich, dass sie ohne ihn anfängt abzubauen, ist die Rede von Selbstmorddrohungen Nadias, falls man sie dort nicht heraushole.

Schweigen am anderen Ende der Leitung. Dann, ganz trocken:

»Und was wollen Sie noch alles lesen? Die Skandalpresse? Ob Sie mir wohl jemals vertrauen werden? Benutzen Sie wirklich die Geheimakten der Securitate als Quelle?«

»Diese Akten kann man jetzt einsehen, haben Sie Ihre gelesen?«

»Nein.«

»Haben Sie es vor?«

»Niemals. Nie. Ich habe keine Lust zu erfahren, was ich nicht wissen will, und die, die dort waren, waren am Boden zerstört von dem, was sie gelesen haben.«

»Ach … Was haben sie denn entdeckt?«

»Tja. Alle oder fast alle berichteten der Securitate, was sie von ihren Nachbarn wussten, um ihre Ruhe zu haben. Man

hatte im Grunde keine Wahl. Aber manche haben kürzlich entdeckt, dass ihr Mann oder ihre Kinder sie für die Securitate bespitzelten … Wem soll man da glauben? Diese Akten strotzen von den Lügen all derer, die gehofft haben, sich so wenig schlecht wie möglich aus der Affäre zu ziehen!«

Beim Auflegen habe ich das Gefühl, indem sie unser Gespräch so beendet, versucht sie, mich an allen Versionen zweifeln zu lassen, die ich lese, ganz unabhängig von der ihren.

Bukarest

Genosse Coach, so nennen ihn die Mädchen von Dinamo, kaut englischen Kaugummi, nicht den von hier, der sich nach ein paar Sekunden in Krümel auflöst; seine Berichte an die Securitate tippt er auf der Maschine, tadellos. »Wir werden an der Psyche arbeiten, ein starker Wille ist alles«, erklärt er ihnen am ersten Tag lächelnd. Er würdigt Béla, seine Ergebnisse und seine »soliden, altbewährten« Methoden, so wie man einen Ochsen lobt, der einen klapprigen Wagen zieht.

Alles ist neu in der Turnhalle, die Duschen funkeln, und den Mädchen steht eine Masseurin zur Verfügung. Nadia versteht sich gut mit Livia, der Tochter eines einflussreichen Parteigenossen, immer in Begleitung ihrer Zofe, die im richtigen Moment über ihre Witze lacht und ihrer Freundin am Schwebebalken Beifall klatscht. Wie Dorina und du, bemerkt Livia.

Dorina, die ihr zweimal pro Woche schreibt. Immer

donnerstags und montags bekommt Nadia diese Briefe, die Dorina parfümiert (der zerstäubte Alkohol bleicht das Papier aus und entfärbt die Tinte, die betroffenen Wörter sind dann sorgfältig nachgeschrieben). Dorina, die nur in Großbuchstaben schreibt: DENKST du an uns (mich?). Dorina, die auch mit den Folgen der *Krankheit* kämpft, sie notiert in ein Heft, was sie isst (ich habe grausamen HUNGER, wenn du nur wüsstest), macht um sechs Uhr morgens mit Márta Waldläufe und hat sich entschieden, für diese Meisterschaften nichts Neues zu probieren (hoffentlich schaffe ich es wenigstens, meinen DICKEN Arsch in einen Turnanzug zu zwängen und das Land nicht zu blamieren …).

Nadias *Krankheit* dagegen ist leicht abgeklungen. Sie denkt kaum noch daran. Keine Zeit. Abends führt Livia sie in Tanzclubs aus, wo wenige Rumänen verkehren, sondern vor allem Franzosen und Amerikaner, Nadia lässt *In the Summertime* von Mungo Jerry auflegen und trinkt nur einen einzigen Cocktail, ein absurder Akt der Treue zu Béla.

Du heißt Nadia, wie die Turnerin, fragen sie ungläubig. Sie ist »wie die Turnerin«. Letzte Woche umarmt sie ein Junge (ein Mann!), sie tanzen, sein Knie schiebt sich zwischen ihre Beine, sein sehr warmer Atem an ihrem Haar, sie hat keine Ahnung, welche Bewegung sie machen soll, er sagt: »Stell dich nicht an wie ein Baby, tu nicht so, sag mal, einen hübschen Hintern hast du, he, hast du in Montreal mit einem Ami gevögelt? Wow! Deine blauen Flecken da, hat dich ein Typ geschlagen, oder was?«, schnell bedeckt sie ihre Schenkel, wie peinlich.

Wem gehört dieser Fuß? Und der Kopf, wem, der Kopf, gegen den er drückt, damit sie was eigentlich macht, und sie setzt sich wieder ins Auto, ihr ist etwas schummerig, die Wangen gerötet, er reicht ihr ein Taschentuch, damit sie sich abwischen kann. Sie konzentriert sich, bemüht sich, damit ihr in diesen Stellungen nichts auffällt, was sich verbessern lässt, vervollkommnen. Die Schenkel gespreizt wie ein Hühnchen, das gleich gefüllt wird. So anmutslos, diese Reglosigkeit – er hält ihr die Knie, gibt ihr Anweisungen, ja, so, Baby, na also, sie versucht, so gut wie möglich mitzumachen. Es ist wie eine Operation, bei der man sich besser entspannt, bevor der Schnitt gesetzt wird. Die hauchdünne Fettschicht, mit der sie ihren Körper sich hat überziehen lassen, um nicht aufzufallen, ändert nichts daran, er packt ihren Unterarm und johlt: »Oh Mist, ich sollte besser aufpassen, beim Armdrücken könnte ich gegen dich einpacken.«

Manchmal kommt Livia an eine Ausgabe der französischen *Elle*, die ihre Mutter über eine Diplomatengattin erhält. Mit einem Wörterbuch versuchen sie die Zeitschrift zu lesen: »In den Artikeln geht es um Drogenprobleme«, erklärt Livia, »im Westen nehmen sie nämlich viele Drogen, und sie schauen mit der ganzen Familie Pornos, weil sie alle arbeitslos sind, ihr Essen ist mit kapitalistischem Dreck verseucht, vor allem die Milch von ihren Kühen, und die Frauen werden für dieselben Berufe schlechter bezahlt als die Männer, und Sportlerinnen müssen sich im Fernsehen ausziehen, um ihren Lebensunterhalt zu verdienen.«

Wenn sie am Bulevardul Magheru ins Kino gehen, müssen sie keinen Eintritt zahlen, Nadia braucht nur die Tickets zu signieren, die ihr entgegengehalten werden. Beiläufig erklärt sie es Livia, ihre Eltern unterschreiben die Scheidungspapiere, sie aber unterschreibt alles in der Stadt, Schecks in allen Farben und Formen.

Nadia hat diesen Ausdruck kürzlich gelernt, »da machen wir kein großes Rambazamba«, und ihn in ihrem Brief an Dorina verwendet, in dem sie zwischen ihren Schilderungen der Bukarester Popkultur verkündet, dass ihre Eltern sich trennen. Die Mutter hat es ihr geschrieben. Sie fühlt sich leer, so furchtbar hohl, so vieles fehlt, ist schon zu Ende. Und überall verkaufen sie diese Postkarte »Nadia in Montreal!« Perfekt. Besser als Höchstwertung geht nicht. Aber jetzt Schluss mit dem Trübsalblasen, das hier hast du noch nie gesehen: Blätterteigtaschen mit Quark- und Rosinenfüllung, Krapfen mit warmem Kakao, Champagner. Nie erlebt, diese zu kurzen Nächte, die sie mit achtundvierzigstündigen komatösen Schlafanfällen nachholt. Sie strauchelt. Weicht zurück, steigt vom Balken ab, ihr Körper jetzt ein Gefängnis statt einer Waffe.

Aber sie hatten ihr versprochen, dass sie freier wäre, wenn sie Béla verließe, und dieses Versprechen halten sie, die Funktionäre vom Verband: Genosse Coach führt nicht Buch über ihr wiederholtes Fehlen beim Training, überwacht weder, was sie isst, noch ihre neuen Freunde noch, um wie viel Uhr sie schlafen geht. Das ist auch gar nicht nötig. Schließlich stehen im Flur vor ihrer Zimmertür im Schichtdienst rund um die Uhr die »Hauswarte«.

Als säßen sie innen drin

Die vier Beamten der Securitate, die sie überwachen, ihre Flurnachbarn und auch der Kassierer in dem Laden, wo sie einkauft, erklären einmütig: Nadia hat am späten Dienstagnachmittag eine Flasche Bleichlauge gekauft, angeblich wollte sie Wäsche waschen, obwohl sie das schon tags zuvor getan hatte.

Die Flasche Bleichlauge. Ein armseliges technisches Detail. Wie unspektakulär. Keine marilynesken Barbiturate, man nimmt, was man hat. Was der Laden hergibt.

Bei Béla klingt es ganz pragmatisch, was er in seinen Memoiren über die Szene sagt, da ist sie, die Wahrheit: Die Kleine hatte es satt, ständig von der Securitate überwacht zu werden, und hat die Bleichlaugenflasche angesetzt, aber das war eher eine Provokation, ganz bestimmt kein Selbstmordversuch, und sie hat sofort alles laut heulend ins Waschbecken gespuckt, zum Glück haben die Beamten ihre Zimmertür aufgebrochen und sie ins Krankenhaus gebracht. Kein Grund zur Aufregung.

Livia, die postwendend höheren Ortes einbestellt wurde, gesteht unter Tränen: Ja, sie hat Nadia vorgeschlagen, den Oberen zu sagen, sie würde sich mit Bleichlauge umbringen, wenn sie sie nicht nach Hause ließen.

Die Abteilung B 12 der Securitate nimmt den Aufenthalt in der Poliklinik zu den Akten, unter falschem Namen habe sie dort wegen »Sodbrennens« einen Arzt konsultiert, der sie nicht erkannte. Auf Nachfrage erklärte der Arzt: »Die Dicke da? Natürlich nicht, das ist niemals sie!«

»Okay. Sie müssen mich ein bisschen aufklären, ich blicke nicht durch … Kürzlich haben Sie behauptet, die Geschichte vom Selbstmord sei falsch, in Wirklichkeit hätten Sie damals ›aus Versehen‹ Shampoo getrunken, und alle hätten sich furchtbar aufgeregt, Sie selbst auch. Entschuldigung, aber … Wie soll das gehen, ›aus Versehen‹ Shampoo trinken?«

Sie kichert. Ich lache los. Sei's drum.

»Und wie konnte Béla überhaupt seine Version abgeben, schließlich war er doch gar nicht bei Ihnen in Bukarest?«

(Ich meine ihr Lächeln zu hören.)

»Ach! Béla behauptet, er würde mich kennen, ›als hätte er mich geschaffen‹. Als säße er in mir drin …«

Ausführlich sprechen wir über dieses halbe Jahr in Bukarest, in dem sie aus ihrem kraftvollen Körper ausbricht, um ein ›normales‹ Teenagerleben zu kosten. Ich erwarte, dass sie von selbst auf ihren Ausbruch zu sprechen kommt, eine seltsame achtundvierzigstündige Flucht in ein Bukarest im Belagerungszustand, um sie wiederzufinden. Ich tanze um den heißen Brei, sie sagt nichts. Ich hake nicht nach. Ich schreibe die Szene. Schicke sie ihr. Kein Kommentar.

Und das, ist das wirklich passiert? Oder ist es nur ein Gerücht, noch eines, denn es gehen so viele um, seit die Leute wissen, dass die Fee in Bukarest wohnt.

Der mexikanische Präsident wünscht, dass man ihm zu seinem Geburtstag »die Kleine« bringt. Auszüge aus Montreal, ja, bestens. Handel geschlossen. Nur: zum letzten Training vor der morgigen Abreise erscheint sie nicht. Oh, ein bisschen nachlässig ist sie öfter mal, erwidert Genosse Coach den Securitate-Offizieren.

Wer hat sie gesehen? Durchsuchung der Turnhalle, falls

sie in irgendeiner Ecke trainiert. Separate Befragung der Assistenten. Der Mädchen aus der Mannschaft. Die Beamten, die vor ihrer Einraumwohnung patrouillieren, haben sie seit zwei Tagen nicht gesehen: »Ist sie vielleicht krank? Im Bett, unfähig, ans Telefon zu gehen?« Man klopft. Nichts. Man öffnet die Tür. Das Zimmer ist leer. Man ruft die Polizei. »Unauffindbar?«, wundert sich der Sport- und Jugendminister, »warum nicht gleich tot? Ihr wollt mir doch nicht erzählen, dass diese Rotznase, die jeder hier kennt, spurlos verschwinden kann!« Meldung ins Innenministerium. Die Grenzen werden geschlossen. Geheime Notstandserklärung, das Militär kämmt alle Stadtviertel durch. Ohne Ergebnis. Sie können unmöglich dem vielgeliebten Genossen gestehen, dass Nadia verschwunden ist. Dann erfinden sie eben eine Unpässlichkeit, die ihr die Reise verbietet, sie müssen ohne sie nach Mexiko.

Am Flughafen taucht sie wieder auf, ein paar Stunden vor dem Abflug. Der mexikanische Präsident bekommt seine Geburtstagsfeier. Im Flugzeug schläft sie mit offenem Mund, wacht auf, um sich ins Klo zu übergeben, dann weint sie und schläft wieder ein, zusammengerollt auf ihrer zerknitterten Trainingsjacke, die sie fest an sich drückt. Es heißt, die Securitate habe sie im Bett eines fast fünfzigjährigen Schlagerstars gefunden. Oder vielleicht eines regierungsnahen Poeten. Oder aber in einem Park, in dem sie die Nacht verbracht hat, nur für sich.

Ich beschließe, ihr meine Notizen zu einer anderen Geheimakte nicht zu lesen zu geben, haarklein wird dort geschildert, wie Béla ohne sie den Kopf verliert, die Schule in Onești schließt und nach Deva geht. Wie er zum Gespött der jungen

Trainer wird, dieser Klotz, der nicht mal ein Rad fertigbringt und sich weigert einzugestehen, dass die Comăneci nicht sein Geschöpf ist, vielleicht hat er zufällig Nadias Weg gekreuzt, das war alles.

Die Mädchen, die beim Training stürzen, schlägt er, er schwingt große Reden, erst aus dem Konflikt entstünden die Meisterinnen, er gerät außer sich, sollen sie doch gegen ihn kämpfen, diese Angsthasen! Er führt neue Regeln ein, die Mädchen bleiben künftig in der Turnhalle, er lässt die Schullehrer dorthin kommen, Schluss mit diesen nutzlosen Wegen, so verliert er sie nie aus dem Blick, nicht einmal für einen Vormittag. Er stellt eine Assistentin an, die jeden Morgen Taschen und Mäntel der Lehrer filzen soll, damit sie den Turnerinnen nicht heimlich etwas zu essen zustecken. Bis Béla einen kleinlauten Anruf vom Verband erhält: Nadia fleht ihn an, dass er sie in Bukarest abholt, sie wieder aufnimmt. Umgehend bricht er auf.

Ein Monstrum

»Wo ist er, der coole Genosse Coach, ich möchte ihm meine Glückwünsche persönlich überbringen, mo-der-ne und psychologisch wert-vol-le Glückwünsche!!« Nur zu gerne würde Béla triumphieren, wäre da nicht sein blinder Zorn über diesen Pfusch: Seit bald acht Monaten trainiert Nadia fast gar nicht mehr, eine Katastrophe. Der Typ vom Ministerium, der ihm Rede und Antwort steht, einer von denen, die ihm Nadia weggenommen haben, blinzelt rhythmisch, wahrscheinlich geniert er sich, dass er Béla als

»Mannschaftsführer des WM-Teams« anreden muss und nicht mehr den Jungen.

»Ein Hinweis noch: Unser vielgeliebter Genosse möchte dieselben Mädchen sehen wie in Montreal. Er möchte Nadia, Dorina: die Goldmannschaft! Ihre Neuen kennt doch keiner. Tun Sie das Nötige, Herr Lehrer, die Nation zählt auf Sie …«

Dieselben Mädchen? Aber es ist aus mit denselben! »Welche kleinen Mädchen?? Schlaffe Weibsbilder, denen die Wichse in der Möse klebt, die seit Monaten nur rumfläzen! Scheiß-Be-rühmt-hei-ten!« Die drücken sie ihm für immer und ewig auf, »wahrscheinlich bis nach den Wechseljahren«, lässt er sich bei Márta aus, als er wieder bei ihr in Deva ist. Er hat noch sechs Wochen bis zu den Weltmeisterschaften.

Viele Monster

Willst du zurückkommen, Nadia? Zu mir?

Leise weint sie, erstickte Laute, die dem Schweigen einen Takt geben. Sorgfältig hat er den herumliegenden Rock und die Strumpfhose beiseite geschoben, bevor er sich neben sie auf ihr Bett setzt. Er nimmt ihre Hand, schildert ihr ihr gemeinsames Leben, neun Jahre fast, ohne lange bei dieser Zehn zu verweilen, die ihr seit Monaten so zusetzt, sie an der Kehle packt: »Baby! Weißt du, dass du gleich am Anfang verschwunden bist? Verstehst du, du hast mich verlassen, kaum dass ich dich im Schulhof gesehen hatte … Aber ich finde dich immer wieder!«

Er dachte, er könnte ihr Gespräch auflockern, aber jetzt weint sie, untröstlich. Willst du zurückkommen, Nadia? Noch einmal stellt er die Frage, sie schweigt, alles ist voller Asche, voll Ende und voller Fett, was für ein Begräbnis, diese *Krankheit*. Jetzt steht er, man könnte schwören, dass er zu einer Grabrede ansetzt.

Eine Quälerei wird es werden. Ein Massaker. Eine programmierte Invasion, Zentimeter um Zentimeter, wir tragen das alles ab, mal sehen, was noch darunter steckt, wenn überhaupt noch etwas da ist. Willst du zurückkommen, Nadia?

Als er am späten Nachmittag geht, nickt er den vier Bewachern, die rauchend im Flur stehen, zu, und auf die Frage: »Na? Wie finden Sie sie?«, antwortet Béla: »Eins will ich dir sagen, Junge: Letzte Woche beim Schauturnen hatte man mir gesagt, sie sitze im Publikum, und ich habe sie nicht gesehen. Heute hat sie mir aufgemacht, und da hab ich gemerkt, ich hatte sie doch gesehen! … Aber nicht erkannt, weil … sie ist ein Monstrum, Junge, ein verdammtes Riesenmonstrum!«, im Gehen winkt er noch, sein Wortschwall hat lautes Lachen geerntet.

In ihrem Tagebuch von 1978, aus dem sie mir eine kopierte Seite schickt, sind einige Worte dicker geschrieben und blau unterstrichen: »Ab morgen ***muss*** *ich wieder an Béla glauben. Ich* ***schäme*** *mich so entsetzlich, dass ich ein Monstrum geworden bin.« Und, in gleichförmigen Zeilen mehrmals wiederholt, diese Sätze:*

»Ich werde dem, was mir Angst macht, nicht den Rücken zukehren. Ich biete ihm die Stirn, denn die einzige Möglichkeit, meiner Angst zu entkommen, ist, sie mit Füßen zu treten.

Ich werde dem, was mir Angst macht, nicht den Rücken zukehren. Ich biete ihm die Stirn, denn die einzige Möglichkeit, meiner Angst zu entkommen, ist, sie mit Füßen zu treten.

Ich werde dem, was mir Angst macht, nicht den Rücken zukehren. Ich biete ihm die Stirn, denn die einzige Möglichkeit, meiner Angst zu entkommen, ist, sie mit Füßen zu treten.«

Mit stockendem Atem

Jeden Morgen im Morgengrauen holt er sie in diesem Haus auf den Hügeln über Deva ab, wo sie mit ihrer Mutter und ihrem kleinen Bruder eingezogen ist, sie hat sich geweigert, mit den anderen im Internat zu wohnen. Nach einer Stunde Waldlauf drei Stunden leichtes Training. Dann wieder Laufen, im Schwitzanzug; dann bekommt sie eine Massage, und weiter mit einer Sitzung Krafttraining, eine halbe Stunde Sauna, und zum Schluss ein letzter Waldlauf. Sie versucht sich wieder an ein paar Übungen am Stufenbarren, bekommt aber keine Bewegung unter Kontrolle.

»Du wolltest ein normales Leben, tja, da hast du's, du bist eine fette, normale Kuh geworden, und da protestieren deine Fettzellen! Sie wollen nicht, dass du ein Panzer bist«, bemerkt Béla lächelnd und gibt ihr einen heftigen Klaps auf den Hintern, damit sie weitermacht.

Abends kann sie nicht mehr gehen und liegt kraftlos im Bett, aber sie kann nicht einschlafen vor Schmerzen. Auf dem Rücken liegend streicht sie mit der Hand über ihre Rippen, ungeduldig wartet sie, bis sie sich wieder deutlich abzeichnen. Vor Hunger wacht sie gegen vier Uhr auf und wartet bis sechs, um sich einen Tee zu machen, die abendlichen Kopfschmerzen sind fast eine Erleichterung, denn der Schmerz überdeckt ein paar Stunden lang das Hungergefühl. Alles ist wieder wie vorher. An den ersten Tagen des Programms hat sie bei Márta und Béla übernachtet, die sie wieder »hochgefahren« haben, Obstsalat, dazu nur eiskaltes Wasser, das sie in kleinen Schlucken trinkt, es rinnt durch die Speiseröhre, wie durchsichtig ist der leere Magen.

Wenn du tust, was ich dir sage, schaffen wir es. Béla weiß es. Er weiß schließlich ganz genau, was sie »da drinnen« hat, und seine Pranke greift an ihren Bauch. Das Leben, das sie in den letzten Monaten in Bukarest ausprobiert hat, ist inzwischen ein dichter Nebel aus chaotischen Nächten und einfachen Zuckern. Béla orakelt schon, wie die Weltmeisterschaften in Straßburg nächste Woche ausgehen werden. Nichts. Vielleicht Bronze am Barren, aber am Boden, nein; denn auf niedlich zu machen mit dem ganzen Gewabbel hier, mit deinen Titten, unmöglich, ihr stockt der Atem, als er einen Finger auf ihre von der Trainingsjacke bedeckte Brust legt.

Menschliche Formen

Nach zwei Monaten Wartezeit erhält ein amerikanisches Fernsehteam die Genehmigung, Márta zu interviewen. Der junge ABC-Journalist mit den halblangen Haaren plant für seinen Dokumentarfilm den Titel *Die Medaillenfabrik*, Sendezeit etwa eine Stunde.

»Nadia ist heute einen Meter sechsundfünfzig groß«, erklärt Márta stolz und reicht ihm ein paar Fotos aus Montreal. »Sie werden sie ja bald wiedersehen!«

»Wann genau?«, hakt der Amerikaner nach.

»Wenn sie wieder menschliche Formen angenommen hat!«, antwortet Béla, als Márta ihm die Frage weiterreicht.

Die Reportage wird direkt vor den Weltmeisterschaften ausgestrahlt. Sie dauert fünfzehn Minuten, eine begeisterte Viertelstunde über dieses wunderbare rumänische Trainerpaar an der Spitze einer niedlichen Bande übertrainierter Spatzen, sie lächeln ins Objektiv, die Finger zum V gespreizt, ein Siegesversprechen. Nach der Ausstrahlung wendet sich der amerikanische Turnverband mit einem Glückwunsch an den Sender und dankt dafür, dass seine Bemerkungen Gehör gefunden haben: Diese Reportage ist positiver als die letzte, die Passage über Herrn Károlyis Methoden war doch nutzlos und sehr unerfreulich.

> Wir können einen Menschen auf den Mond schießen, aber wir sind unfähig, ein kleines Mädchen auf einem Schwebebalken tanzen zu lassen! Es ist höchste Zeit, dass dieses Land Turnerinnen hervorbringt, die die Kraft bezeugen, die unserem Volk im Blut steckt. Und da wir bis heute nicht in den Genuss von staatlich geförderten Trainingszentren für Spitzensportler kommen, müssen wir überlegen, was wir uns von der rumänischen Methode abschauen können.
>
> Los Angeles Times, Leitartikel, 1979

»Unglaublich, dieser Artikel, oder, was sagen Sie dazu, Nadia, die Amerikaner haben sich geärgert, dass sie nicht im Kommunismus lebten!«

Ich höre sie wortlos in ihrer Tasse rühren.

»Also ... 1981 nehmen die USA Béla auf, nachdem er aus Rumänien geflüchtet ist. Drei Jahre danach gewinnt die US-Mannschaft Gold vor Rumänien. Hat Béla Ihrer Meinung nach in den USA dieselben Methoden angewandt wie in Rumänien?«

»Natürlich. Und er hat Meisterinnen hervorgebracht. Keine Zauberei.«

»Und keine Einwände vonseiten der Amerikaner ...«

Sie schweigt, mir scheint, sie lächelt.

Straßburg

Sie sagen: Sie ist nicht mehr das Schulmädchen, dem man eine Zehn ins Gymnastikheft schrieb und das vor der ganzen Welt mit Puppen spielte. Sie notieren: Sie hat die Rattenschwänze abgeschnitten und ihre Schleifen weggepackt, ihre Formen runden den Turnanzug. Sie zeigen sich nachsichtig: Verständlich, dass man in der Pubertät einiges »schleifen lässt«, immerhin hat sie jetzt sechzehn Jahre »auf dem Buckel«. Sie zählen auf: Eine Goldmedaille am Schwebebalken, ein Sturz am Barren, weniger Tempo im Sprung, obwohl sie diesen Sommer noch fünf Kilo abgenommen hat. Sie schwärmen: Habt ihr diese Portugiesin gesehen, nur neunundzwanzig Kilo!

Und dann wird die junge Frau einbestellt, vor der versammelten Presse und ihrem strengen Blick. Tränen erwarten sie und Entschuldigungen, doch sie lächelt, um sie zu beschwichtigen: »Zum Glück habe ich mich verändert, in

Montreal war ich vierzehn. Ich bin völlig … normal für mein Alter.« Dann, sehr höflich, ganz die Gastgeberin, die sich angesichts der offen gelangweilten Mienen ihrer Gäste sorgt: »Haben Sie … sonst noch Fragen?« Da fallen ihnen noch ihre blondierten Strähnen auf, und bevor sie zu einem anderen Interview übergehen, schreiben sie noch schnell ein letztes Mal dieses Wort in ihre Kladde, in Anführungszeichen diesmal – Nadia C., Tod einer »Fee«, während sie zu ihrer Verteidigung schwach protestiert: »Schließlich konnte ich doch nicht ewig einen Meter siebenundvierzig bleiben … Oder?«

Sie verabschiedet sich bis in acht Monaten, im Mai in Kopenhagen. Trotz ihrer Enttäuschung kommen sie wieder. Kommen und verlieben sich neu. Weil sie zurück ist. Das Duell Rumänien–UdSSR geht wieder zugunsten von Rumänien aus, dank ihrer Leistung. Ihre kastanienbraunen Haare zu Rattenschwänzen gescheitelt, exakt die gleichen wie in Montreal, dazu rote Schleifen, ein Zeichen. Fast schon verzeihen sie der Kleinen, die sie gerne wieder »die Kleine« nennen möchten, trotz ihres einen Meter einundsechzig. Verblüfft sind sie und ein bisschen gerührt, wenn sie denken, was für unendliche Anstrengung sie dieses wahre Comeback gekostet hat: fünfundvierzig Kilo, vier weniger als in Straßburg, Startnummer 62. Sie hat sich »geregelt«! Am letzten Wettkampftag leistet sie ihre Selbstkritik ab, flüsternd, nein, sie fasst keine Süßigkeiten an, ja, sie hat nie da gewesene Wertteile hinzugefügt, und in Moskau wird es noch mehr davon geben, ja. Man lobt, wie vernünftig sie war zu erkennen, dass sie, »wenn sie weiter so ungehemmt auseinandergegangen wäre, aus der Landesauswahl geflogen wäre!«. Zum dritten Mal Europameisterin in der Brøndby Hallen, damit widerlegt sie die, die behauptet hatten, das Kunstturnen sei ein Gipfel an »Schwierigkeiten, die nur von Individuen mit kurzen Gliedern und ohne jede Angst beherrscht werden können: von kleinen Mädchen«.

Manche versuchen das Fest zu verderben mit ihren Hinweisen auf das erschöpfte Gesicht der Sowjetturnerin Jelena Muchina, sie hören sich selbst sagen, »die Reserven der Russen sind so unermesslich, dass ihre Möglichkeiten unendlich sind«. Und Nadias Magerkeit, die ausgemergelten Schenkel, ihre extrem hohle Blässe? Das Problem wird in der Pressekonferenz mit dem Trainer erörtert, der eine souveräne Erklärung parat hat: »Nadia hat, ganz richtig, ihre Pausbacken verloren, vor allem aber verhärten sich ihre Züge, wenn sie sich konzentriert.«

Im Interview mit der BBC die Frage: »1978 sind Sie ins Rampenlicht zurückgekehrt. Sie waren da kein kleines Mädchen mehr, oder, sondern eine … Frau?«, auf die sie antwortet, geniert wie eine reuige Trinkerin: »Ja … Und genau das war mein … großes Problem.« Und dann erzählt sie, wie sie neun Tage lang nichts gegessen hat, nur Wasser hat sie getrunken und trainiert, um diese zehn überzähligen Kilos abzunehmen. Herzlichste Glückwünsche für ihren Durchhaltewillen. Applaus, und hier, geschenkt, eine Sammlerpuppe.

Mexiko, Fort Worth, Texas

Mein Liebling, ich habe heute früh Deine drei letzten Briefe erhalten und wie in einem sehr traurigen Buch von Eurer mexikanischen Pechsträhne gelesen. Vielleicht bist Du, wenn dieser ankommt, schon wieder gesund!

Ich habe gestern Dorina getroffen, wir haben von Dir gesprochen. Sie hat mir versprochen, dass sie Dir im Fernsehen zuschauen wird, siehst Du, sie ist weder böse noch auch nur traurig, dass sie nicht in die Auswahl gekommen ist, ich glaube fast, sie hat jemanden kennengelernt! Ich muss Schluss machen, bis morgen müssen ein paar Hosen fertig sein. Die Apfelbäume blühen, und früher haben wir zu dieser Jahreszeit (die folgenden Sätze sind sehr sorgfältig gestrichen, die Worte unleserlich). *Hier ist alles in Ordnung. Tausend Küsse, meine Große.*

Mama

Ich vermisse zuhause. Ich vermisse dich. Alles ist eklig, und es juckt. Ich habe Bauchweh. Ich bin müde. Ich schlafe noch weniger als zu Hause.

Da kommt also ihr Roboter, die Frau Polarprinzessin, wie ihre Mutter sie nennt, und beklagt sich seitenweise, panisch, weil sie völlig erledigt ist, schwindelig ist ihr von dem Virus, der gleich am ersten Tag in Mexiko die ganze Mannschaft befallen hat. Der vierwöchige Aufenthalt sollte sie in aller Ruhe auf die Temperaturen, die Luftfeuchtigkeit in Texas vorbereiten und auf die Ausstattung der amerikanischen Turnhallen, die besonderen Materialien, die das Tempo bei den Bodenübungen noch beschleunigen.

Haben diese glorreichen Monate womöglich einen Überhang verbitterter Tage aufgestaut, die jetzt alle auf einmal herausbrechen? Diese drei Monate, in denen Béla Nadias Sonderstatus in der Mannschaft bestätigt, sie die Musik zu ihrer Bodenübung selbst aussuchen lässt, ebenso die Bauchmuskelübungen, die sie für die geeignetsten hält. Montags stellt er sie nicht mehr mit den anderen auf die Waage, wie sie aufgereiht in der Halle stehen, mit trockenem Mund beim Gedanken an hypothetische Gramme, die sie am Wochenende womöglich zugelegt haben. Er bietet ihr sogar an, eine Zehnjährige zu trainieren, den jüngsten Neuzugang. Wenn man Béla damit aufzieht, wie viele Freiheiten er Nadia zugesteht, antwortet er, dass er sie jahrelang derart vollgetrichtert hat, dass er sie jetzt nur ausspucken lassen muss, was er ihr eingebläut hat. Und es funktioniert. Drei Monate, in denen sie nichts empfindet und alles gewinnt. Selbst Hunger und Müdigkeit sind in ihrem Tagesablauf nur vorübergehende Scherereien, selten war sie so in Form, steigt von einem Podium aufs andere. Die Behörden stellen ihr anstandslos immer neue Ausreisegenehmigungen aus.

Was aber Nadia in dem Brief an ihre Mutter nicht schreibt, ist der Eindruck, dass die anderen Komplotte schmieden. Eines Morgens ist ihr, als würde eine Rotznase »ihren« Abgang proben. Sobald sie an den Barren tritt, an dem die schmächtige Göre turnt, springt die ab und trollt sich. Und jetzt noch dieser Virus. Die meisten von ihnen haben Fieber und übergeben sich, sobald sie etwas zu essen versuchen. Im Flugzeug, ganz überdreht vor dem nahenden Wettkampf, plärren sie ihre Ergebnisse heraus, diese Zahlen, vierhundert, fünfhundert, und ich, ich fünfhundertfünfzig Gramm weniger! Wie viel sie seit Mexiko abgenommen haben.

Am Morgen nach ihrem ersten öffentlichen Training in Fort Worth ist Béla wie vor den Kopf geschlagen, in den Zeitungen steht: »Károlyis Mannschaft hat ihren Zauber verloren! Ein Haufen blutleerer Spinnen, karpatische Minivampire, eine Armee bleicher, ausgehungerter Kinder! Wo sind die anmutigen, geschmeidigen Püppchen von einst?« Nicht ein Journalist hat es für nötig gehalten, dazuzuschreiben, was Béla ihnen aber doch erklärt hatte: Ihre Magerkeit geht auf das Konto eines Virus. Dafür wird er vor dem rumänischen Turnverband und dem Zentralkomitee geradestehen müssen.

Endogen

Eine Infektion. Etwas, was vor wenigen Tagen noch fast unsichtbar war, sich aber ausbreitet, einnistet. Und was sie selbst noch verschlimmert hat, indem sie einfach weitergemacht hat, als wäre nichts. Nadia tut kund, dass sie nichts hören mag.

Nichts hören, als sie mit kaum acht Jahren vom Barren fällt und Béla sich aufregt, er zeigt ihr eine Wanze, die unbeholfen zwischen den Matten daherkrabbelt, und flüstert ihr zu: »Sieht aus wie du!«

Nichts, als er sie als widerliche trächtige Kuh bezeichnet bei ihrer Rückkehr aus Bukarest, als Panzer. Nichts hören, wenn Béla sich über Emilia auslässt und ihr ausgemergeltes Gesicht, weil sie sich allabendlich den Finger in den Hals steckt: »Emilia ist ein Faulpelz! Das ist natürlich leichter, als sich tapfer an seine Diät zu halten. Das hat sie davon!« Nichts merken, nichts, nicht einmal die geschwollenen Knöchel der Neuzugänge, die in der Krankenstation um ihr tägliches Novocain betteln. Schlimmer noch, im selben Ton wie Béla schimpft sie eines der Mädchen, das ans Aufgeben denkt, ein Röntgenbild hat ergeben, dass einer seiner Wirbel einen Haarriss aufweist. »Beiß die Zähne zusammen und turn, neunzig Sekunden, was ist das schon!«

Sie arbeitet ihm zu. Sie verkündet sein Wort, sie ist der lebendige Beweis seiner Verheißung, das Wunder ist möglich, seht nur. Und da wird ihre Mission plötzlich hintertrieben. Jetzt, wo sie der *Krankheit* das Maul gestopft hat, wo sie die Beweise hat verschwinden lassen und ihren widerlichen blutigen Bekundungen ein Ende hat setzen können, obwohl ihre Mutter, zu Unrecht, behauptet hatte, sie seien »unvermeidlich«, kommt etwas Neues daher: eine rote Beule auf ihrem Handgelenk. Fest drückt sie darauf, bis ihr die Tränen kommen, um das Gift herauszulassen. Dumpf donnert ihr Handgelenk. Jedes Mal, wenn die Wunde am Holm reibt, geht die Verletzung, die sie sich mit dem Drahtring ihrer Handgelenkstütze zugezogen hat, wieder auf. Barren, Magnesia und Schweiß, dieser Mix, Trilogie ihrer Existenz. Am zweiten Wettkampftag kann sie den Arm nicht mehr beugen. Béla packt ein bisschen fester zu, sie wimmert, nie zuvor hat sie gewimmert. Tu dein Bestes, Liebes. Er befiehlt nicht, er schlägt vor, erklärt er bedächtig einem Journalisten, der von Nadias gestriger Leistung schwärmt.

Das Einturnen beginnt. Nadia packt die Holme, probiert einen Handstand, und ihr Arm knickt ein, sie schlägt auf dem Boden auf. In der Pause ruft Béla zur Versammlung im Mannschaftsraum der Rumänen. Unsere geliebte Nadia wird uns nicht helfen können, Kinder. Er wendet sich ihr zu, da sitzt sie, den Arm in der Schlinge, mit stumpfer Haut und viel zu roten Wangen, eine allergische Reaktion auf das Cortison, das sie dreimal am Tag gespritzt bekommt, um die Entzündung im Blut einzudämmen. Schreie, Tränen, jemand hat ihnen die Stützräder geklaut, ihr Totem abgehängt, Nadia steht uns nicht bei! Und so sehr er auch die tiefen Schwingungen seiner Stimme zum Einsatz bringt, um die Kinder mit ihrer Kraft zu durchdringen: »Ihr könnt gewinnen! Meine Skorpione!! Wie bitte? Habt ihr etwa Schiss vor diesen russischen Fotzen?«, sie sehen zu Boden, schluchzen. »Rein rechnerisch brauchen wir Nadia überhaupt nicht, wir haben mehrere Punkte Vorsprung. Und gesetzt den Fall, Nadia würde schließlich doch teilnehmen«, ergänzt er, »sie hatte gestern so großartige Wertungen« (sie wiederholen im Chor, ja, großartig, Nadia, großartig), »da könnte sie stürzen, mehrmals sogar, und am Ende trotzdem noch gewinnen!« Er lässt die Worte sich setzen: Sie würde gewinnen. Falls sie teilnehmen würde. Oder wenn sie dann teilnimmt.

Sie schüttelt den Kopf. Nein, diesmal nicht, Béla, nein, sie hält ihren hart geschwollenen Arm hoch, der schmerzt wie ein wunder Zahn. Sie wünscht sich einen Unparteiischen, keine Kampfrichter, immer nur Richter. Einen, der ihrem Leid den verdienten Wert zuerkennt und das Recht, nicht anzutreten. Ohne irgendwelche Zweifel.

»Bist du ganz sicher, Liebes? Wirklich? Gut. Verstehe«,

erwidert er, schon wendet er ihr den Rücken zu, eilt zu den Kampfrichtern. Die verdrehen die Augen. Der schon wieder. Sein ständiges Theater, sein exzessives Gehabe, diese Fäuste, die er ihnen entgegenreckt, sobald er sich verschaukelt fühlt. Seine Flüche. Die demonstrative Bekundung seiner Zuneigung zu den Mädchen, sobald eine Kamera in der Nähe ist. Er reicht ihnen die Liste der Turnerinnen. Nadia ist für jedes Gerät aufgeführt. Die Oberkampfrichterin staunt: »Dann tritt sie also an?« Béla erhebt die Hände, nimmt Gott zum Zeugen, Tränen in den Augen, seine Prinzessin ist so tapfer, »sie meint, heute Nachmittag geht es ihr besser, ich weiß, das stimmt nicht, aber was soll ich tun, ich habe sie aufgestellt, aus Prinzip und aus Respekt vor ihr, wo sie der Mannschaft so viel gegeben hat.«

Die Regeln sind klar: Eine Turnerin, die nicht erscheint, wird disqualifiziert. Steht sie aber beim Aufruf ihres Namens auf und berührt jedes Gerät mit der Hand, so signalisiert sie damit, dass sie immer noch am Wettkampf teilnimmt. Bei jedem Gerätewechsel steht Nadia auf (Béla hat ihr im letzten Augenblick gesteckt, dass er ihren Namen hinzugefügt hat, »das kommt besser an«), grüßt die Kampfrichter (schon allein beim Heben des Armes wird ihr schwindlig) und nimmt vor dem verblüfften Publikum wieder Platz. Sie legt die Hände auf die Barrenholme, ein Teil des Saals beginnt zu klatschen, postwendend richtet sich Béla in ihrem Rücken auf und klatscht in die Hände, muntert das Publikum auf: »Gib, gib's ihnen, los, los, Baby, los«, bis er und das Publikum von den Kampfrichtern zur Ordnung gerufen werden.

Was ist eine Infektion?

»Das Eindringen und Vermehren potenziell pathogener Mikroorganismen in einem Makroorganismus. Eine Infektion ist entweder lokal oder generalisiert sowie exogen (wenn die Erreger aus der Umgebung stammen) oder endogen (so bezeichnet man eine Infektion mit Erregern, die vom Patienten selbst stammen). Zum Ausbruch einer Krankheit führt eine Infektion vor allem bei einer Schwächung der natürlichen körpereigenen Immunabwehr. Es kommt dann zu einem Kräftemessen zwischen dem Immunsystem eines Individuums und dem pathogenen Erreger. Die Immunabwehr schwankt aufgrund zahlreicher Kriterien wie etwa Müdigkeit, Schlafmangel, Stress, Nährstoffmangel usw. Wie gefährlich ein Erreger ist, hängt ab von der Anzahl von Erregern, die in einen Organismus eindringen, und von deren pathogenen Eigenschaften. Demnach kann eine Infektion nach der Invasion umso weiter fortschreiten, je stärker die Immunkräfte eines Patienten geschwächt und je virulenter der Erreger ist.«

Sie ist also einer Invasion erlegen. Es sei denn, sie sekretiert das Gift ganz allein, bringt es unbeachtet seit Langem hervor und wird im Kampf gegen sich selbst allmählich immer weiter geschwächt.

Der Mannschaftsarzt sprach vor ein paar Tagen von einem Wehwehchen, da hatten wir schon ganz andere Sachen, Müdigkeit und Stress produzieren das Gift, und innere Stärke zerstört das Gift. Sie ist zu schwach, porös seit der *Krankheit*, schlaff und nochmals schlaff seit dem Aufenthalt beim Genossen Coach, der sie hat verfetten lassen, bis sie ein verdammtes Monstrum wurde, Papa kann ein Monstrum zähmen, Liebes! Kämpf dich durch! Béla hat ihr beigebracht zu kämpfen und ihr gleichzeitig jede Fähigkeit genommen, gegen etwas anderes zu kämpfen als das, worauf sein Finger zeigt. Er hat sie derart durchforstet, berechnet, beurteilt. Vor ein paar Wochen musterte er ihre vom Turnanzug platt gedrückten Brüste: »Deine ›Probleme‹ bekommst du diesen Monat nicht, mein Baby, kannst beruhigt sein.«

Wem gehört, was an diesem Nachmittag in Fort Worth passiert? Dem, der die Entscheidung trifft? Dem, der diese Lösung vorschlägt? Dem, der ein Interesse daran hat, dass die Entscheidung getroffen wird? Der, die nicht mehr entscheiden kann, so mächtig ist die Gewohnheit zu gehorchen? Hat Béla Nadia gezwungen? Hat Béla Nadia vorgeschlagen, zwischen zwei Lösungen zu wählen, und eine der beiden war undenkbar, das wusste er, eigentlich hatte sie gar keine Wahl? Was ist eine Wahl? Wem gehört dieser Körper.

Den sie an diesem Tag schließlich darbietet, in diesem überfüllten texanischen Stadion vor den Zuschauern, die sie bejubeln, als ihr Überraschungsauftritt am Schwebebalken angekündigt wird, nachdem sie für den Rest nicht angetreten war. Und auf der Stelle verstummen sie, denn sie begreifen, dass sie etwas nie Dagewesenes erleben werden, aufregender als je zuvor, *please welcome the incredible Nadia who has just decided to / in spite of.*

Ihr bandagierter Arm verweist auf den Heldenmut, da, wo man hinschauen muss.

Sie holt tief Luft. Die Blitzlichter, gleich Insekten, die

mit vollen Händen ins Feuer geworfen werden, zerreißen den Schatten und blenden sie, ganz kurz. Eine doppelte Drehung auf dem Schwebebalken. Konzentriert bleiben fürs Umschreiben. Deine Beine wie Pinsel, Liebes. Den Raum berechnen und das Gewicht der Luft, nach und nach erfindet sie das neue Gleichgewicht.

Und da sind alle völlig stumm, zwanzigtausendfaches Schweigen, das Raum lässt für das Grollen ihres kranken Blutes, ein widerlicher Geschmack steigt ihr in den Mund, fünfundvierzig Sekunden, die Hälfte, der Horizont grinst ihr entgegen, sie verpasst dem Holz Folgen von Rückwärtssaltos, die sie ohne die Hände turnt, ihr kranker Arm ist plump und reglos, da, bald geschafft, sie bereitet den Abgang vor, Zahlen und Winkel verschmelzen ihr im Kopf, die Berechnungen, alles ohne diese Hand neu denken, den Abgang, für den sie den Abdruck von beiden Handflächen quer auf dem Balken braucht, um sich auf den Boden zu katapultieren, diesmal würde eine Hand allein sie aus dem Gleichgewicht bringen, sie zu weit nach rechts neigen, oh, bis ans Zahnfleisch und in die Nebenhöhlen dringt jetzt das eitrige Klopfen, sie holt Schwung und wirft ihren ausgemergelten Körper kraftvoll in die Horizontale, vorsichtig hilft sie sich mit den drei Fingern ihrer bandagierten Hand.

Und sie stürzt nicht.

Unter jubelndem Beifall trägt ihr Trainer sie auf den Schultern, umringt von hysterischen Mädchen, er hebt sie mitten hinein in das Licht, das so weit ist und so warm, dass sie die Augen schließt, den Kopf nach hinten geneigt. In dem Moment, als die 9,95 aufscheint, beinahe die Höchstwertung, ist Nadia schon mit Blaulicht auf dem

Weg zur Notaufnahme ins Krankenhaus von Dallas, wo sie unter Vollnarkose operiert wird, die Infektion hat sich im ganzen Arm ausgebreitet, man fürchtet um ihr Herz.

Im Aufwachraum bittet sie um ein Blatt Papier und einen Stift, oder sie träumt, dass sie um ein Blatt Papier und einen Stift bittet. Zuerst den Ausgangspunkt festhalten: Rodica ist vom Balken gestürzt. Woran Nadia sich erinnert: ein paar Worte von Béla, kaum dass Rodica am Boden lag, etwas wie: »Wir werden doch die Sowjets nicht den Titel einheimsen lassen. Kannst du, Nadia, sag mir, ob du kannst.« Béla. Der später in seinen Memoiren schreiben wird: »Ich habe zu Nadia gesagt: Hast du schon mal daran gedacht, dass du der Mannschaft gegenüber Verpflichtungen hast? Tja, die hast du. Denn die Kleinen da kommen sonst ganz um ihre Anerkennung! Und Márta und mir, hast du dich schon mal gefragt, ob du uns etwas schuldig bist? All die Jahre ... Wenn ja, Nadia, dann tu heute etwas Einzigartiges ...«

Aber was tun mit Bélas Worten zu den Kampfrichtern, als der Wettkampf beendet ist: »Ich habe nie verlangt, dass sie ihr ganzes Programm turnt, mit allen Wertteilen! Unglaublich! Mit nur einer Hand ... Mich hat sie verblüfft, Sie nicht?« Die Kampfrichter, denen höchst unwohl dabei ist, dass sie die Leistung der Comăneci gesehen, gewertet und akzeptiert haben, obwohl sie sichtlich schwer krank war.

Zu mehreren stehen sie um Nadias Bett, Ärzte, Schwestern und zwei rumänische Funktionäre, sie hat großen Durst und wirkt eingeschüchtert im Gespräch mit dem Chirurgen, einem Amerikaner, der nach Zitrone riecht und mit überdeutlicher Aussprache auf sie einredet, damit sie nur ja begreift, wie schlimm es um sie steht. Sie allein trägt die ganze Verantwortung für ihre Entscheidung, ein Pflichtgefühl, wiederholt sie, »ja genau, Herr Genosse Doktor, so ist das für uns Spitzenspor… bei uns, in Ru…mänien, wenn es nicht wehtut, heißt das, man hat nicht … das Letzte … gegeben. Keine Helden…taten, aber! Eine Ent…scheidung im vollsten Vertrauen, Papa. Pa-pa? Neeeein … Herr Doktor, pardon.«

Nein, erklärt sie mühsam weiter, Béla hat sie da kein wahnsinniges Risiko eingehen lassen. Und von diesen »bleibenden Schäden«, die der Chirurg ihr drohend an die Wand malt, hatte Béla bestimmt keine Ahnung, das schwört sie.

Sie verlassen das Zimmer, hören, wie sie mit ihrer von den Beruhigungsmitteln gedämpften Stimme den Monolog weiterführt: »Es ist *meine* Entscheidung zu gehorchen. *Du* redest mir im…mer ein, dass ich alles kann. Oder aber … Die Entscheidung … Ich weiß nicht mehr, wie … wie, denn ich bin investiert. In-*fi*-ziert, pardon.« Später ruft sie die Nachtschwester, sie sollen die Dolmetscherin holen, eine Pressekonferenz einberufen, aber die Schwester versteht nicht, sie bringt ihr ein Glas Sprudel. Nadia kichert beim Gedanken an Bélas Flunkereien, diese grotesken Worte, bla bla bla was du uns schuldig bist, Nadia, bla bla bla all die Jahre. Wo sie doch alles tun würde! Alle Leistungen ohne Sicherheitsgurt! Wenn ich dabei nicht umkomme, bin ich immer bereit! Papa, mein Aufgang auf den Schwebebalken, da habe ich einen anderen erfunden, weil ich Mein Gott ich kann die Erzählung unmöglich zu Ende. Was sie noch geschrieben hat, ist am nächsten Morgen unleserlich.

»Was für eine Phantasie! Man könnte schwören, Sie waren mit mir im Aufwachraum … Ich habe eine Narbe, wissen Sie, den Arm entlang. Beim Lesen dieser Passage ist mir etwas eingefallen: Als ich klein war und die Leute erfuhren, dass ich sechs Stunden am Tag trainierte, war ich dieses ›arme kleine Mädchen‹. Wäre ich ein Junge gewesen, hätte mich niemand bedauert, oder? Kennen Sie dieses alte Sprichwort: ›Der Sport macht dich zum Mann, mein Junge!‹ Gilt das für Mädchen nicht? Mir gefiel das, wie oft soll ich es noch bestätigen, ich habe diese Entscheidung getroffen.«

»Ich glaube, was Sie mir da erzählen, hat nichts zu tun mit dem, worum es in Fort Worth ging. Macht nichts. Reden wir nicht mehr darüber.«

Aussage von Rodica D.

»Géza und Béla schliefen in unserem Zimmer. Und Pipi mussten wir bei offener Toilettentür machen.«

»Warum?«

»Sie hatten Angst, wir würden zu viel Wasser trinken und mehr wiegen. Wir haben vor dem Spülen noch gewartet, sind mit einem Glas in der Hand aufs Klo gestiegen und haben aus dem Spülkasten getrunken. Beim Duschen haben sie uns überwacht, wir durften nicht den Kopf heben …«

»Was bekamen Sie vor den Wettkämpfen zu essen?«

»Morgens eine dünne Scheibe Salami, zwei Walnüsse und ein Glas Milch, abends dasselbe, ohne die Nüsse.«

»Hatten Sie schon einmal schwere Gesundheitsprobleme?«

»Jede Menge! Fuß gebrochen, Schulter gebrochen usw. Ich erinnere mich, als ich zum ersten Mal meine Tage bekam, gab mir die Schwester eine Spritze, danach hatte ich sie ein Jahr lang nicht mehr.«

»Was ist das denn für ein … Aber was erzählt sie da? Wir wurden rundum versorgt! Das Einzige, was wir zu tun hatten, war zu trainieren. Unsere Zimmer wurden geheizt, geputzt, und wir wurden umsonst verpflegt. Magersucht? … Abführmittel? Diuretika? Ja, als Turnerin muss man leicht sein! Unfälle? Gibt es, aber so viele auch wieder nicht. Wenn man mal mitzählt. ›Kaputt‹ ist sie? Ganz ehrlich, was soll dieses Wort denn? Verletzungen? Das gibt es, wenn ein Mädchen Pech hat oder schlecht vorbereitet ist. Und das einzige Mal, wo ich nicht auf die Schmerzsignale gehört habe, war in Fort Worth.

Ich weiß, es wird Sie überraschen, aber die schlimmsten Vorfälle hat es in den USA gegeben, weil die Turnerschulen dort privat und teuer sind, und die Mädchen brauchen von Anfang an Sponsoren und Agenturen, da ist Geld im Spiel. Sie müssen gewinnen, um die Kredite abzubezahlen, die ihre Eltern aufnehmen, auf Jahre hinaus verschulden sie sich dort! Die Investition der Eltern, dazu die Renditeerwartung als Obsession … Kristie Phillips fühlte sich ›verantwortlich für ihre Pubertät‹, als sie anfing abzubauen, weil sie gewachsen war. Betty Okino hat sich im Wettkampf den Arm gebrochen, weil sie mit einer begonnenen Fraktur trainieren musste, damit das Geld vom Sponsor nicht wegfiel! Kelly Garrison hat einen Wettkampf mit gebrochenem Fuß geturnt, dasselbe. Und bei ihnen allen ging es mit dem Gewicht dauernd rauf und runter, wir in Rumänien haben uns nicht beim Bäcker um die Ecke vollgefressen, weil es den gar nicht gab und wir kein Geld hatten! Es stimmt, manche Turnerinnen nehmen jeden Morgen Ibuprofen. Andere nehmen an Wettkampftagen grundsätzlich Schmerzmittel. Ist das gut? Nein. Habe ich das schon gemacht? Ja. Hat man mich gezwungen? Nein! Ich verstehe die, die sich ruiniert fühlen von diesem Milieu, aber Mitgefühl habe ich überhaupt keines.«

»Kann ich das schreiben, Nadia?«

»Ja, können Sie. Es wäre natürlich toll, wenn jemand entdecken würde, wie man mit sehr wenig Arbeit zum Sieger wird, aber leider ist das nicht so. Können Sie dieses Gekritzel nachher überhaupt auswerten, ach so, Sie nehmen ja alles auf, und ich komme vom Hundertsten ins Tausendste, tut mir leid. Mit der Chemie ist es ja nicht getan, wissen Sie, Béla dachte an alles … Zum Beispiel: Wir waren regelmäßig beim Psychologen, der ließ uns Puzzles machen, um zu sehen, wie schnell wir es satthatten, er testete unsere Fähigkeit, dranzubleiben, wenn wir mit etwas zu kämpfen hatten. Béla holte Leute von der Straße ins Training, ließ sie herumlärmen, ›Nadia! Mariana!‹ schreien, um uns abzulenken. Wir haben unsere Programme sogar ohne Einturnen probiert, falls wir einmal in diese Lage kommen würden. Wir waren zu allem bereit. Echte Monster!« (Sie lacht.)

Sie weiß, dass ich chronologisch schreibe, und so ahnt sie sicher, dass die Moskauer Spiele vom Juli 1980 bevorstehen.

»Wenn Sie auf alles vorbereitet waren, kann man für Ihren Sturz am 23. Juli 1980 also nicht die Banden von Soldaten verantwortlich machen, die die Russen auf die Tribüne gesetzt hatten, wo sie sangen: ›Nadia, stürz stürz stürz‹, als Sie dran waren?«

»Wie bitte? … Daran kann ich mich überhaupt nicht erinnern!«

»Na gut … Und was haben Sie gedacht, als Béla Károlyi in Moskau Melitta R. geohrfeigt hat, nachdem sie vom Schwebebalken gestürzt war?«

»Wer hat Ihnen das erzählt? Vielleicht stimmt es ja, aber ich hatte etwas anderes zu tun als …«

»Führen Sie diese … Entgleisung darauf zurück, dass er wusste, wenn er nicht ein hervorragendes Ergebnis nach Rumänien zurückbrachte, würde man ihm seine Schule schließen?«

»Ein hervorragendes Ergebnis? Was ist das, ein hervorragendes Ergebnis? Die Leute sagen, die Leute sagen … Wissen Sie was? Manche Leute behaupten, ich sei in Moskau nicht erfolgreich gewesen … Vier Medaillen, Gold am Boden und auf dem Balken, Silber mit der Mannschaft! Und? Ich bekam haufenweise Briefe von Leuten in Rumänien, die mir vorwarfen, ich hätte sie ruiniert, ich schuldete ihnen einen neuen Fernseher! Sie hatten ihn aus dem Fenster geschmissen, aus Angst und Verzweiflung, als sie auf meine Wertungen warteten. Was die Leute so sagen …«

»Ganz meine Meinung. Sie waren in Moskau einzigartig, wirklich. Eine interessante Theorie, finde ich, lautet, 1976 in Montreal habe Ihre Unschuld, immerhin waren Sie noch ein Kind, zusammen mit Ihrer technischen Perfektion die Kampfrichter gewissermaßen angesteckt, als hätten sie nicht zu mauscheln gewagt angesichts Ihres Bildes äußerster Reinheit …«

»Reinheit? Führen Sie das Gemauschel um meine Moskauer Wertungen auf etwas ›Unreines‹ an mir zurück, weil ich kein Kind mehr wahr? Das verstehe ich nicht. Hören Sie,

ich bin nicht sicher, dass wir so weitermachen können. Sie verdunkeln das Bild! Grauzonen, lauter Grauzonen! Und Sie zwingen mich dauernd in die Richterrolle. Ich weigere mich, über jemand anderen zu richten!«

Worauf sie wütend auflegt, drei Wochen lang sprechen wir uns nicht mehr. Dann bekomme ich eine Postkarte, sie ist im Urlaub, und im PS: »Béla hat es mit mir sehr weit getrieben, aber ich hatte mir ein Abwehrsystem zugelegt. Zum Beispiel: Ich wusste, dass ich fünfzehn Bahnen schwimmen konnte, aber Béla sagte ich, ich traue mir zehn zu; so hatte ich eine Reserve von fünf. Er hat mir nie das Genick brechen können, weil er nie erfahren hat, wo meine wirklichen *Grenzen lagen, die habe ich nie gezeigt.«*

Warum leugnet sie noch Jahre später, was die anderen anprangern, warum stellt sie sich gegen sie, warum diese Anhäufung offizieller Versionen, warum diese Verbissenheit, mit der sie noch die geringste Schwäche bekämpft, anzweifelt, diese Aufschneiderei einer Superheldin, »ich habe niemals geweint«, dieses beständige Umschreiben von alldem, was sie womöglich zum »armen Ding« machen könnte?

Ich lerne X kennen, einen rumänischen Journalisten, der nicht zitiert werden möchte. Ihm zufolge hatte sie eine gesteigerte Selbstwahrnehmung, millimetergenau. Entscheidend für ihre technische Überlegenheit war diese Fähigkeit, im Kopf rasend schnell mitzurechnen, um sich zu korrigieren und das Visier neu auszurichten, und das mitten in einer Bewegung.

Natürlich bin ich die Erste, die wieder anruft, und natürlich erwähne ich unseren Streit mit keinem Wort, lasse mir meine Verärgerung nicht anmerken. Ich erzähle ihr nur von meiner Begegnung. Sie ist begeistert, enthüllt mir entzückt einen winzigen Teil ihres »Rezepts«, ein Produktgeheimnis: »Stimmt haargenau! Ich konnte mich mitten in der Übung korrigieren, oh, das war unsichtbar, eine Schulter nach oben, die Kopfhaltung, das merkte niemand!«

»Sie verfälschen heimlich Ihre Fehler, kann man es so sagen?«

»Ja, genau. Ich schreibe alles um! Aber … ganz diskret!«

Moskau, in memoriam Jelena M., 1960–2006

Comăneci Nadia, die Startnummer 50 auf dem Rücken des Turnanzugs mit V-Ausschnitt, tritt an den Schwebebalken. Verscheucht die Feen und die alten Märchen voller verängstigter armer Dinger, die eine starke Hand zur Führung brauchen, damit sie sich vor lauter Leichtsein nicht verirren. Sie verabschiedet die Kindheit und schreibt mit ihren schmalen Händen den Raum um, huscht vorbei wie ein Seidenfaden und zeichnet im Flickflack mit dem Fuß einen großen Sonnenkreis, völlig gebannt durch den Blitzlichtteppich, sie wird die Unberührbare. Auf dem Schwebebalken ertönt einen Moment lang im gesamten Forum keine Musik, sie wogt durch die Stille. Und es ist ein so raumgreifendes Wohlsein, diese Weite, sie umfasst die Luft mit ihren sich windenden Armen, ihre Hände schwingen blind drauflos nach hinten, sie kickt mit dem Fuß nach der Sonne, Überschlag rückwärts. Und genau da, als sie ihren Abgang vorbereitet, steht vor ihr, woran man nicht denken darf, niemals, sonst wird man davon in den Bann geschlagen, kidnappt einen das Bild des Nackens, der auf das Holz aufschlägt, mit dem Kopf voraus auf den Barrenholm. Ungebeten steht der Gedanke im Raum: Jelena fehlt. Jelena, die Waise, die ihre Trainer nur als Ersatz vorsahen und die in Straßburg doch alles gewann. Jelena, die ein paar Tage vor der Eröffnung der Spiele im Training gestürzt ist. Man munkelt, sie sei gezwungen worden, zu früh wieder anzufangen, bevor der Knochen ganz verheilt war. Über den Unfall ist nichts bekannt, nur das: der Thomas-Salto, ihre Spezialität, sie führte ihn rückwärts aus (und bekreuzigte sich immer heimlich hinter dem Rücken ihres Trainers). Eines Tages breche ich mir noch das Genick, Herr Lehrer. Nein, Jelena, Mädchen wie du brechen sich nicht das Genick. Mädchen wie du enden nicht im Rollstuhl in einem Heimzimmer mit verdammt gebrochenem Genick und vom Hals bis zu den Füßen gelähmt nach einem Super-E und müssen ein Jahr warten, zwei Jahre, zehn und noch mal zehn bis zum elenden Krepieren zwei Tage vor Weihnachten an den »Unfallfolgen«.

Nadia hechtet nach vorn, das Bein in der Arabesque hinter sich, eine lange Viertelpause, mit dem Pinsel gezogen. Dann, rechter Fuß gestreckt nach vorne, wendet sie sich ab von den Toten, den Geschlagenen, all dem Schluchzen gebrochener Mädchen, und ganz bedächtig reiht sie – flick, flack – die aufgedeckten Fluchkarten auf, besiegt sind sie einmal mehr, sie grüßt, das Publikum steht, in toller Liebe verfallen, überwältigt, weil es geschnuppert hat am grausigen Hauch eines noch einmal abgewendeten Fluchs.

Ein Prozess, das Urteil der Biologie

»Liebe Nadia. Du warst mmmmm mit dieser Handbewegung am Ende deiner Bodenübung. Mein mechanisches Kätzchen. Heute ist die Nadia achtzehn, trägt einen BH und muss sich die Achseln rasieren«, schließt der Leitartikler des *Guardian* in seinem Beitrag vom Juli 1980.

Große Empörung, also so was, der will womöglich gleich noch ihre Höschen inspizieren, oder was. Nein, wirklich, das hier geht zu weit. Wogegen das hier alles völlig rational ist: Man mochte ja gehofft haben, sie komme um ihr biologisches Schicksal herum, doch jetzt, ganz schlicht und einfach: »Das kleine Mädchen hat sich zur Frau gewandelt, der Zauber ist dahin«, titelt eine französische Zeitung, während eine andere anmerkt: »Das große Kind ist zur Frau geworden. Ungeschminktes Urteil: Der Reiz ist verflogen.«

Was ist das für ein Zauber, dem sie nachtrauern, ein hormonaler Prozess, und das Urteil, das einen wiederkehrenden Traum begräbt, von einem Körper, der, als Sie die Kampfrichter grüßten, keine Erhebung zeigte außer diesen vorspringenden Rippen unter dem eng anliegenden Stoff. Damit wäre also die Mauser, auf die da mit dem Finger gezeigt wird, eine Schwäche, die Sie offensichtlich nicht in den Griff bekommen, ein Affront gegen die, die Ihre flauschige Haut mit Blicken liebkosten, etwas, wovon nie die Rede war in dem Liebesvertrag, der Sie seit 1976 an die ganze Welt bindet.

Moskau, 23. Juli 1980

Wir werden doch der UdSSR kein Achtbarkeitszeugnis ausstellen, da gehen wir nicht hin! Empörte Mienen, erhitzte Debatten, auf den westlichen Fernsehkanälen wird viel und sehr laut geredet. Man fährt Enthüllungen auf, die keine sind, als hätte man sie soeben aufgedeckt und derart schmutzige noch nie gesehen.

Kaum ein paar Wochen nach der Meldung vom Einmarsch der sowjetischen Truppen in Afghanistan am 27. Dezember 1979, gefolgt von der Meldung der Verbannung Andrei Sacharows nach Gorki, setzt man sich zusammen, um eine Einigung zu finden, die sowohl die internationale öffentliche Meinung zufriedenstellt, als auch die laufenden Verträge der Olympiaindustrie erfüllt. Schließlich gelingt es, in groben Zügen eine Art schiefen Kompromiss zu zimmern: Wir fahren. Aber wir werden der Eröffnungsfeier fernbleiben. Wir fahren. Aber wir werden die olympische Flagge zeigen statt der französischen, portugiesischen oder britischen, all die fünfzehn Staaten, die es sich nicht leisten können, ihre zahlreichen Verträge zu kündigen, und sich entscheiden, im Fall eines Sieges die olympische Hymne spielen zu lassen statt ihre eigene, die sie in der UdSSR nicht hören wollen.

* * *

»Wo ist meine Puppe, wer hat mir meine Puppe stibitzt?«, flennen sie nach Nadias Darbietung, alle versammelt in der Presselobby des Lenin-Stadions. Nein, sie werden sich nicht hinters Licht führen lassen, die lassen sie sich nicht unterschieben anstelle der Hinreißenden. Nach und nach weicht ihre Enttäuschung einem bitteren Zorn, hat sie doch die Vergangenheit geschluckt, die Leichtigkeit vom Sommer 1976 und von diesem »Ru-mä-nien«, das man voller Entzücken skandierte, gierig nach ihrem Akzent und der Bewegung, mit der sie das Gummi an ihrem Pferdeschwanz nachzog, und ihr fast leerer Blick, bevor sie loslegte, ein unkaputtbares Spielzeug, immer in Form!

Jetzt wird der Vorgang abgewickelt, immerhin mit dem gebührenden Respekt für eine ehemalige Fee, die man sanft Richtung Ausgang bugsiert, man weiß gar nicht mehr, wie man sie nennen soll, Eichkätzchen? Ganz sicher nicht. Vogel vielleicht, dieser Albatros mit den »ausladenden Gliedmaßen«, der am 23. Juli 1980 abstürzt und das Titelfoto aller Zeitungen abgibt. Der Tag, an dem die Comăneci gestürzt ist. Auf den Rücken, ihre Hand nach Hilfestellung ausgestreckt, die nicht kommen wird, ein Körper ohne Grazie, eingezwängt in sich selbst.

Gestern gestürzt und heute Morgen schon wieder da, am Stufenbarren, ein herablassender Juwel, der den Computer wieder zum Kommaverrücken zwingt: 10,00. Ein letztes Aufbäumen vor dem Ende, so die hochgelehrten Experten. Aber da, noch eine Höchstwertung, am Balken. Noch ist sie Königin, meinetwegen, aber »schön und wehmütig« angesichts ihres bevorstehenden Endes (das man der Zeitung ja schließlich per Fax schon schriftlich gemeldet hat). In aller Eile wird diese Königin gefeiert, bevor man sie einlädt, sich endlich dem Urteil zu beugen, es ist Donnerstag, der 24. Juli.

Das Urteil stand schon vor dem Prozess fest. Eine Hetzjagd, deren Halali zu früh ertönt, da wird mit Kommas gewedelt, aber immer nur in Handschuhen, um nur ja keine Spuren zu hinterlassen, und um die Reste balgen sich die Kampfrichter, die letzten Leckerbissen eines lästig gewordenen Körpers, den man zu werten vorgibt. Denn Nadia ist eine Themaverfehlung. Sie und Nelli Kim, dreiundzwanzig. Auch Nelli hat die *Krankheit* eingeholt, und die Russen haben die Mannschaft von deren Anzeichen gereinigt so wie Béla; ein Mädchen im Endstadium der Kindheit genügt ja als Beweis, dass man nichts gegen sie hat. Die neunzehn Jahre der neuen sowjetischen Sensation Dawydowa sind ein verzeihlicher Ausrutscher, denn ihre Hüften sind superschmal und winden sich wie beim Schlangenbeschwörer, ein Blick zu ihren Trainern, die sie mit einem Augenzwinkern anfeuern, neunzig Sekunden schalkhaft-kindlicher Porno.

Letzte Woche ruft sie mich an, bei mir ist es nach Mitternacht. Es geht um Moskau, flüstert sie.

»Ich weiß, Sie werden sagen, ich weigere mich, das wirklich Wichtige zu kommentieren, aber für mich ist Moskau … Doamnă Simionescu. Es war ja auch mein letzter Wettkampf, wissen Sie, da dachte ich …«

Sie nimmt die Verteidigung auf. Ein kleines Mädchen versucht zu intrigieren, damit ich die Geschichte schreibe, die sie gerne lesen möchte – bitte, bitte, erzähl ihnen von Frau Simionescu. Der rumänischen Oberkampfrichterin, die auch Nadias erste Ballettlehrerin in Onești gewesen war.

»Nicht, dass ich nicht vom Boykott reden möchte … Was wusste ich schon davon? Wir bereiten uns auf Olympia vor,

wir kriegen gesagt, der Westen kommt nicht, wegen des Afghanistan-Kriegs. Die Amerikanerinnen waren damals sowieso keine ernst zu nehmenden Rivalen, und wir Rumänen brauchten kein neues Ereignis mehr, um die Russen zu hassen. Was wollten die im Westen da eigentlich Neues entdeckt haben?«

»Wussten Sie bei Ihrer Ankunft, dass es Ihr letzter Wettkampf sein würde?«

»Nein … Vielleicht ahnte ich es. Ich war so müde. Es … ging weiter, immer wieder hieß es, ich hätte mich verändert. Manche der Journalisten kannte ich seit Montreal, und nur zu gerne hätte ich sie mal darauf hingewiesen, dass auch sie sich verändert hatten!«

»Damals hat man Sie zum letzten Mal mit Béla gesehen …«

»Wissen Sie was?« (Triumphierend.) »Am 24. Juli hat er geweint.«

Frau Simionescu

Frau Simionescu hat keinerlei Beweise für das, was da gerade abläuft unter ihrem Vorsitz als Oberkampfrichterin, diesem lächerlichen Titel, der ihr in Wirklichkeit nicht die geringste Macht verleiht. Was soll sie denn vorbringen? Dass ihr, als sie heute Morgen den Raum betrat, in dem sie vor den Wettkämpfen Kaffee trinken, ein paar Kampfrichter irgendwie verlegen vorkamen? Und die Frühstücksansprache des sowjetischen Verbandsvertreters konnte sie auch nicht gerade beruhigen mit seinem »Jede Olympiade hat ihre geopolitischen Imperative«.

Es wäre unvernünftig, an eine Absprache zu glauben. Aber warum haben sie dann Nadia zwanzig Minuten lang warten lassen und Jelena Dawydowa ihren Auftritt gegeben? Glück für die Russin, die so dem Druck einer möglicherweise zu hohen Wertung von Nadia entgangen ist. Warum wurde die Wertung der Russin praktisch sofort nach ihrem Gruß angezeigt? Sieht fast so aus, als hätten sie gewertet, noch während sie turnte.

Und jetzt, wo Nadia auf dem Schwebebalken ist, sieht sie nur ihre gesenkten Schädel über den Wertungsbögen, fieberhaft schreiben sie mit. Was halten sie da fest? Und wieso?

Sie zerlegen sie nach Strich und Faden. Sie müssen etwas finden, womit sie das Urteil hinbekommen, das »man« ihnen diktiert hat. Nadias lange Arme, für eine Millisekunde flattern sie durch die Luft: War sie nach den Rückwärtssaltos aus dem Gleichgewicht geraten? Und ihr Knie, war da nicht die Andeutung eines Zitterns bei ihrer Drehung? Halten wir also fest: Zögern.

Maria Simionescu wartet auf die Wertungen. Béla wartet auf die Wertungen, er ist zuversichtlich. Seine Nadia war unschlagbar. Zehn Minuten. Zwanzig. Fünfundzwanzig Minuten Beratung, die Menge schreit: »DA-WY-DO-WA«, gegen ein Häufchen Rumänen: »NA-DI-A«. Ein kleiner Mann im Offiziellen-T-Shirt regt sich auf, das dauert alles viel zu lang, er schaut auf die Uhr, der Realismus ist beeindruckend, fast nähme man ihm ab, wie er da groß mit den Armen fuchtelt in Richtung der Kampfrichter aus der DDR, der ČSSR, der UdSSR, Bulgarien und Rumänien, die aufgeregt miteinander tuscheln. Sowjetische Offizielle, als Nebenrollen für die Glaubwürdigkeit der Szene unverzichtbar, marschieren mit besorgten Blicken auf und ab. Inzwischen pfeift die ganze Halle. Béla brüllt das Publikum an, still zu sein, schüttelt die Faust in seine Richtung, ein letzter Auftritt als jähzorniger Wüstling. Ganz diskret beglückwünschen die Trainer schon Jelena Dawydowa, sie weist sie darauf hin, dass die Wertung der Rumänin immer noch nicht angezeigt wurde.

Und Frau Simionescu. Die Nadia ihren ersten Ballettunterricht erteilt hat. Die mit Tränen in den Augen die Papierbögen zerknittert, die sie ihr eben endlich abgegeben haben, die Ergebnisse der Comăneci. Nein, wiederholt sie dem Uhrenschauer, Juri T., nein, *ich* tu das nicht, nein, ich drücke nicht auf den Knopf, der diese schändliche Zahl, diese Lüge, auf der Anzeigetafel offiziell macht. Nichts geht weiter, wenn sie das Ergebnis nicht für gültig erklärt. Und zu so vielen stehen sie jetzt um sie herum und fordern sie auf, zur Vernunft zu kommen, Leute, die sie überhaupt nicht kennt, na, Genossin, na? Hunderte Kameras haben Nadia im Visier, eine Reihe Fotografen, die Kamera vor dem Bauchnabel hängend, bereit zum Einsatz, sie zeigt ihnen das Profil, reglos, die Eiskönigin, die niemals lächelte. Die, die einst die Kleine war, da steht sie leichenblass vor der johlenden Menge: das Urteil, zum Kuckuck, das Urteil.

Abrupt beugt sich der kleine Mann mit der Uhr über Frau Simionescu hinweg und drückt auf den Knopf. Und sogleich feiern sie sie von den Tribünen – DA-WY-DO-WA, geschieht Rumänien recht, siehst du, wie bedeppert sie dreinschaut, und sie zeigen mit dem Finger auf den schweißnassen rumänischen Trainer, sogar aus den Augen tropft es dem Béla, er rennt zu Juri, nimmt dessen beide

Hände in seine Pranke, ganz verstört, wie kannst du nur, Juri, die Welt ist unser Zeuge, sie war brillant, du warst selbst mal Sportler, verflucht, Juri, und der Russe flüstert ihm ein paar verworrene Worte zu, reg dich nicht auf, das ist alles nicht so einfach, aber wir bringen das vor der Siegerehrung in Ordnung, wir machen ihr eine 9,90, so was in der Art, so viel, damit sie punktgleich Erste wird. Béla schiebt die dürren Mädchen aus dem Weg, stapft auf die Kampfrichter zu, hinter ihm jederzeit einsatzbereite Sicherheitsleute, nicht zu hören, was er der Frau mit dem blonden Dutt sagt, der polnischen Kampfrichterin, die schon ihre Sachen zusammenpackt und mit ausweichendem Blick den Kopf schüttelt, die Menge jubelt und grölt, sie haben verstanden: Die sowjetische Flagge wird unmerklich höher gehisst als die rumänische, Béla sucht sie mit dem Blick – mein Eichkätzchen –, seine Nadia, die Überlebende von reihenweise verblühten Věras, er sieht sie nicht, weil sie umzingelt ist, sie liegen ihr alle buchstäblich zu Füßen, denn rund um sie ist kein Platz mehr. Die niemals lächelte, heute weint sie in die Kameras, und wie ein Wetterphänomen, das man eilig festhält, weil man weiß, das gibt es nicht noch einmal, wiederholt die Stimme des NBC-Reporters aus dem Off: »Sie weint. Sie weint. Oje, sie weint. Alle Tränen, die ihr Körper hergibt.«

9,85.

Diese ganze Plackerei. Brav hat sie sie geschluckt, diese immer neuen Erwartungen, die sie zu befriedigen hatte, brechen hervor aus ihrem von Filmen und Blitzlichtern durchleuchteten Wesen, die ganze Welt wird verstrahlt. Film läuft, Liebes. Der Verdienstorden der Heldennation, alles bröckelt dahin, *yes Sir,* ich habe die weinende Comăneci im Kasten, ihr Körper wird zum Austragungsort erbitterter Schlachten, alle zerren sie an ihr herum, alle, der, dessen Schatten über Béla hängt, dieser Über-Béla der Sozialistischen Republik Rumänien, der im Grunde auch nur ein weiterer Béla ist, alles Manager, alle, sie nehmen sich einzeln ihre Gesten vor, rücken sie so zurecht, dass sie mehr Wirkung erzielt, geschmeidiger ist, leichter zugänglich. *Yes yes yes*, die braunen Ringe unter ihren Augen werden noch betont von den Lichtern, die sie ihr unters Gesicht halten, denn jetzt drängen sie sich zwischen ihren Beinen und schreien ihren Namen, als läge sie im Sterben, Nadia, ein Wort, Nadia, ein Wort ein Wort.

Biomechanik eines kommunistischen Endes

Vorbei ist es mit den Tankrechnungen ihres Mercedes auf Kosten der Partei, vorbei auch mit der Großspurigkeit, in der Béla früher manchmal statuierte, das Rasierwasser seiner Bewacher stinke, und sie an höheren Ort zurückschickte, meine Securitaner such ich mir selber aus, Jungs, und bitte keine blumigen Schwuchteln. An diesem Morgen am Moskauer Flughafen hält Béla den Mund. Steigt ohne eine Beleidigung in das Flugzeug nach Bukarest, gleichgültig gegenüber seinen Eichkätzchen. Sie fliegen nach Hause. Am Abend wird er ins Zentralbüro einbestellt. Nach Auslandsreisen wird er immer einbestellt, er muss immer erklären, warum es zum Beispiel nicht nur Gold gegeben hat oder warum er die Kleinen ohne Genehmigung ins Ballett oder ins Museum ausgeführt hat, lauter blöde Schikanen, Kinkerlitzchen. Die sein alter Freund Ilie V. humorvoll verschwinden lässt, er hält seine braune Aktentasche auf, »Los, schmeiß alles da rein, ich bring es dir morgen früh wieder mit, gewaschen und gebügelt!« Ilie, Mitglied des Politbüros und des Zentralkomitees, stellvertretender Ministerpräsident von 1978 bis 1979, Ministerpräsident bis vorgestern.

* * *

Hat er gegenüber dem Sender ABC von »korrupten Spielen« geredet? Hat er es fertiggebracht, einen olympischen Titel pro Mannschaft heimzubringen? Hat Béla etwa den Kopf verloren? Nadia hat am Schwebebalken zweimal gepatzt, und er bildet sich stur eine sowjetische Intrige ein! Die Wahrheit heißt doch: eine Mannschaft von Verliererinnen, von schlechten Verliererinnen. Und die amerikanische Presse, diese grausamen Fotos halb verhungerter Turnerinnen in Fort Worth, was werden die im Westen daraus schließen, dass es in Rumänien nicht genug zu essen gibt? Und seine Witze in einem am 7. Februar 1978 aufgenommenen Telefongespräch, in dem Béla sich »ostentativ und primitiv« über Veranstaltungen zur Ehrung des Genossen lustig gemacht hat?

Béla bittet um ein Glas Wasser, während sie weiter ihre Beschwerdepunkte aufzählen; noch nie musste er um etwas zu trinken bitten, bei dieser Hitze, achtunddreißig Grad, hier ist es ja wie im Arsch einer russischen Kuh, Genossen, aber sie lachen nicht, sehen sich an, als bestätigten seine Worte eine Diagnose. Und sie ziehen die Unterredung in die Länge, freuen sich über seine Bedrängnis, fast schon zerknirscht wirkt er ohne seinen »Gönner« Ilie V., der soeben auf Anordnung der Größten Gelehrten des Landes seines Postens enthoben wurde.

Vorbei mit dem Märchen, vorbei mit dem Abenteuer, übrig bleibt nur diese Zahl: 1981. Das Jahr, in dem der Conducător beschließt, dass der Sport nicht mehr einer Elite vorbehalten bleibt (einer »Fee«?!), die der Westen vergöttert. Das ganze Land steckt voller junger, bescheidener Arbeiterinnen, die laufen, tanzen, eistanzen und springen. Kehren wir zurück zu den gesunden Wurzeln und konzentrieren wir uns auf Volkswettkämpfe, auf »Dakiaden«, an denen: »alle teilnehmen können, aber nur die Besten«! Denn von Nadia, Na-di-a, NA-DI-A haben wir die Nase voll! Übrigens hat der Genosse gleich nach der Empfangskundgebung für ihre Rückkehr aus Moskau nach einer Alkohollösung verlangt, er schüttelte sich vor Ekel, weil er Nadias Wange gestreift hat; diese Schichten aus Puder und hellbrauner Creme, der Versuch, einen Pickel zu verbergen, der nichts anderes ist als ein Gemisch aus Blut und Eiter, Zeichen für einen aus den Fugen geratenen Hormonhaushalt.

»Zu viele Kalorien!«, hat sogleich die Größte Gelehrte des Landes verkündet. Was für eine Disziplinlosigkeit! Sie ist genau wie dieses Volk: die Rumänen konsumieren täglich dreitausenddreihundertachtundsechzig Kalorien pro Einwohner, und die Bürger der DDR nur dreitausenddreihundertzweiundsechzig: höchste Zeit, das »wissenschaftliche Ernährungsprogramm« umzusetzen, das die Genossin nach dem Vorfall mit dem Pickel selbst ersonnen hat. Wir werden diesem Volk von Faulenzern schon beibringen, sich richtig zu ernähren, unsere wunderbaren kleinen

Mädchen gehen uns noch alle durch die Lappen, wenn das so weitergeht! Denn bei dem Gewicht sind die Frauen in diesem Land, lauter wabbelige Verliererinnen, gar nicht in der Lage, das Leben mit der »Kraft und Leichtigkeit« in Angriff zu nehmen, die der Genosse bei seiner letzten Fernsehansprache angemahnt hat.

Mit Wirkung vom 17. Oktober können Brot, Mehl, Öl, Fleisch, Zucker und Milch nur noch auf Vorlage eines Ausweises und spezieller Karten erworben werden. Erlaubte Mengen pro Woche und Person:

Fleisch: 550 Gramm; Milch und Milchprodukte (außer Butter): 1 Liter; Eier: 5 Stück; Gemüse: 700 Gramm; Obst: 520 Gramm; Zucker (einschließlich Süßwaren): 400 Gramm; Kartoffeln: 800 Gramm. 30 % der Lebensmittel werden zum Frühstück verzehrt, 50 % zum Mittagessen, 20 % zum Abendessen. Selbstverständlich variieren diese Mengen je nach Geschlecht, Alter und körperlicher Aktivität.

Ich bekam diese Tabelle von Nadia, sie stand damals in der Zeitung Scînteia, *mit im Umschlag steckte eine erklärende Notiz: »Es war schwierig, man brauchte so viel Zeit, um herauszubekommen, was gerade zu kriegen war, man musste den Wecker auf drei Uhr stellen, um als Erste am Laden zu sein, musste nehmen, was es gab, meistens wusste man nicht mal, wofür man Schlange stand, man blieb eben da stehen, wo die anderen auch anstanden … Man tauschte mit den Nachbarn. Meine Mutter hamsterte; es ist ein Paradox, aber die Kühlschränke waren damals voll. Da Ceaușescu in den letzten Jahren wirklich alles exportierte, hatten wir gar nichts mehr, und natürlich redete man nur noch von dem Essen, von dem man träumte … Sie werden lachen, aber auf diese obsessiven Gespräche bin ich bei euch im Westen wieder gestoßen! Die Diäten, die Ratschläge vom Gesundheitsministerium, von den Frauenzeitschriften, sie stellen dieselben Tabellen auf wie bei uns im Kommunismus! Tja, die Staaten kümmern sich eben um das, was wir so konsumieren, oder?«*

Die Akte Katona

Diese Securitate-Akte über Béla, in der die Agenten »Nelu« und »Elena« alles festhalten, auch die belanglosesten Gespräche mit seiner Frau oder seiner Mutter. Seiten um Seiten absurder Einzelheiten, berichtet von Nachbarn, Freunden, Kollegen, die selbst vielleicht von genau denen überwacht werden, die sie zu überwachen meinen. Ein Gewirr von tausendfachem Nichts, das die Atemzüge jedes Einzelnen immer enger verschnüren soll, bis niemand im Land mehr auf den Gedanken kommt, den Mund aufzumachen.

* * *

Warum stecken sie ihn nicht ins Gefängnis? Warum lassen sie ihn schließlich in Ruhe nach dem Post-Moskau-Verhör und vertrauen ihm sogar ein weiteres Mal die Mannschaft an für die »Nadia Tour 1981«, ein Auftrag der Amerikaner, der dem rumänischen Staat um die zweihundertfünfzigtausend Dollar einbringt. Diese Tournee, bei der er ständig von »Journalisten« umgeben ist. »Na so was, Dicker, du bist also unter die ›Journaliiisten‹ gegangen«, bemerkt Béla am Morgen der Abreise zu einem Milizionär, der ihn schon in Onești überwacht hatte.

Bereits im November 1976, gleich nach Montreal, war Béla unter Sonderbewachung gestellt worden, dieser »größenwahnsinnige Prahlhans und egoistische Materialist, der früher oder später in den Westen fliehen wird«. Spione tarnen sich als Sportlehrer, um ihm nicht von der Seite zu weichen. Sobald Béla und Márta aus dem Haus sind, dringen sie in ihre Wohnung ein, filzen sie, die Kleider lassen sie als Haufen auf dem Boden liegen, die Schubladen geöffnet. Beim Gehen grüßen sie die Nachbarn, damit sie Béla ausrichten, wir kommen nächste Woche wieder, die Batterien in den Mikrofonen auswechseln. Sie sperren ihm den Strom, das Telefon, überzeugen die Angestellten in der Mercur-Kaufhalle, seine Bestellungen zu »vergessen«, überreden die Erzieherin, unter irgendeinem Vorwand seine Tochter für den Kindergarten abzulehnen. Irgendwann kann er nicht mehr, er rauscht in die lokale Dienststelle der Securitate und versucht, an das Doppel seiner Schlüssel zu kommen, das sie ihm vor der Nase baumeln lassen.

Béla wacht jede Nacht auf, er meint, die Wanzen in der Wohnung rauschen zu hören. Er ist fix und fertig. Anonyme Anzeigen von Turnerinnen, auch von Ärzten, mit dem Vorwurf, er übertrainiere die Mädchen, unterernähre sie, ja, schlage sie sogar. Béla verdächtigt jedes der kleinen Mädchen bis auf sie, sie nicht, aber warum denn eigentlich nicht sie? Manchmal am Ende eines dieser Essen, die er in letzter Minute organisiert, alle sind eingeladen, Trainer, Journalisten, Nachbarn, steigt er auf den Esstisch und brüllt in den grauenden Morgen, betrunken und die Arme zur Seite gestreckt, »so kraaaaaank« zur Decke hinauf, und keiner weiß, ob er die meint, die alles mithören, oder ob er verzweifelt röhrt, man solle ihn endlich losbinden.

Das Unmögliche vorführen

Ein paar Monate bevor diese Szene Wirklichkeit wurde – durch diesen Hotelflur rennen, an seiner Tür klopfen, erst höflich, dann weinend, Herr Lehrer, machen Sie doch bitte auf –, nimmt Nadia, freilich ohne sie zu entziffern, die Vorzeichen wahr: Béla lässt sich häufig vertreten, er wird »geschäftlich« nach Bukarest einbestellt, er erhält offizielle Briefe, die er wütend zerreißt, ohne sie auch nur zu lesen, Márta sammelt schweigend die Fetzen auf.

Eines Abends, sie sind zu zweit in der leeren Halle und räumen die Matten weg, nimmt Béla Nadia plötzlich in die Arme und wiegt sie ein bisschen.

Und jahrelang wird sie diese Szene erzählen wie eine Filmszene, sie rannte durch diesen Flur mit dem dunkelblauen Teppichboden, und als sie drin war in dem leeren, leeren, leeren Zimmer, suchte sie überall. Hinter den Türen, mehrmals, dabei war das völlig sinnlos, Béla war zu stämmig, um sich hinter einer Tür verstecken zu können, und sei es eine große amerikanische Hoteltür.

Sehr bald wird sie das Ende der Geschichte weglassen. Sich fortan weigern, die Flucht dessen zu kommentieren, den sie als Kind manchmal Papa nannte, dann legte sie die Hand vor den Mund und prustete los, pardon, Herr Lehrer.

An diesem letzten Tag ihrer Tournee in New York vertraut Béla Nadia an, dass er nicht mit nach Rumänien zurückkehren wird, und sie bricht in Tränen aus, fleht ihn an, sie bei sich zu behalten. Er lehnt ab, sie ist zu jung, wie soll er ihr in diesem Land ein ordentliches Leben gewährleisten, schreibt Béla in seinen Memoiren.

Falsch, erwidert sie kategorisch. Sie war so »dressiert« (dieses Verb stammt von ihr), dass sie auf nichts reagierte, was Béla behauptete, diese Distanz war ein unverzichtbarer Schutz, sie hat Béla nicht geglaubt, dass er gehen würde, also hat sie auch nicht geweint, insistiert sie, als wäre das ein entscheidendes Detail. Die Szene von der Flucht der Károlyis dürfte schwer zu entwirren sein.

In der Securitate-Akte über dieses Ereignis beginnen alle Sätze mit »angeblich«: Angeblich hat Béla Nadia vorgeschlagen, mit ihm zu gehen. Angeblich haben die Amerikaner Béla bei der Flucht geholfen, sie standen seit 1978 in Kontakt. Offenbar sollten die vielen Einkäufe, die die Károlyis in New York tätigten, keinen Verdacht aufkommen lassen, ebenso Gézas Anruf bei seiner Frau, sie solle ihn morgen am Flughafen abholen, er könne nicht alles tragen.

Am Ende rekonstruiere ich eine plausible Version: Um 9:30 Uhr am Abreisetag geht die ganze Mannschaft in ein Einkaufszentrum fünfhundert Meter neben dem Hotel. Béla und Márta werden zum letzten Mal vor einem Juwelier gesichtet, dann sind sie verschwunden. Mittags fehlen drei Personen: Béla, Márta und Géza. Um 15 Uhr werden die rumänischen Behörden informiert, es ist jetzt Zeit, zum Flughafen aufzubrechen.

»Diese Details, diese ganzen Details«, meint Nadia perplex, als sie mich anruft, »ich fürchte, sie verstellen den Blick für das Wesentliche! Wie sollen die Leser verstehen, wie schwer es für Béla war, diese Entscheidung zu treffen? Ihr hattet auf Reisen ja immer einen Rückfahrschein in der Tasche! Wenn man sich entschloss, in den Westen zu gehen, bedeutete das, seine Familie zurückzulassen, seine Freunde, zudem wusste man auch, dass sie in Zukunft doppelt streng überwacht werden würden. Es war eine furchtbar schwere Entscheidung, diese Schuldgefühle … Ich habe es erst begriffen, als alle anfingen, Béla zu suchen. Als wäre ich gerade aufgewacht. Da bin ich zur Rezeption gerannt, habe mir irgendetwas einfallen lassen, um seinen Schlüssel zu bekommen. Sein Zimmer war leer. Es war … das Ende. Ich dachte, er … würde nie gehen. Im Flugzeug weinten die Mädchen, die Agenten von der Securitate waren in Panik, stritten herum, sie versuchten, eine Version auszuhecken, mit der sie sich schützen konnten.«

Die Akte Katona schließt wie folgt: Die Drangsalierung vonseiten der Obrigkeit, sein sinkender Stern nach den Ereignissen von Moskau, vor allem aber das angespannte Verhältnis zu Nadia, die von Ceaușescus Filius mit Beschlag belegt wird, all diese Gründe erklären, weshalb …

Die rumänische Presse klagt Béla des Hochverrats an, sein Besitz wird konfisziert, und seine Verwandten sowie seine Turnerinnen werden unter erhöhte Überwachung gestellt.

Ich meine zu verstehen, dass Nadia bedingungslos hinter Bélas Flucht steht, aber sie korrigiert mich: »Er hat beim

Gehen laut die Tür hinter sich zugeknallt, und mich hat er damit eingesperrt. Ich war … gefangen, aber zu Hause. Im Exil. Aber im Lande.«

»Aber … Sie müssen doch geahnt haben, dass er in den USA bleiben würde, immerhin war da diese hochemotionale Rede am Abend vor seiner Flucht, vor der versammelten Mannschaft sagte er, sie sollten weiter hart arbeiten, auch ohne ihn.«

»Was ist? Nein … Wer behauptet das denn, etwa er selber? Okay …«

(Sie holt tief Luft.)

»Ich habe es Ihnen schon erklärt: Ja, er hat mir zugeraunt, dass er bleiben würde, am Abend vorher im Hotelflur, aber ich habe das für einen Witz gehalten, eine Art Provokation.«

»Eine Provokation? Dachten Sie, er wollte Ihnen eine Falle stellen wie diese Securitate-Agenten, die Ihren Verwandten erzählten, Sie wollten fliehen, um ihnen Vertraulichkeiten zu entlocken?«

Nadia antwortet nicht auf meine Frage, aber sie fängt an zu flüstern, jetzt erinnert sie sich an »etwas Interessantes«: einen Anruf, genau als sie noch einmal in ihr Hotelzimmer kommt, um ihren Koffer zu holen (zu diesem Zeitpunkt sind die Trainer unauffindbar und werden überall gesucht).

»Diese Frau – keine Ahnung, wer das war – sagte mir, sie rufe mich im Auftrag von Béla an, sie wollte wissen, ob ich mit ihm in den USA bleiben oder heimreisen wollte. Natürlich habe ich sofort aufgelegt!«

Beim Zuhören habe ich das merkwürdige Gefühl, dass mir die Erzählung entgleitet, dass diese Geschichte falsch ist, ich glaube nicht daran, dieses belanglose Detail ist nur da, um einen zweitklassigen Spionagefilm aufzupeppen. Sie insze-

niert. Sie stellt die Kulissen und die Figuren auf, feilt an den jeweiligen Texten. Ihren eigenen Text hält sie furchtbar kurz oder ganz inexistent, diesen Text einer ungeschickten Fee, die mit dem Ellbogen die Kommas verrückt und die Zuschauer, Kampfrichter und Präsidenten toben sieht, sobald sie den Mund aufmacht, nie sind es die Worte, die sie hören wollen. Zum Beispiel dieses »Na und?«, das sie Béla entgegnet, als der ihr zu verstehen gibt, dass er nie mehr nach Rumänien zurückkehren wird. Diese Worte einer überdrüssigen Jugendlichen, die sich nicht dazu entschließen kann, sich vom Weggang dessen beeindrucken zu lassen, der sich als Vater sah, den sie aber lieber als »Manager« bezeichnet.

Die Versionen verwirren sich, unsere Worte kämpfen um die Vormacht, Nadia laviert. An den Tagen darauf schicke ich ihr nichts – vielleicht um diesen Bericht vor ihren ständigen Versuchen zu schützen, ihn umzuschreiben. Ich habe nur noch wenige Daten zu erwähnen, Rumänien hat sich nach 1981 den Medien vollständig verschlossen; ich habe fast kein Material, ich werde vollständig von ihr und ihren Erinnerungen abhängig sein, wenn es um die Hochschulspiele 1981 und das Ende ihrer sportlichen Karriere geht, das 1984 mit einer großen Feier begangen wird.

»Wissen Sie, dass Samaranch mir den Olympischen Orden verliehen hat?«

Ich beruhige sie, die großen Titel werde ich festhalten, ich werde schon erzählen, wie Sie in der ganzen Welt gefeiert wurden. Immer öfter sind unsere Gespräche kein wirklicher Austausch mehr. Sicher ist das auch meine Schuld, denn ich traue mich dieses Mal zum Beispiel nicht, ihr von meinem Unbehagen zu erzählen. Was soll ich auch sagen? Ich habe

Ihren Namen und den von Nicu C., dem »Filius«, in eine Suchmaschine eingegeben und bin mehrfach auf diese Formulierung gestoßen: »erzwungenes Idyll«. Wie soll ich ihr die Frage stellen? Was ist ein »Idyll«? Und »ein erzwungenes Idyll«?

Ceaușescus Filius habe sie gefoltert. Er konfiszierte ihre Einkünfte, um sie von sich abhängig zu machen. Er führte sie seinen Freunden vor. Er wollte, dass sie ihm zu jeder Tages- und Nachtzeit zur Verfügung stand. Hatte die Wohnung, die er ihr geschenkt hatte, mit hochsensiblen Mikrofonen verwanzt, nicht eines ihrer Worte entging ihm.

Die schmutzigsten Seiten der Beziehung zwischen Nadia und dem, den die Rumänen heimlich den »Zaunkönig« nannten, wurden nach 1989 öffentlich. Es sei denn, die Version, die man glauben muss, ist die von den Nachbarn des Zaunkönigs, die im Interview mit rumänischen Skandalblättern kürzlich erklärten: Nadia kam am Steuer des Fiats, den er ihr geschenkt hatte, unangemeldet zu Besuch in seine Villa in Sibiu, weil sie von dem Gedanken besessen war, sie könnte ihn mit anderen Frauen erwischen. Eifersüchtig war sie. Böse.

Wem gehört dieser Körper, dieser Kopf 1981? Um den sich Béla und der Filius balgen, Letzterer verlangt gar eine erhöhte Überwachung Nadias: »Ich will sichergehen, dass sie nicht flirtet.«

»Nicu C.?« Kommentarlos schreibe ich diesen Namen in eine Mail, bin überzeugt, dass sie sich weigern wird, mir zu antworten. Aber sie ruft mich am selben Abend zurück.

»Wissen Sie, der war ganz gewöhnlich.«

»Gewöhnlich? Ich habe ein paar Aussagen über ihn gelesen, und …«

»Ja. Genau das meine ich, er war der Inbegriff des krankhaft eifersüchtigen Freiers, wissen Sie, der einen überallhin verfolgt und einem die Wohnung und den Kalender durchstöbert. Nur war er eben Minister und hatte ganz andere Mittel als der Durchschnittstyp: eine Armee und den Geheimdienst! Seit Montreal war er von mir besessen …«

Ich lasse sie ein paar Anekdoten über Nicu C. erzählen, die ich bereits kenne. Alle sind durch die Presse gegangen. Eigentlich sagt sie mir gar nichts. Und ich verlange auch gar nichts. Es ist Herbst. Seit dem Beginn meiner Arbeit an diesem Projekt ließe sich die Häufigkeit unserer Kontakte in einem zitternden, absurden Graphen darstellen, manchmal schreiben wir uns drei- oder viermal an einem Tag, aber wenn sie mit dem Gelesenen nicht einverstanden ist, vergehen drei Wochen, zur Strafe.

Ich schiebe einen Anruf oder eine Mail hinaus, ich werde zu sensibel für ihren Tonfall, die Momente, in denen sie schweigt, ihre Vorwürfe, und abends, wenn ich schlafen gehe, gehen mir wieder und wieder ihre Spitzen durch den Kopf, wie das eine Mal, als ich mir über die geopferte Kindheit der Turnerinnen Gedanken gemacht hatte: »Die Kindheit geopfert? Aha. Und was genau habe ich da so Großartiges verpasst? In Kneipen abzuhängen? Shoppen zu gehen? Mit Jungs auszugehen, bevor ich reif dafür war? Videospiele? Facebook? Was von dem, was man zwischen sechs und sechzehn macht, habe ich verpasst? Hätte ich euer normales Leben geführt, was wäre ich dann heute?«

Immer öfter verweist sie mich an meinen »normalen« Platz, diesen Raum, in den sie mich schickt wie ein lästiges Kleinkind in sein Zimmer, um es aus dem Weg zu schaffen. Sie fährt auf, fällt mir ins Wort, die Kapitel, die ich ihr zukommen lasse, scheinen ihr »subjektiv«, sie fürchtet mein klischeehaftes Bild von Rumänien. »Wenn Sie bitte Ausdrücke wie ›farblose Kleider‹, ›graue Straßen‹ vermeiden könnten. Und hören Sie doch auf, für Ihr Buch bei Géza nachzulesen. Stellen Sie sich doch mal vor, er war vielleicht auch ein Securitate-Spitzel.«

Ich sage nichts und notiere. Am Abend schaue ich alte Videos von ihr auf dem Schwebebalken an, stumm und präzise, Nadia C. führt das Unmögliche regelrecht vor, so wie man einen Gegner auseinandernimmt.

Als ich wieder aufwache, diese Mail, ganz knapp: »Zu unserem Gespräch über Nicu C.: Er war nie mein Freund. Wirklich, bitte verwenden Sie nicht dieses Wort, wenn Sie über das Geschehene sprechen. Danke.«

Mechanische Fiktion

1981–1989

Das ganze Land ist ein einziges Filmset, es wird pausenlos geprobt, man weiß schon gar nicht mehr, was eigentlich geprobt wird, aber geprobt wird. Der offizielle Text ist unverrückbar, es ist, als wäre man schon damit zur Welt gekommen, und übrigens ist man das auch. Er ist überall. Eine Stimme sagt ihn im Radio auf, proklamiert ihn im Fernsehen, er steht auf der Titelseite der einzigen Zeitung. An jeder Straßenecke, am Arbeitsplatz, in den Fabriken, in der Universität, und selbst da, bei einem Fest unter Freunden, gerieren sich welche als Chefsouffleure des großen Films, immer bereit, dir deine Replik einzuflüstern, wenn es aussieht, als möchtest du gleich zu improvisieren anfangen. Gespielt wird zusammen mit anderen leeren Schauspielern, sie sehen dir in die Augen, ohne dir etwas abzunehmen, und wenn sie an der Reihe sind, nimmst du es ihnen auch nicht ab, die Worte gehen durch euch alle hindurch wie ein böser Traum, der an eine durchgedrehte Uhr gekettet ist, die Worte kreisen um die Zeit.

Gespielt wird vor zwei Erhabenen Zuschauern, der Größten Gelehrten der Welt und dem Genossen, die sich immer gleich ergötzen am Schauspiel eines Körpers, dessen Gehirn sie sind, und sie werden nicht müde, dieses Land zu beklatschen, das sie ersonnen und inszeniert haben. In klapprigen Kulissen mit drittklassigen Requisiten, die leeren Lebensmittelläden etwa, deren Regale eine Stunde vor ihrer Ankunft aufgefüllt werden, händeschüttelnd steht das Präsidentenpaar vor den Fotografen, die zu diesen sogenannten »Überraschungsbesuchen« geladen wurden. Da Salami, Fleisch und Käse nicht mehr zu haben sind, werden Styroporprodukte ausgelegt. Applaus, wo sie vorüberkommen, und sie geben sich überrascht angesichts des überreichen Angebots.

Aber hat man so was schon gesehen, handelnde Personen, die gezwungen werden, dem eigenen Schauspiel zu applaudieren? Wann genau ist das Ganze gekippt? Wann war der Moment, in dem es vorbei war mit der Schauspielerei? Oder waren wir etwa nie Handelnde, sondern Zuschauer, die gezwungen wurden, dem nie enden wollenden Schauspiel zweier gealterter Komödianten zuzusehen, dieser Schauspieler, die ihr Publikum inszenieren. Jetzt gerät alles durcheinander. Aber man bekommt ja auch immer weniger Schlaf, so kalt ist es in den Wohnungen, ein jüngstes Dekret deckelt die Heizung bei vierzehn Grad, in den Klassenzimmern herrschen fünf. Geschwächt ist man auch vom Nahrungsmangel, es wird einem schwindelig, man verläuft sich in der eigenen Stadt, stolpert verstört durch diese Kulissenstadt: Bukarest, das ohne Ende umgeschrieben, umgezeichnet wird. Man kennt sich nicht mehr aus dort, wo man immer gelebt hat, man spricht jemanden an, Entschuldigung, wo ist denn die Majakowskistraße, und keiner weiß, wovon man redet. Die Straßen werden umbenannt, der Name dieses Dichters wurde verboten, für zu negativ befunden, er hat das Wort »Dunkelheit« verwendet, dabei erleben wir doch ein Jahrzehnt des Lichts, nicht wahr! Man erwähnt einen Platz, wo man hinwill im Frühling, aber von welchem Platz redest du, man bleibt dabei, doch, im Herbst haben wir da noch gepicknickt, die Tischgefährten weisen mit dem Finger an die Decke, die hören mit, jetzt sei doch endlich still. Der Platz wurde plattgemacht, zu alt, das Standbild des Schriftstellers sah so scheußlich nach 19. Jahrhundert aus, stattdessen kommt da ein modernes Hochhaus hin mit allem Pipapo. Und die Kirche, in der wir zu Ostern waren? Wurde »umgesetzt«, Stein für Stein. Sie passte nicht in das Bild unserer Stadt, die bald schon eine moderne futuristische Stadt sein wird, genauso wie in Korea!

* * *

Ihr ist schwindelig. Morgens, wenn Nadia sich für das Juniorentraining fertig macht, ist ihr, als könnte das alles nicht einen Tag mehr weitergehen. Sie wird den Mund aufmachen, und ihre dumpfe Angst wird aus ihr herausbrechen. Es bleiben die Gesten. Den Schülerinnen zeigen, wie man einen schönen Handstand hält. Doch auch die Gesten beginnen sich abzunutzen, eine mechanische Sprache, die keinen Sinn mehr hat. Eines Abends verlässt sie die Turnhalle mitten im Training, in drei Wochen sind die Welthochschulspiele, sie will nicht, sie kann nicht ohne Béla turnen.

»Warum denn so nervös, Liebes, was haste denn. Du wirst uns schon was Hübsches zusammenbasteln, ganz allein, du meinst wohl, das merkt einer«, johlt der Zaunkönig, »brauchst doch am Schluss bloß den Hintern hochstrecken, ja, so, he, stell dich nicht so an, halt schon still.«

Nobel

1982

»Angesichts dieser ernsten Vernichtungsgefahr, die die Menschheit bedroht, werde ich, Nadia, werden wir, die rumänischen Athleten, im Geiste der Politik des sozialistischen Rumäniens, wie Präsident Ceaușescu, der unermüdliche Kämpfer für Frieden und Völkerverständigung, sie entwickelt, werden wir einen neuen Weltkrieg vermeiden und den Frieden in Europa und auf der ganzen Welt sichern!«

Kaum hat sie das letzte Wort gesprochen, tritt Nadia brav zurück, wie es ihr bei den Proben gezeigt wurde. Der Genosse steht bereits vor ihr, er grüßt die Menge. Die Angesehenste Gelehrte der Welt tritt ans Mikrofon und verkündet mit Nachdruck: »Wir müssen alle Atomwaffen der Welt abrüsten, so wie wir den Faschismus gestürzt und die Russen vertrieben haben, und außerdem …«, sensationelle Pause, »werden wir … Frieden in den Nahen Osten bringen!«

Dutzende kleine Mädchen fallen über die Tribüne her und hüpfen um das Paar, sie singen aus vollem Leibe; Nadia steht hinter den Kulissen und wartet ab, ob sie noch gebraucht wird.

Hätte sie sich weigern können, an diesen Kundgebungen teilzunehmen – diese aufgeblasene Rede zum Beispiel, die Ceaușescu zu einem hypothetischen Friedensnobelpreis verhelfen sollte, frage ich Luca L., Historiker. Natürlich, antwortet er, genauso wie wir einfachen Pioniere. Wenn man bei den Proben zwei-, dreimal danebenlag, wenn man stotterte, wurde man nicht genommen. Sie hätte nur patzen müssen. Aber wahrscheinlich konnte sie gar nicht mehr patzen, ergänzt Luca nachdenklich.

Monate ist es her: Ich hatte Nadia gerade die Passage über Věra Čáslavská geschickt, und so eifrig sie mir auch versichert, dass sie ihr gefällt, ihr Atem am anderen Ende der Leitung kommt mir doch merkwürdig schnell vor, flach. Ich hake nach: »Sind Sie auch ganz sicher, Nadia, dass das in Ordnung ist?«, und irgendwann entgegnet sie mir, ganz leise, Folgendes: »Sie mögen diese Figur wirklich sehr … Ich verstehe das. Věra war so … heroisch.«

Ich nehme unsere Gespräche immer auf Band auf, um nicht zu verändern, was sie mir anvertraut. Solche Sätze höre ich mehrmals an. Noch einmal ihr Schweigen. Ihre Besorgnis vielleicht, dass auch ich anfange, den Grad ihrer

Unschuld zu bemessen, und dieser Satz: »Man kann … gefangen sein, auch wenn man scheinbar frei ist … Hallo … Sind Sie noch dran?«

Der Hungerzirkus

Jahre ist es her, als Präsident Carter bei seinem Staatsbesuch »das kleine Mädchen« sehen wollte, da gab es auf der Piaţa Socialismului einen Markt. Alte Frauen mit Kopftüchern und schlammverschmierten langen Röcken verkauften verbeulte, säuerliche Äpfel vom Lande. »Das Stadtzentrum kann nicht aussehen wie ein Zigeunerdorf!«, donnerte der Genosse.

Heute liegt die Piaţa Socialismului im Zentrum eines neuen Boulevards, den der Genosse »breiter als die Champs-Élysées« haben wollte, und sei es nur um ein paar Zentimeter. Die anliegenden Hochhäuser mit den alabasterweißen Fassaden sind den hohen Würdenträgern der Partei vorbehalten, die Gehsteige bieten Raum für Tausende liederschmetternde und fahnenschwenkende Kinder. Die Architekten haben Platz für eine überdachte Markthalle gelassen. Ein Traumbild voller Gemüse und Obst, Fleisch, Wurst und regionaler Spezialitäten, Käse aus Siebenbürgen oder Maramureş, schließlich dürfen die wenigen Touristen keine leeren Auslagen sehen. Von vier Uhr morgens an stellt man sich Tag für Tag in die Schlange, um als Erster die Überschüsse zu bekommen, die paar Lebensmittel, die verkauft werden, ohne dass es die Auslage verändert. Dieser Ort, an dem man besichtigt, was man wahrscheinlich nicht essen wird, heißt im Volksmund Hungermuseum, Hungerzirkus.

Das Land, erklärt mir der Journalist Radu P., war eine Fiktion geworden, an die niemand glaubte, niemand … Man musste weiter so tun, als ob. Die 1980er-Jahre waren ein Albtraum des Absurden. 1983 musste jeder Besitzer einer Schreibmaschine diese bei der Polizei anmelden, und wer eine »Gefahr für die öffentliche Sicherheit« darstellte oder vorbestraft war, bekam Schreibmaschinenverbot! Und die Zensur … Sondereinheiten der Securitate hatten eine Liste von Wörtern aufgestellt, die für Romane, Filme oder Lieder verboten waren. Besonders solche, die Hunger oder Kälte beschrieben und die als direkte Anspielung auf Ceaușescus Dekrete verstanden wurden; so durfte man also nicht schreiben: »Er zog einen Pullover über, weil er fröstelte.« Alles wurde gelesen, wieder gelesen, sie zensierten sogar die Etiketten auf den Konservendosen. Gleichzeitig erfanden sie eine neue Kategorie zu überwachender Bürger: »Personen ohne Vorgeschichte« …

Für uns war es umso schlimmer, als es Anfang der 1970er-Jahre eine Zeit der relativen Öffnung gegeben hatte, in der wir an ein neues Land hatten glauben wollen. Aber dann … Wären damals nur die Sowjets einmarschiert, aber so kam der Virus aus uns selbst, wir mussten gegen uns selbst ankämpfen.

Es fällt mir schwer, fügt Radu verlegen hinzu, dem Westen zu verzeihen, das muss ich zugeben, eure nicht abreißende Unterstützung für Ceaușescu. Übrigens ist es schon lustig, na ja, interessant, aber es war die Rechte, die ihn so glühend unterstützte, Le Figaro *zum Beispiel. Bestimmt weil der*

Herausgeber Robert Hersant, wie übrigens auch KP-Chef Georges Marchais, als Ehrengast zu den prächtigen Jagdpartien eingeladen wurde, die Ceaușescu in den Karpaten veranstaltete …

Nadia dagegen weicht aus, wenn ich sie über diese letzten Jahre befrage, ihre Antworten werden zu gewundenen Pfaden.

»Wissen Sie, woran ich denke, wegen Ihres Ausdrucks vom ›Filmset‹: die Theater! Sie waren voll, ich habe ganz bestimmt mehr klassische Stücke gesehen als Sie! Man saß schlotternd im Zuschauerraum, aber zu Hause war es ja auch nicht anders, und man wollte einfach etwas sehen, schöne Texte hören … Der Applaus war fast nicht zu hören, weil wir die Handschuhe anbehielten. Natürlich waren immer Securitaner im Saal. Und bei Hamlet, *wissen Sie, ›Etwas ist faul im Staate Dänemark‹? Das werde ich nie vergessen: Der Schauspieler hat einfach nach dem Wort ›Staate‹ eine kleine Pause gemacht; oh, wir haben verstanden, wir haben ihn bejubelt, stehende Ovationen, wir waren erschüttert, er brachte zum Ausdruck, was man nicht mehr sagen konnte. Schon in der nächsten Vorführung wurde der Satz verboten! Ach, ich erinnere mich, ich war mit meiner Mutter in einer Aufführung von* Romeo und Julia, *die Schauspieler hatten das Ende ein bisschen verändert« (sie prustet los): »In der rumänischen Version konnten Romeo und Julia sich nicht umbringen, weil im Lande Giftmangel herrschte!*

Zu Hause lebte und schlief man im Mantel, es war entsetzlich kalt. Glühbirnen bekam man nur mit fünfzehn Watt, dieses düstere gelbe Licht, das sie überall in der Stadt verbreiteten … Ich hatte solche Angst, meine Mutter könnte krank werden, in den Krankenhäusern war es auch eiskalt, und es gab nichts, um die Instrumente richtig zu sterilisieren.«

»Sehen Sie, das Bild, vor dem Sie Angst hatten, zeichne nicht ich, das vom tragischen Rumänien!«

Leise lacht sie am anderen Ende, auf meinem Bildschirmhintergrund ein Foto aus Montreal, die kleine Kommunistin, die niemals lächelte, dann sagt sie noch: »Ich hasse es zu frieren, das ist bis heute eine Obsession. Aber trotzdem, in Ihren Beschreibungen fehlen Dinge … die es heute nicht mehr gibt.«

»Zum Beispiel?«

»Ich möchte auf keinen Fall, dass jemand denkt, ich würde verharmlosen, was passiert ist, aber … wie soll ich sagen … wir haben zusammengehalten. Gegen einen gemeinsamen Feind. Wir haben uns nicht mit Füßen treten lassen. Man musste sich helfen, sich organisieren, zum Beispiel liehen sich die Leute beim Einkaufen gegenseitig ihre Kinder, denn die bekamen Sonderrationen Milch und Fleisch. Und … ich weiß, das wird Ihnen oberflächlich vorkommen, aber das Schlangestehen nahm so viel Zeit ein, dass dort mit Vorliebe geflirtet wurde, man schminkte und parfümierte sich, bevor man losging. Die Alten fanden sich zusammen, sie klappten einen kleinen Campingstuhl auf und spielten Karten. Details, ich weiß. Das heißt … sind das wirklich Details, oder ist es eine Art zu überleben? Oder das hier, davon wird Ihnen auch niemand erzählen, weil es nicht spektakulär genug ist, aber wenn man es schaffte, einen Film aus dem Ausland zu sehen, übrigens häufig aus Frankreich, dann gab es so eine Art moralische Verpflichtung, man war es sich schuldig, ihn lang und breit all seinen Freunden zu erzählen,

man merkte sich die besten Dialoge, die Kostüme, alles, um dieses Glück mit anderen zu teilen.«

Könnten Sie mir eine Liste mit Ihren Erinnerungen aus den 1980er-Jahren schicken, Ihrem Alltag, bitte ich Nadia. Sie seufzt, Sie sind unglaublich, wir haben tausendmal darüber gesprochen, und als ich insistiere, säuselt sie bitter: »Ich schreibe Ihnen nicht die richtigen Erinnerungen, ich weiß, dass die Sie nicht interessieren!«

Zehn Tage später bekomme ich das:

»Tut mir leid, sie sind völlig durcheinander: unsere Sammlungen von Geschenkpapier und Verpackungen aus dem Westen, je mehr sie glänzten, desto gefragter waren sie. Nachts kochen, weil es nur dann Gas gab. Das Jahr, in dem die Kanadier ein Casting dafür veranstalteten, wer in dem Film über meine Laufbahn mich spielen sollte, ich bekam keine Ausreisegenehmigung aus Rumänien, um an den Drehort zu reisen. Die chinesischen Konserven mit gezuckerten Mandarinen (Anfang der 1980er-Jahre kam alles aus China); bulgarisches Fernsehen zu sehen, obwohl man kein Wort verstand, aber unsere patriotischen Sendungen waren nicht mehr zu ertragen; die Nachrichtensprecherin zwinkerte in die Kamera und begrüßte uns auf Rumänisch! Tschernobyl … Sie hatten uns gesagt, es werde alles gut werden, man müsse Obst und Gemüse nur ganz sorgfältig waschen (aber ich glaube, bei Ihnen war das genauso). Und etwas, was vielleicht am Thema vorbeigeht, egal: Ich kann einfach nicht begreifen, wie die Leute es heute erstrebenswert finden können, über ihr iPhone permanent lokalisierbar zu sein?!«

Killerzüchter

1984

Wir reden nicht mehr vom Filius, der sie überallhin begleitet, etwa in jenem Sommer, in dem sie entgegen jeder Erwartung – seit vier Jahren war sie auf keinem Wettkampf mehr – zur Olympiade nach Los Angeles darf. Der Zaunkönig führt die rumänische Delegation an, als deren Markenzeichen sie fungiert, Ceaușescu möchte seinen Sohn als Verbündeten des Westens präsentieren, während die Sowjetunion und ein Großteil der Ostblockstaaten die Spiele boykottieren, eine Revanche für Moskau. Nadia erhält die Erlaubnis, Béla von Weitem zu grüßen, darf aber nicht mit ihm sprechen.

Ich sage ihr nicht, dass die rumänischen Journalisten, mit denen ich mich unterhalte, überzeugt sind, dass sie heute ihre verfängliche Nähe zur Macht zu vertuschen versucht, indem sie sich als Opfer des Zaunkönigs darstellt (was falsch ist, sie gibt sich nicht als Opfer aus, sie sagt gar nichts). Ich korrespondiere mit einem Hochschulprofessor, einer Journalistin und selbst einem früheren Popen, die damals in Bukarest lebten; sie räumen ein, dass sie durchaus noch immer ein Symbol ist, aber wofür? Zu blöd, um zu fliehen, als sie hätte fliehen müssen! Zu perfide, sie hat die Privilegien ausgenutzt, die das Regime ihr bot. Denken Sie nur, sie hat 1982 die berühmte Friedensrede gehalten! Zu zwielichtig. Alle aber sind sich einig, dass Béla K. seine Sache »geradezu meisterhaft eingefädelt« hat, ein ausgefuchster Bursche.

Ein ausgefuchster Bursche, der im Jahr seiner Ankunft in den USA Putzmann war, dann Hafenarbeiter. Der Englisch aus der *Sesamstraße* gelernt hat und von seinem Chef, der ihn als roten Hurensohn beschimpft. Ein ausgefuchster Bursche, der jedes Wochenende die Turnleistungszentren der umliegenden Staaten abklappert, immer griffbereit ein Foto von Nadia als unwiderstehlichen Passierschein. Er ist beim Training dabei, macht sich Notizen, rümpft die Nase vor den begeisterten Trainern: *no good*, nichts wert.

Zwei Jahre später besitzt Béla mehrere Autos und seine eigene Schule.

Und die amerikanischen Eltern sind zu allem bereit, mehrere Kredite nehmen sie auf, um ihre Töchter dem Urteil dessen zu unterstellen, der sich auskennt mit der Disziplin: eine »rote Socke«. Sie ziehen um, geben ihre Arbeitsstelle auf. »Kein Stein bleibt liegen, ohne dass ich ihn umdrehe und schaue, was darunter ist«, versichert er ihnen und tätschelt den Mädchen die Haare. Aus Ihrem Mimöschen – plump tänzelnd schickt er sich an, gegen einen unsichtbaren Feind anzuboxen – mache ich eine antikommunistische Allzweckwaffe, *we will wiiiin!*

Eine Zeit lang hatte er die lokalen Gewerkschaften und Gesetze gefürchtet: Hier braucht man noch als Klempner eine Genehmigung, schimpft Béla, alles ist haarklein geregelt, unter Aufsicht: Fallen die vierzig nötigen Trainingsstunden pro Woche womöglich unter das Gesetz gegen Kinderarbeit? Und dieses Verbot für Minderjährige, Alkohol oder Zigaretten zu kaufen, fragt er die Sponsoren, die das Abenteuer in helle Aufregung versetzt, gehören da die »Hilfsmittel«, die Béla anrät, dazu? Nein, nein, beruhigen sie ihn, codeinhaltige Schmerzmittel oder Cortisonspritzen können als medizinische Maßnahmen durchgehen. Und dass die Kleinen vor dem öffentlichen Wiegen flaschenweise Abführmittel trinken, ist ja ihre eigene Entscheidung, man hat doch wohl das Recht, Erfolg haben zu wollen, diese Kinder haben ein Potenzial, das sind Wunderkinder!

Der US-Staat hält sich angesichts des bevorstehenden Wunders höflich außen vor, draußen vor der Halle, in der Béla Mary Lou Retton trainiert, eine junge Turnerin, die er der Presse beschreibt als »schlagkräftiger als Nadia, eine Killerin«, 1984 holt sie die olympische Goldmedaille.

Wer weiß?

Ja, wer? Wer weiß, warum ihr Name konsequent von den Listen gestrichen wird? Wer weiß, warum sie nicht mehr ausreisen darf? All diese Einladungen aus dem Westen, und die immer gleiche Antwort, Nadia ist leider sehr, sehr beschäftigt, sie wird nicht kommen können. Bestimmt meinen sie, sie würde zu Béla gehen. Dabei hätte sie gekonnt, aber sie ist heimgefahren.

Da ist sie, steif wie eine verdorrte Puppe, in blütenweißer Bluse und Söckchen erscheint sie ganz oben im Stadion neben der Flamme, die in das Rechteck aus falschem Marmor eingepasst ist, das wie der Säulengang eines griechischen Tempels aussehen soll, da ist sie, ganz in Weiß wie Hunderte Athleten, die im Gleichschritt zur Eröffnungsfeier der Hochschulspiele in Bukarest einmarschieren, sie reckt die Fackel in den Himmel, fünfhundert Kinder schmettern im Chor: BRA-VO NA-DI-A!

»Wie alt ist sie denn?«, fragt die französische Kampfrichterin ihre Kollegen, während sie auf dem Boden turnt, die Musik ist ein Potpourri ihrer früheren Wettkämpfe. »Die Rumänen haben wohl völlig den Verstand verloren, was ist das denn für ein Maskenspiel, fast wäre sie gestürzt nach dem Doppelsalto, das ist doch völlig erbärmlich, diese Schlusspose, die wir seit Montreal rauf und runter gesehen haben! Wer sind denn eigentlich ihre Trainer, wem gehört die Comăneci jetzt?«

Im Turnerbereich verdreht Maria Filatowa entnervt die Augen, Nadia dagegen schnallt sich die Handgelenkschützer ab, ohne einen Blick auf die Anzeigetafel, die mühsam verkündet: Eins/Null/Komma/Null/Null, als würde ein alter Tattergreis seine viel zu alte Tochter mit längst überholten Malzbonbons belohnen. Und wieder die Höchstwertung! Das Publikum applaudiert – anhaltender Beifall, vier Minuten –, wie in der offiziellen Handreichung ausgewiesen, obwohl seit ein paar Monaten der Beifall zur Sicherheit auf Tonband eingespielt wird und jede Kundgebung im Playback abläuft.

Die internationalen Medien sind im großen Pressesaal versammelt, Nadia wird eine kurze Erklärung abgeben, aber keine Fragen beantworten, Nadia ist sehr, sehr müde und außerdem sehr, sehr beschäftigt, weshalb sie eine Zeit lang nicht mehr an Wettkämpfen teilnehmen wird: »Ich versuche. Mich über die Titel. Zu freuen. Damit sie mir neue Kraft geben. Die brauche ich. Für die … nächsten internationalen Wettkämpfe. An denen ich wieder teilnehmen werde. Vielleicht. Wer weiß.« Sie wendet den Kopf zum Filius in einer der hinteren Reihen, ganz nach dem letzten Schrei des Westens trägt er Levi's Jeans und einen beigen Shetlandpullover mit Rollkragen. Und er raucht Lucky Strikes.

Sie zieht eine helle Trainingsjacke über ihre zu kurzen Shorts, ihr Auftritt ist zu Ende, der Raum erstrahlt von Blitzlichtern, ein leichenblasses Zucken, aber da dreht sie sich noch einmal um und beugt sich ans Mikrofon, die Journalisten recken die Diktiergeräte, sie war noch nicht fertig! Wer weiß, flüstert Nadia, wer, wer.

Die Menstruationspolizei

Wer weiß? Wusste Béla, dass sie »sehr, sehr beschäftigt« sein würde, wenn er nicht mehr da wäre, um sie zu beschützen? Beschäftigt, belagert und erobert fast jeden Abend, der Filius setzt sie sich bei Abendgesellschaften und Cocktails auf den Schoß, ostentativ stöhnt er vor Parteimitgliedern und Vertretern diverser Botschaften, die stumm und geniert danebensitzen, er deutet eine Vor- und Rückwärtsbewegung gegen ihren reglosen Körper an, mmmm, sie ist so ein Genuss, bis ans Herz dieser Königin möchte man eindringen, tja, vollkommener Genuss, meine Herren, nur das geschmeidigste Material, ein Toast auf die Sportlerin des Jahres, die viel weniger nach Schweiß riecht, seit sie fast keinen Sport mehr macht!

»Nadiiiiaa«, quietscht er unter grotesken Verrenkungen mit übertrieben nachgeäfftem amerikanischem Akzent,

»erzähl es den Zuschauern, wenn du eine Tochter hast, Nadiiiia, möchtest du, dass sie Turnerin wird wie du, saaag?«

Letzte Nacht hat sie geträumt, dass ihr unter Zwang ein Baby eingepflanzt wurde, und sie presste fest die Schenkel gegeneinander, um sie daran zu hindern, als sie erwachte, war ihr schwindelig, speiübel; sie lächelt ohne eine Antwort, was für eine Migräne, die Sonne schwappt über den Himmel, umschließt die Atmosphäre, und ihre Augen auch, seit wie vielen Jahren wollen sie, dass sie eine Tochter bekommt, alle, sie hat solche Kopfschmerzen, sie wird nie wieder trinken, nie, ab November, wenn sie fünfundzwanzig wird, muss sie die Abgabe für kinderlose Junggesellen zahlen.

Jeden Monat spreizen die Ärzte von der Menstruationspolizei ihr die Knie. Führen drei Finger in Gummihandschuhen ein. Wühlen herum, zwicken. Kein Geliebter? Hast du sexuelle Probleme? Wann hattest du zum letzten Mal deine Tage? Wann willst du dich entschließen? Hast du schon mal daran gedacht, was du dem Land schuldig bist? Hast du schon daran gedacht, dass du uns gegenüber Verpflichtungen hast? Tja, die hast du. Denn der Genosse hat dir in all diesen Jahren ein märchenhaftes Leben verschafft. Also, Nadia, tu was: Bau mit an der Zukunft des Landes.

Die *Krankheit* ist eine Staatsangelegenheit

Wie jeder beliebige Staatschef ließ auch Ceaușescu seine Reden von Schriftstellern schreiben. Zu seinen Ehren verfassten sie überschwängliche Hymnen, aber auch seinen brutalsten Dekreten verliehen sie den letzten Schliff. Nach

1989 wurden sie gefragt, wie sie neben ihren eigenen Arbeiten, die sie so leichter zu veröffentlichen hofften, gleichzeitig solche Texte verfassen konnten, und einer von ihnen antwortete: »Das ist so ähnlich wie im Westen bei denen, die zum Beispiel für Zeitschriften oder in der Werbung arbeiten, sie beweihräuchern Produkte, an die sie selbst nicht glauben, bei uns war das genauso.«

Vorrede zum Dekret:

Chemische Verhütungsmethoden führen zu schweren Krankheiten und bis zum Tod. Sie sind verboten. Die Praxis des Coitus interruptus macht impotent. Unverheiratete machen sich verdächtig. Sexualverkehr an drei bis vier Tagen der Woche ist ein Beweis für Normalität. Vorgeschriebene Kinderzahl pro Frau: fünf.

Dekret:

Jede Frau zwischen achtzehn und vierzig Jahren hat sich an ihrem Arbeitsplatz monatlich einer gynäkologischen Untersuchung zu unterziehen, die eine eventuell vorliegende Schwangerschaft diagnostizieren soll. Bei der Feststellung von Zeichen eines Abtreibungsversuchs ergeht eine Gefängnisstrafe. Frauen, die sich weigern zu gebären, werden mit Gefängnis bestraft. Frauen mit Folgeerkrankungen, die von einer Abtreibung herrühren, dürfen in Krankenhäusern nicht behandelt werden. Verdächtigen Sie Ihre Nachbarin, abgetrieben zu haben oder Beihilfe zu einer Abtreibung geleistet zu haben, so sind Sie zur Meldung verpflichtet. Kinder bekommen und Kinder aufziehen, so lautet unsere edelste Vaterlandspflicht!

Abschied

6. Mai 1984

Die Kundgebung vollzieht sich vor laufender Kamera. In der linken Bildschirmecke läuft der Countdown der Reportage über den Abschied der großen Turnerin. Länger als zehn Minuten dürfte es nicht dauern. Mattgoldene kleine Kreise blinken sanft auf der Anzeigetafel, bilden die Buchstaben N A D I A. Die kleinen Mädchen haben ausgetanzt, sie stehen rechts und links von der, die gleich eine Rede halten wird, nach ihrer letzten Darbietung auf dem Schwebebalken hat sie ihre weiße Trainingsjacke wieder übergezogen.

Sie nimmt das Blatt Papier, das ihr gereicht wird, sie kennt die Schrift des Autors, der ihr ihre offiziellen Texte vorbereitet. Er macht viele kleine Absätze, damit sie Zeit zum Luftholen hat.

Von heute an, beginnt sie. Aber da steht ja nirgends ein Komma in diesem Text. Wie soll sie da Luft holen? Kurz schaut sie, wie es weitergeht. Von heute an. Und da, noch ein »von heute an«, dieser Text ist eine einzige Leier ohne Komma, ein Gedicht ohne Leerzeichen, diesmal mit der Maschine geschrieben auf einem dünnen, durchsichtigen Blatt Papier. Noch fünf Sekunden. Sie hatte nicht vorgehabt, so lange zu schweigen, sie sucht ja auch nur nach einem Komma, sie dachte, sie hätte es, aber nein, zum letzten Mal entscheiden andere über ihre Worte, das Komma tänzelt von einem Wort zum anderen, ein Komma Null Null, sie blickt auf zu all den Sprachlosen, sie haben sich erhoben, sie scheint den fünfzehntausend Personen in der riesigen Turnhalle den Atem zu rauben.

Von heute an werde ich keine Wettkämpfe mehr turnen Von heute an werde ich nie wieder Von heute an dieses ganz besondere Gefühl empfinden das

Sie hebt den Kopf, ihr überwältigender Blick fixiert dich bis zur Sekunde Null, 00,00, die Augen mit einem schwarzen Strich umrandet, ganz sachte dringt die Luft aus ihrer Kehle – ein leichter Seufzer, sie schweigt, und es ist vorbei.

Die einzige Möglichkeit, Missverständnisse, Fehlinterpretationen zu vermeiden, erklärt sie mir, besteht darin, kein Wort auszusprechen, das verunstaltet werden kann. Also habe ich geschwiegen. Viel geschwiegen.

Es war einmal eine Geschichte, diese Geschichte, die ich gewissenhaft Kapitel für Kapitel an diejenige schicke, die zugleich handelnde Person und Zuschauerin ist. Sie schreibt mit, wertet, verlangt die Revision einiger Passagen oder klatscht Beifall. Sie hält mir die Hand, die ihre Geschichte schreibt, redet mir zu, zu glauben und zu schreiben, was manchmal fehlerhaft ist, sicher weiß sie das.

Unser Dialog wird immer schwieriger, ich fürchte ihre Reaktionen, verheimliche ihr Abschnitte wie diesen, dabei ist er ganz unverfänglich, von einer rumänischen Journalistin: »Damals, 1986, hing sie herum, sie war ein bisschen in Ungnade gefallen, Ceaușescu brauchte sie nicht mehr, er tobte, weil er beim Friedensnobelpreis durchgefallen war. Für uns gehörte sie in eine andere Zeit, das goldene Zeitalter …

Das war weit weg, wir hatten so viel durchzumachen. Sie kam manchmal in die Redaktion, wir tranken einen Kaffee, Artikel über sie gab es nur sehr wenige; wir interessierten uns inzwischen für Aurelia Dobre und Ecaterina Szabó. Nadia bekam keine Ausreisegenehmigung, die offizielle Begründung lautete auf ihre ›nervöse Ermüdung‹. Sie hatte zugenommen, es hieß, sie trank.«

Und unser nächtliches Gespräch eines Abends, ich habe gerade Seiten um Seiten über die schrecklichen Machenschaften der Securitate gelesen, und Nadias konsequent ausweichende Antworten gehen mir gegen den Strich, ich kann einfach nicht glauben, dass sie nichts mitbekommen hat. Ich hake nach, etwas zu stark wahrscheinlich, als redete ich mit einem bockigen Kind. Bis sie den Hörer hinknallt. Dann ruft sie sofort zurück, und das Kind bin ich. Tut mir leid. Pardon, Nadia.

»Wie soll ich denn … Ich habe keine Ahnung! Können Sie mir denn sagen, welche Methoden der Geheimdienst Ihres Landes anwendet? Sind die etwa besser? Sauberer? Aber über Rumänien wissen Sie doch mehr als ich, nach Ihren ganzen Recherchen … Wissen Sie, dass die meisten hohen Beamten der Securitate nach der Revolution ganze Bücher mit ihren Pseudo-›Enthüllungen‹ herausgebracht haben, um sich reinzuwaschen und im neuen Machtgefüge einen Platz zu finden? Und so was lesen Sie!«

Ganze Absätze will sie nicht haben, ohne dass ich verstehe, warum, zum Beispiel diesen:

Sie ist auf der Piața Universității mit Dorina verabredet. Wenn sie sich treffen, tauschen sie nur gesetzte Phrasen aus, in linearer Zeit. Es geht darum, ein Stück Normalität aufzubauen, sich wegzuschleichen aus diesen Straßen, aus denen die Passanten entfernt werden, wenn die schwarz glänzenden Autos mit hundert Stundenkilometern aus der Calea Victoriei gerast kommen: der Genosse und sein Gefolge. Nur nicht werden wie die anderen, die dauernd ihren lieben Verstorbenen nachtrauern: Büroklammern und Mandeln, Haargummis und Kaffee, wie rochen noch mal die Korianderwürste, der Kohl von den *sarmale*, die es immer vor Ostern gab, weißt du noch? Und die Dillgurken in den dicken Fässern der Tante-Emma-Läden und der Käsekuchen mit Puderzucker obendrauf, hör auf, ich will nicht an Puderzucker denken, bitte nicht.

Es ist September, die Hitze ist jetzt goldbraun und versöhnlich, kein Vergleich mehr mit der unbarmherzigen Affenhitze der Tage davor. Nadia sitzt am Brunnen, Gruppen von Studenten unterhalten sich am U-Bahn-Eingang. Manche mustern sie, unsicher, ob sie es ist, die Turnerin. Eine Viertelstunde, eine halbe. Dorina kommt nicht. Die Telefonzelle ist besetzt. Auf der Bank unterhalten sich drei alte Frauen, eine von ihnen streicht mit der flachen Hand eine leere Plastiktüte glatt und faltet sie zusammen wie ein Spitzendeckchen, das man gleich in die Schublade räumt, weil man es doch nicht braucht. Eine junge Frau zeigt mit dem Finger auf sie, das kleine Mädchen in marineblauer Uniform, das sie an der Hand hält, wendet sich träge um, ohne stehen zu bleiben. Noch mehr Studenten kommen aus der Universität und treffen sich am Brunnen, es bilden sich jetzt immer mehr Grüppchen auf dem Platz. Wahrscheinlich üben sie sich darin, gewissenhaft von nichts zu reden.

Nichts in Gegenwart von Leuten, die man nicht sehr gut kennt, und auch zu Bekannten nichts. Nichts ist aber niemals nichts genug, und aus den Wörtern, die man sich eben noch zugesteht, erstehen immer Andeutungen von Ironie. So wie das verstohlene Lächeln, das man austauscht beim Gedanken an einen zensierten Roman, zum Kugeln, die beiden grausigen Alten Genossen, handgeschriebene Auszüge werden weitergereicht (seit ein paar Monaten sind die Kopierer in der Uni zu streng überwacht). In Trauben drängen sie sich um Dan, der allen, die nicht dabei waren, im Detail den amerikanischen Film erzählt, *Susan … verzweifelt gesucht*, der gestern früh zu nachtschlafender Zeit in einem alten, im Umbau befindlichen Parkhaus vorgeführt wurde.

Nadia beobachtet sie, ein junges Mädchen neigt sein Gesicht in den rötlichen Schimmer der Zigarette einer anderen, unter der Bluse erkennt man einen durchscheinenden Spitzen-BH, die Haut ist bebend jung, und sie, sie wartet auf Dorina, die nicht mehr kommen wird, dann wird sie heimgehen in die Wohnung, die sie mit Mutter und Bruder teilt, so viele ebenmäßige Tage ohne Ereignisse, das Erwachsenenalter irgendwie ausfüllen.

Da bemerkt sie ihn, auch er allein, er scheint abzuwägen, zu wem er am besten gehen soll. Vielleicht kennt er die einen schon. Eine Zeit lang bleibt er an ihrer Seite, versucht, mit ihnen zu verschmelzen, dazuzugehören, aber sie verscheuchen ihn mit einer Handbewegung, ohne auch nur einen Blick für ihn, und er geht weg, versucht es verängstigt bei anderen, die ihm den Rücken zukehren, dieses ratlose Wissen um seine winzige Einsamkeit, als wäre es sein erster Tag in einer neuen Schule, der hellbraune Hund kann sich einfach nicht eingestehen, dass er hier eigentlich noch keinen kennt, von Gruppe zu Gruppe geht er und bettelt, Nadia steht von der Bank auf, sie geht ein Stück weiter und weint, wie von Übelkeit geschüttelt.

Wie ich nur dermaßen herumphantasieren kann, immerhin lässt sie mir ja schon einen gehörigen Spielraum!

»Außerdem ist das völlig uninteressant«, schimpft sie, »ich habe Ihnen bloß erzählt, dass streunende Hunde mich anrühren, das Mädchen, das Sie da beschreiben, ist ja wirklich jämmerlich.«

»Nein, Ihre Anekdote ist sehr hübsch«, sage ich mit Bestimmtheit, damit sie mir diesen Moment des Alltags stehen lässt, von dem sie mir vor Wochen erzählt hat, als einmal die Einsamkeit eines Hundes sie überwältigte.

Ich lasse es dabei bewenden.

»Ich habe gelesen, dass 1987 irgendwelche Leute heimlich Anti-Ceaușescu-Spruchbänder am Hals von streunenden Hunden befestigten, und dass der Schauspieler, der in einem Musical Ceaușescu spielte, manchmal auf offener Straße beschimpft und angespuckt wurde. Haben Sie das damals wahrgenommen und verstanden, diese Anzeichen, dass irgendetwas passieren würde/könnte?«

Und schon während ich sie ausspreche, bereue ich diese Worte, Nadia ist zwei Wochen vor dem Sturz des Genossen aus Rumänien geflohen. Demnach hat sie wahrscheinlich nichts kommen sehen, auch wenn nach der Meldung über ihre Flucht in der westlichen Presse ein französischer Journalist großspurig erklärte, sie habe »bestimmt gespürt, dass der Wind sich drehte, sie war so eng mit dem Regime verbandelt! Sie ahnte, dass die Demokratie im Anmarsch war, und machte sich lieber aus dem Staub, um nicht gerupft zu werden.« (29. November 1989)

Muss diese Erzählung enden mit dem Moment, in dem Nadia C. hinter den Kulissen verschwindet und eine ganze Nacht lang durch den Schlamm und das Eis eines westrumänischen Waldes auf die ungarische Grenze zukriecht? Die Flucht des Symbols, der Heldin, die ungewollt den Film dessen am Laufen hält, der den Marxismus nach seinem Belieben managt.

Muss diese Erzählung enden mit dem Moment, in dem die verschiedenen Versionen der Ereignisse uns ständig entzweien? Hat Nadia recht, wenn sie mir mehrmals im Lauf unseres Austauschs vorwirft, ich hätte »zu viel recherchiert« und würde Rumänien nicht kennen, ich würde mich nicht trauen, dieser vorgefertigten Sicht des Westens entgegenzutreten, der zufolge die kommunistische Ära ein einziger Albtraum war?

»Dass Sie über meine Geschichte schreiben wollten, kam von Ihrer Bewunderung für meine Laufbahn. Und ich bin nun mal das Produkt dieses Systems. Bei Ihnen wäre ich niemals Turnmeisterin geworden, meine Eltern hätten sich das nie leisten können, für mich war alles gratis, Ausrüstung, Training, ärztliche Betreuung! Wissen Sie eigentlich, dass 1988 in der rumänischen Olympiamannschaft mehr als fünfzig Prozent Frauen waren und in Frankreich nur halb so viele? In den 1990er-Jahren gehörte es zum guten Ton,

unsere Vergangenheit zu verdammen, als hätte es unter der kommunistischen Herrschaft gar nichts Gutes gegeben, als hätten wir keine Vergangenheit! Wir haben gelebt! Wir haben sogar gelacht! Geliebt! Dass es kein Mehl gab? Stimmt. Dass wir alle uniformiert waren? Ja, stimmt! Aber wir haben Kinder nicht ausgelacht, wenn ihr Sweatshirt nicht von der ›richtigen‹ Marke war, Kleider waren Klei-der und keine Symbole! Und heute flüchten Leute im Alter meiner Eltern aus dem Land, um bei euch betteln zu gehen, man weiß ja, wie sie empfangen werden, und Sie haben mir selbst einmal gesagt, was das bei Ihnen bedeutet, ein Mädchen aus Osteuropa.«

Ich habe vor ihr aufgelegt. Und die Erzählung ruhen lassen.

»Wenn Sie einmal in der Gegend sind, unterhalten wir uns, sonst geht es auch per Mail«, so freundlich hatte mir vor ein paar Wochen, auf Englisch, diese ehemalige Mannschaftskollegin von Nadia geantwortet, die einzige, die in Onești geblieben ist, der Stadt, die heute mit einer Turnhalle und einem Lyzeum mit Nadias Namen prunkt.

Was hat sie zu sagen, diese andere, die nicht Nadia C. geworden ist und die ich wiedergefunden habe? Wie lautet ihre Version der Geschichte? Iuliana V. und den paar Menschen, mit denen ich seit Monaten Mailkontakt hatte, schrieb ich von meiner bevorstehenden Reise nach Bukarest, wie lange ich bleiben würde, war noch unklar. Und ich war schon in Rumänien, als ich eine Mail von Nadia bekam, mit einzig dieser Frage: »Warum wollten Sie dieses Buch schreiben?«

Zwischenspiel

Oktober 1989, Bukarest

Sie war kurz eingedöst, die Stirn am Fenster des Busses, er hält, um Kontrolleure einsteigen zu lassen. Sie hat keinen Fahrschein, aber selbstsicher wiederholt sie, bestimmt hat der junge Kontrolleur ihre Antwort nicht richtig verstanden: »Comăneci Nadia. Ich bin Nadia!« Aber er sieht nicht einmal auf, schreibt weiter sorgfältig Namen und Vornamen dieser brünetten Frau auf, die allein ganz hinten in dem muffigen Bus sitzt, und darunter, was sie bezahlen muss. Erst seine Kollegin, die jetzt neben ihn tritt, nimmt ihm das graue Papier aus der Hand und zerreißt es.

Diese Anekdote zitieren mehrere Biografen als Auslöser für ihre Entscheidung, aus dem Land zu fliehen.

Dezember 1989, Wien, US-Botschaft

»Es war Wahnsinn. Unvorstellbar. Wir wussten, dass sie vor ein paar Tagen geflohen war, es gab eine Vermisstenanzeige. Sie kommt in die Botschaft, das heißt, eine junge Frau kommt herein, Jeans, kurze Haare, ich dachte zuerst, es sei ein junger Mann. Ich saß an der Pforte, sie trat näher – das werde ich nie vergessen, ehrlich, ich kriege immer noch Gänsehaut, wenn ich bloß davon erzähle, ich habe sie so bewundert, meine Tochter betete sie an, nach der Olympiade von Montreal spielte sie im Garten Nadia. Und sie: ›Ich bin Nadia C. Ich will politisches Asyl.‹«

24. Januar 1990, Los Angeles, Beverly Hills Hotel
Großaufnahme von ihren Beinen in schwarz glänzenden Seidenstrümpfen, die Absätze ihrer gewöhnlichen Pumps sind abgetreten, Nadia klimpert auf dem Klavier ein paar Noten von *Für Elise*. Ein zittriger Kajalstrich umrandet ihre Augen, der pinke Lippenstift über die Oberlippe hinaus verschmiert. Sie wäre gerne da gewesen, um Ceaușescu selbst zu töten, meint sie plötzlich, grob mimen ihre Finger mit den lackierten Nägeln einen Revolver: *»Shoot! Bang bang!«*, die Stirn in Falten.

Der Journalist winkt sie zu sich auf das große Hotelbett, er schiebt eine Kassette in den Videorekorder. Sie bekommt Gänsehaut. Sitzt ganz gerade, hypnotisiert von sich selbst in Montreal, dieses bleiche kleine Mädchen, das auf dem Bildschirm vor überwältigten Erwachsenen zwitschert: »Ich bin Nadia!«

Teil 2

Onești – București

Es wurde gerade dunkel, ich hatte von Bukarest aus den ganzen Tag im Bus gesessen, das Hotel in Onești, in dem ich ein Zimmer reserviert hatte, war wie ausgestorben, jedes Zimmer so weitläufig wie eine Suite. Iuliana hatte mir als Treffpunkt die Hotelhalle genannt, sie wohnte gleich um die Ecke. Ich hatte mir eine verbitterte Frau vorgestellt, aber sie war energisch, herzlich und pragmatisch: Alles war vorbereitet, als wäre unsere Zeit gezählt. Auf dem Küchentisch liegt ein Buch mit den retuschierten Farben der kommunistischen Ära und ein Fotoalbum voller Zeitungsausschnitte, die Laufbahn der Goldmannschaft.

»Worüber genau schreiben Sie denn ein Buch, über das Kunstturnen in Rumänien insgesamt oder über sie? Ich kenne Nadia seit dem Kindergarten, wissen Sie«, sagt sie und zeigt auf ein Foto von ihnen beiden als Sechsjährige. »Und mich hat sie nach ihrer Flucht als Erste angerufen.«

Das Fotoalbum ist die Illustration zu dem Film, den ich seit fast einem Jahr zu rekonstruieren versuche, seit ich zu schreiben begonnen habe.

Béla und Márta ganz jung, kaum dreißigjährig, beugen sich über eine Gruppe braver Mädchen, die in Hängekleidchen auf den Schulbänken sitzen. Béla und die Mädchen in Paris, vor dem Eiffelturm.

»Diese Geschichte mit dem Turnier in Paris, wie war das, hat Béla sich wirklich mit Gewalt Eintritt in den Sportpalast verschafft?« Iuliana zuckt mit den Schultern, dann reicht sie mir einen Teller mit Apfelkuchen. »Die Mannschaft war zweigeteilt, ich war damals in Rom, ich kann Ihnen dazu nichts sagen.«

Die Kleinen im Winterurlaub, Iuliana umfasst die Taille von Nadia, die vergnügt auf einem Schlitten sitzt. Am Meer, jede mit einem Ball in den Händen, blass und schmächtig.

»Wissen Sie, schreiben Sie das – da haben Sie einen Kugelschreiber, Ihrer geht ja nicht gut –, Béla hat mir Skifahren beigebracht, Béla hat mir Schwimmen beigebracht, wenn es im Ausland etwas zu besichtigen gab, brachte er uns hin, er wollte uns bilden. Er spielte den Touristenführer! Er war viel mehr als einfach nur ein Trainer, ein …«

»Ein Coach?«

»Ein Vater. Wie schade, dass er sich von den Amerikanern hat kaufen lassen … Heute haben wir hier nicht mehr genug Geld, um Spitzenturnerinnen hervorzubringen, dafür interessiert sich kein Investor. Wir haben keine Trainer mehr, kein medizinisches Material, mit dem die Verletzten schnell diagnostiziert und geheilt werden könnten wie früher. Und dann … Wer würde heutzutage schon so große Opfer bringen, dafür, dass am Ende ja nicht besonders viel herausspringt? Unsere Europameisterin von 2004 musste ihre Medaillen in einer Fernsehshow verkaufen, damit sie sich eine winzige Einraumwohnung leisten konnte, andere haben für den *Playboy* posiert … Heute träumen die Mädchen davon, Topmodel zu sein. Wir dagegen wollten unbesiegbar sein. Seit der Wende ist alles anders, sogar im

Kunstturnen … Heute müssen sie beim Wettkampf geschminkt sein, sogar schon mit zehn Jahren. Pailletten, Lippenstift und tiefer ausgeschnittene Anzüge … sexier. Erinnern Sie sich an unsere? Das war etwas ganz anderes, oder? Können Sie das Gekritzel hinterher überhaupt auswerten? Nehmen Sie doch noch ein Stück Kuchen! Sie haben mich noch gar nichts über Nadia gefragt, wollen Sie etwas Besonderes wissen?«

»Ja«, antworte ich, sobald ich ein Wort unterbringen kann. Und da sage ich mein Sprüchlein auf, das ich während der Reise vorbereitet habe, müde, schlecht formulierte Fragen, zu denen sie mir kurze Antworten zurückschießt, die mir wie vorgefertigt vorkommen. Hoffnungslos, da etwas erfahren oder entdecken zu wollen.

»Noch etwas«, schiebe ich nach, diese naive Frage, die seit Monaten in mir bohrt: Hatte Nadia eine oder mehrere sehr enge Freundinnen, eine, mit der sie noch etwas anderes teilte als das Turnen? Mir gegenüber hat sie so etwas nie erwähnt.

Iuliana lächelt, kurze Pause, dann: »Vielleicht mit sieben, ja. Später, wie soll sie da …?«

»Meinen Sie, sie hatte keine Zeit dafür? Oder sie hatte zu viele Neider?«

Sie unterbricht mich mit fuchtelnden Händen, wie um meine Worte zu verscheuchen: »Neidisch konnten wir auf sie gar nicht sein, was sie tat, war zu … weit weg von allem, was möglich war. Wir waren ein Abklatsch von Nadia. Ich habe so viele Porträts von ihr gelesen, die ihre Ergebnisse in den Mittelpunkt stellen, aber gewinnen will doch jede Sportlerin! Aber sie, wie soll ich sagen … sie gewann gerne … an Boden über … Wir sind alle ein Abklatsch von ihr, und ich meine damit nicht die Medaillen … Vielleicht ist das ja auch ein Grund, weshalb Sie sich für sie interessieren?« Und dann, ohne meine Antwort abzuwarten: »Mich hat immer verblüfft, dass ihre Eltern nicht zum Trimestergespräch mit Béla kamen. Das machte Nadia, ganz allein saß sie ihm gegenüber. Sie bot ihm die Stirn. Er betete sie an. Wir hatten manchmal das Gefühl, dass er dem folgte, was sie vorschlug, nicht andersrum! Nadia war keine, die gefallen wollte. Als Kind wurde ihr das vorgeworfen, sie sagte, sie habe zu viel damit zu tun gehabt, ihre Monster niederzukämpfen, ich weiß nicht recht, was das Wort für sie bedeutete! Aber … Sie hatten ja Kontakt zu ihr, nehme ich an, dann wissen Sie das ja alles.« Wir sehen uns wortlos an, ganz benommen, weil im Raum kein Licht ist. Sie lächelt mich an.

»Sie müssen die Turnhalle und die Statue anschauen«, rät sie mir, als ich aufstehe, »ich hätte es Ihnen gern selbst gezeigt, aber leider ist heute Samstag, und heutzutage arbeiten die Kleinen nicht mehr am Wochenende, wir haben damals sieben Tage die Woche trainiert!«

Wir verabschieden uns, sie verspricht mir, das Kuchenrezept zu mailen.

Am nächsten Morgen folge ich dem Weg, den sie mir beschrieben hat, der steinige Fluss, die Bushaltestelle. »Wir waren nach dem Training so erschöpft, dass Nadia, obwohl sie nur dreihundert Meter weit weg wohnte, unmöglich zu Fuß nach Hause gehen konnte!« Ein schmutziges Bronzestandbild markiert den Eingang zum Park, die Hände eines jungen Mädchens schweben im Bogengang rückwärts zwischen Rasen und Himmel, und darunter eingraviert ihre sieben Kleinmädchennamen, ein Ehrenmal für die Kindersoldatinnen, die längst als Erwachsene untergegangen sind.

Die Turnhalle sieht aus wie eine breite, dösende Schildkröte, Glasrauten spalten das abblätternde Himmelblau der Fassade, ich gehe einmal rundherum, bis ein Gärtner kommt und mich wegschickt.

Danach verbrachte ich eine Woche in Bukarest. Traf drei Journalisten, von denen zwei Montreal kommentiert hatten. Und einen Schriftsteller. Jeder von ihnen vermittelte mich weiter an noch mehr Leute, »Hör mal, ich kenne da wen, der …«. Ich war auf Partys, bei Vorträgen, Picknicks und in Kneipen, alle schwärmten von dem herrlichen Wetter jetzt Anfang April, diese Milde, meine Gastgeber begegneten meinem Thema mit Respekt, was für ein schönes Thema, die meisten erzählten mir Anekdoten, die ich schon kannte. Ich hatte keine Fragen. Weil ich nicht recherchierte. Ich hatte Lust, Nadia C. zu schreiben, unser Austausch fehlte mir, aber meine Briefversuche hörten sich wie Entschuldigungen einer zerknirschten, hin- und hergerissenen Geliebten an: Ich erfahre nichts, Nadia, wovon Sie nicht wollen würden, dass ich es weiß, ich betrüge Sie nicht. Es ging, anders als sie es hatte anklingen lassen, nicht darum, die verborgenen Seiten ihrer Erzählung aufzudecken, sondern ganz einfach darum, von ihrer Laufbahn zu hören, ohne dass jemand sie umgeschrieben hatte, auch nicht sie selbst.

Ich streifte durch Bukarest, seine Straßen, die weichgezeichnet wurden von den Schienen der Straßenbahn, zwischen den Häusern dämmerte es, eine weiche, düstere Masse, kaum verraten von den seltenen Laternen, in deren orangenem Schein die holperigen Gehsteige kaum zu entziffern waren. Ich ging über riesige Boulevards, die Plattenbauten aus den Siebzigern mit ihren stumpfen Fassaden schlossen in einem weiten Platz, der von einem gigantischen, fast leeren H&M in Beschlag genommen war, am Boden sitzend reckte ein Pope den Passanten eine mit falschen roten, blauen und grünen Edelsteinen besetzte Schale entgegen, zu seinen Füßen ein Schild, »Helft mir«. Das Bild war so symbolträchtig, dass es mir vorkam, als wäre es eigens für mich inszeniert. Eilig machte ich ein paar Notizen, dann überquerte ich den Boulevard und ließ mich eines Besseren belehren, ruhige, verworrene Gässchen widerlegten die neoliberalen Gewissheiten der Innenstadt. Hier war man geborgen. Die Häuser drängten sich dicht an dicht, jedes sah anders aus, rechteckige Höfe enthüllten sich hinter bisweilen mit Blechen verstärkten Holzzäunen, es roch nach Laubfeuern, ein Junge klopfte einen Teppich aus, der über einer Wäscheleine hing, irgendwo krähte ein Hahn. Läden mit mir unverständlichen Schildern, erst das Schaufenster enthüllte den Zweck ihres Daseins, Uhrmacher, Staubsauger- oder Puppenkliniken, Barbiere, Schneiderinnen, Kurzwarenläden. Tagsüber schliefen die streunenden Hunde an den Ladentüren oder in den Erdkuhlen der Beete, bei Sonnenuntergang sammelten sie sich an den Hauptverkehrsadern, wo die Autos vorüberströmten, sie sahen nach rechts, nach links, und liefen dann vorsichtig hinüber.

Sie haben nie von den Bukarester Bäumen erzählt, so hätte ich meinen Brief an Nadia beginnen können, konkret und unverfänglich; hier wachsen die Bäume durch die Dächer der leer stehenden Häuser, und das Gras dringt durch die Spalte eines aufgeschlitzten Gehsteigs, hier öffnen sich die Bäume über ihren Schatten, das Laub greift um sich, richtet sich ein. Ulmen, Flieder, Eichen, Weiden, Eschen, Pappeln und Ahorn, Linden und Hagebuchen besetzen den Raum, beschließen die Zeit.

Sie haben mir nie gesagt, dass hier nichts versteckt ist, bei uns im Westen werden Kabel vergraben, Fassaden saniert, es soll ja nach was aussehen, die Straßen sind glatt und frisch betoniert; wenn hier die Straßenbahnen vorbeifahren, bebt ein wirres Geflecht rätselhafter Kabel sanft vor dem Himmel.

Ich ließ mich treiben, ging zu Fuß zu meinen Verabredungen, hielt meine Eindrücke überall fleißig fest. Die Brücke über die Dâmbovița und das über zwei Meter eingestürzte Geländer, auf das kein Schild hinwies, hier wurden die Leute nicht bemuttert wie verletzliche Kinder: In ganz Bukarest nicht eine dieser blinkenden Tafeln, die einen warnen, Achtung, morgen wird es heiß, immer ausreichend trinken, die klaffenden Löcher im zerbröckelten Asphalt bildeten Krater, denen die Passanten auswichen, ohne das Telefon vom Ohr zu nehmen. Ich beobachtete ein junges Paar, das vor mir an der Kasse eines Supermarkts stand, er mit Vollbart, Paul-Smith-T-Shirt, sie mit schwarz gefärbten Haaren, hohem Pferdeschwanz, ein hübsch gezeichnetes Gesicht, sie wusste um ihre überlangen Wimpern und ihren makellosen Teint, ihre Brauen mit dem Stift nachgezogen; ihre Finger drückten beflügelte Zärtlichkeiten auf das Display ihres Smartphones. Sie und der Bärtige waren schon am Ausgang, als die Kassiererin ihnen nachrief, in der Hand das Wechselgeld, das sie verschmäht hatten. Ihr lästiges Neureichen-Wechselgeld in der Hand der verdutzten, verbitterten Kassiererin, als wüsste sie nicht, wem dieses Geld jetzt gehörte, das sie hatten liegen lassen.

Ich hatte Verabredungen in In-Cafés in schönen Häusern mit schmiedeeisernen Vordächern, die mit bunten Glühbirnen dekorierten Gärten quollen über von jungen Leuten in Klamotten wie überall in Europa, eines dieser Cafés war im »Vintage«-Stil ausgestattet, sprich wie im Kommunismus, und das war der hipste Ort der Stadt, dort liefen nur alte Pionierlieder. Zwischen Zara und Bershka übertrugen die Lautsprecher einer eingekeilten Kirche die psalmodierende Stimme des Popen, die Melodie hielt ihre offenen Arme der Straße entgegen, auf der die Motoren heulten, in der Kirche zeichneten die roten Lichter das Gold der Ikonen weich, die alle küssten, einer nach dem anderen, gleichmäßig, eine alte Dame mit Lappen und Fensterreiniger in der Hand wischte wieder und wieder das gläserne Gesicht der Jungfrau ab. Auf dem Altar legten Frauen mit Kopftuch ein paar Opfergaben ab, einen Hefekuchen, den *kozunak*, hart gekochte Eier und Ölflaschen in Plastikfolie, eine Micky-Maus-Tüte enthielt so viele Geschenke, dass ihre zerrissenen Griffe Christus in die Stirn hingen.

Alte Männer, gekleidet wie zu einer gewichtigen Abendgesellschaft und seltsam steif, standen allein vor dem, was sie auf dem Gehsteig verkauften, ein Band Verlaine auf Französisch, eine Badezimmerwaage aus den 1970er-Jahren und ein paar Batterien. Andere lehnten am Kofferraum ihres Autos, die Klappe wie eine Auslage geöffnet, sie boten ordentlich aufgereihte Obstkisten an, aufgebundenen Dill, paarweise neue Schuhe, Auberginen, rote, runde Paprikas,

Toilettenpapier und Nägel. Ich lief zu dem, was einst Ceaușescus Palast gewesen war, er kam mir ganz nah vor, aber je weiter ich lief, desto weiter entfernte er sich, ich erzählte das meinen Verabredungen, ein bisschen stolz auf meine Feststellung, sie zuckten mit den Schultern, diese Erfahrung hatten sie alle auch schon gemacht, die Ausmaße dieses Gebäudes waren einfach unberechenbar, warum wird er nicht plattgemacht, fragte ich, sie schauten mich an, ärgerten sich, bald haben wir überhaupt keine Vergangenheit mehr, wenn wir alles verschweigen, sagten die, die als Kinder Zeugen seiner Errichtung gewesen waren, es reicht schon, dass die Alten nicht ertragen können, wenn wir von unseren schönen Erinnerungen reden!

Eines Abends verlief ich mich und irrte durch unbestimmte Straßen ohne Schilder, Angstgebiete, die Bäume wuchsen durch die Holzzäune und den durchlöcherten Beton, Kinder beobachteten mich wie Schnuffelzwerge. Ich blieb stehen und besah einen Stadtplan, Leute sprachen mich an, ob sie mir helfen könnten, auf Französisch, auf Englisch, und häufig entspannen sich dann lange Gespräche mit völlig Unbekannten. Langsam hatte ich den Dreh heraus, wusste, dass ich gleich zu hören bekäme, »nichtsdestotrotz« hätten früher alle eine Arbeit und eine Wohnung gehabt, Arbeitslosigkeit gleich null. Früher gab es in den Läden nichts, heute gibt es alles und man kann sich nichts davon leisten, also welches System ist jetzt besser, sie fragten das, als ginge es um eine bittere arithmetische Gleichung. Sie zeigten mir ein Flugblatt für eine Gedenkveranstaltung zur Revolution 1989.

»Haben sie 1989 ihr Leben geopfert, damit wir mehr Coca-Cola und McDonald's bekommen? Haben sie ihr

Leben geopfert, damit wir zu Sklaven des IWF werden? Sind sie dafür gestorben, dass wir immer weiter weg von diesem Rumänien fliehen, das uns kein anständiges Leben bieten kann? Gestorben, damit Tausende alte Menschen auf der Straße schlafen und erfrieren müssen? Sind sie gestorben, damit die orthodoxe Kirche ein florierendes Geschäft wird und keine Steuern an den Staat zahlt? Ihr Leben haben sie 1989 für unsere Freiheit gegeben. Es war ihr Weihnachtsgeschenk. Wo ist dieses Geschenk geblieben? Was haben wir aus dieser Freiheit gemacht? Sie in einem Kellerraum verräumt, oder werfen wir noch einen flüchtigen Blick darauf wie auf eine alte Fernsehsendung?«

Auf einer Geburtstagsfeier sprach ich Ihren Namen aus, da richteten sie sich auf, als stünden Sie plötzlich da in Ihrem weißen Turnanzug, der Respekt vor dieser unvergessenen Zehn. Spät am Abend standen ein paar betrunkene Frauen um die dreißig auf und wollten ein Pionierlied aus der Volksschule anstimmen, große Bestürzung, wie gern sie damals die Lieder zu Ehren des Genossen gesungen hatten, ein junger Mann mit welligem Haar seufzte ihnen *comuniști* zu und bekreuzigte sich mehrmals flüchtig auf der Brust.

Bewunderung für eine, die mit Ceaușescus Sohn rumgemauschelt hat, ein ziemlicher Wendehals, und wie sie mithilfe der Geheimdienste geflohen ist und alles hinter sich hat fallen lassen, ganz ehrlich, warum überhaupt ein Buch über sie, grummelte er, ohne mich anzusehen, während eine Frau sich kopfschüttelnd die Ohren zuhielt, jetzt reicht's, still jetzt, verdammt seid ihr, alle miteinander, verdammt, dass ihr es wagt, die Kindheit so runterzumachen, das Wunderbare, und so von unserer Nadia redet, die uns so viel Freude geschenkt hat!

Im Morgengrauen fragte ich zum x-ten Mal: »Wie war es hier in den letzten Jahren?«, diese 1980er-Jahre, in denen sie alle Kinder gewesen waren, und sie fielen sich gegenseitig ins Wort, so begierig schienen sie darauf, mir ihre Version mitzugeben.

Eine Frau rümpfte die Nase, als ich meine Belege aufzählte, die Abfolge dieser grausamen Dekrete: »Das stimmt natürlich alles. Aber ... wir waren so sicher, dass sich das alles nie ändern würde, dass wir auf Durchhaltemodus gestellt haben, wir hatten diese innere Wachsamkeit, nicht einen Moment haben wir vergessen, dass die Sprüche, die wir da aufsagen mussten, falsch waren. Und so hat man sich ein Leben außer Reichweite des Staates gesichert. Der Kommunismus? Daran glaubte doch keiner, nicht einmal die Securitaner! Jetzt dagegen ... glauben sie! Wollen sie das! Sie sind zu allem bereit, um in eure EU einzutreten, Kniefall vor Sankt Liberal, sie arbeiten bis elf Uhr abends, und wofür das alles? Seit sechs Jahren war ich nicht im Urlaub! Meine Eltern sind unter Ceaușescu ans Meer und in die Berge gefahren, sie gingen ins Restaurant, ins Konzert, in den Zirkus, ins Kino, ins Theater! Alle haben ungefähr dasselbe verdient, es gab fast keine Teuerung! Sie hatten ständig Angst, stimmt, Angst, jemand könnte hören, wie sie etwas Verbotenes sagten, heute kann man alles sagen, Glückwunsch, bloß hört uns keiner zu ... Früher durften wir nicht aus Rumänien ausreisen, aber heute kann es sich niemand leisten, ins Ausland zu fahren ... Tja, mit der politischen Zensur ist es vorbei, aber keine Sorge, stattdessen zensiert jetzt die Ökonomie! Mit diesem Pseudoliberalismus, der so tut, als würde er uns Honig ums Maul schmieren, dabei ist es reines Gift, und wir schlucken es, weil es nicht ganz und gar nach Feind schmeckt, und irgendwann glauben wir daran, und in welchem Zustand ist man am Ende? Ausgepumpt! Sie meinen, der Kommunismus hat das Land kaputtgemacht? Aber heute vertreiben kanadische Unternehmen die Bewohner aus ihren Dörfern und wollen unsere Berge in die Luft sprengen, um per Fracking Schiefergas zu fördern, und das mit dem Segen der rumänischen Regierung, ein ziemlich ausgefuchster Handel! Ceaușescu hat die Stadt plattgemacht, sagen unsere Eltern? Aber letzte Nacht um vier Uhr morgens, sie hatten nämlich Angst vor Protesten, haben die Immobilienhaie eine ehemalige Markthalle eingerissen, eine historische Stätte in Bukarest … Und was kommt stattdessen hin? Ein Supermarkt oder Bürogebäude. Ist das euer Vorbild? Vor Hunger auf der Straße verrecken oder vor Einsamkeit in der eigenen Wohnung? Langeweile auf Pump? Schaffen-packen-hinbekommen? Aber wohin eigentlich? Ich habe es satt, gezwungen zu werden, euch zu begehren, der Traum des Westens, wirklich, diese armen Dreckspatzen aus dem Osten, denen ihr pausenlos Moralpredigten haltet mit eurer wunderbaren idealen Demokratie, danke, wir haben verstanden!«

»Schreiben Sie das bitte, früher wollte keiner diese idiotischen Vaterlandssendungen im Fernsehen anschauen, also sind wir ausgegangen, wir haben draußen gelebt, nicht jeder im stillen Kämmerlein, wir sind alle zusammen aufs Land gefahren, schreiben Sie das, ja, wir hatten wenig Auswahl, aber fünfzehn Sorten Kaffee, wirklich, warum nur? Musik und Tanzschule waren kostenlos, haben Sie das notiert?«, sorgten sie sich, damit auch diese Seite festgehalten wurde und nicht nur die bizarren Aussagen ihrer Eltern, ihre Horrorversion, die Lebensmittelmarken, die Überwachung, die Kälte, die Angst. Ich nahm zur Kenntnis, hielt fest, notierte, die Stadt, die Leute, das Land, die Wörter, als läge ein besonderer Wert darin, Indizien, ich notierte, jeder Verkäufer empfing mich mit einem *»spuneți?«* (Was sagen Sie?), ich übersetzte das mit »Geben Sie's zu, sagen Sie, was Sie zu sagen haben«, pausenlos überlegte ich, hatte sie gesagt, was sie zu sagen hatte, hatte ich sie auch gehört. Ich wertete dieses Land aus, das Sie hervorgebracht, vorgeführt hat und das Sie am 28. November 1989 verlassen haben.

Den Schatten ausfüllen

Es sei denn, es war in der Nacht vom 26. auf den 27.

Und wissen Sie, dass sie am 29. und 30. November zwischen Ungarn und Österreich schlicht und einfach von der Bildfläche verschwunden war, fragt mich, ganz beglückt, dass er mir die Vorzeichen einer schönen inoffiziellen Version der Geschichte bieten kann, ein früherer Bekannter von P., dem, den wir mit einer Abkürzung nennen, weil er »von dieser ganzen Geschichte heute nicht mehr reden will«. Dieser P., der überall als Initiator der Flucht bezeichnet wird, als Gehirn, der, der Nadia überzeugt, endlich ihr Land zu verlassen, in dem sie keinerlei Zukunft mehr hat.

Seit zwei Jahren kannte sie ihn. Nein, seit einem. Wenn man Nadia fragt, so geschehen in den zahlreichen Interviews bei ihrer Ankunft in den USA, hat sie ihn erst ein paar Monate vor dem Abenteuer kennengelernt.

Warum ihn überhaupt zum Protagonisten machen, diesen Typ rumänischer Herkunft, der seit rund zehn Jahren in Florida lebt und der früheren Turnerin, als er sie bei einem Besuch in Bukarest auf einem Fest kennenlernt, zu verstehen gibt, dass er ihr helfen kann. Gewöhnlich interessiert sich keiner für die »Schlepper« berühmter Flüchtlinge. Ist für diesen automatenhaften Körper immer ein Manager vonnöten, immer jemand, der Nadia C. anweist, wohin und wie sie sich fortbewegen, welche Gesten sie vollführen soll? Sind wir etwa unfähig uns vorzustellen, dass Nadia selbst entscheidet? P. greift nach dem leeren Posten, wird zum neuen Strippenzieher für das ehemalige kleine Mädchen, er füllt den Schatten aus und bringt es am Ende fertig, dass Nadia C.s Ausbruch in den Medien der ganzen Welt am Ende die Geschichte dessen wird, was sie an P. bindet – oder auch nicht.

* * *

Als wir uns in Onești treffen, berichtet mir Iuliana von diesem Anruf ihrer ehemaligen Mannschaftskollegin, die als vermisst gemeldet ist.

»Sie hat nicht gleich geredet, ich habe nur ein Schnaufen gehört. Dann hat sie geflüstert: ›Hallo? Ich bin's.‹«

»Was wollte sie?«

»Nichts … Ich glaube, sie wollte einfach nur meine Stimme hören, eine befreundete Stimme. Ich habe geweint, ich konnte einfach nicht aufhören zu weinen … Die Zeitungen hatten gerade berichtet, dass sie geflohen war. Ich war in Angst und Schrecken, dass die Securitate sie erwischen könnte, dass sie sie umbringen, ich habe wieder und wieder gefragt, wo bist du, Nadia, sie hat versprochen, noch mal anzurufen, und hat aufgelegt.«

1989 beschließt ein französischer Journalist seinen Artikel über Nadias Flucht wie folgt: »Nadia hat wohl ihre frühere Mannschaftskollegin kontaktiert, um sich in ihrer Entscheidung bestärken zu lassen, denn bekanntlich wechselt Nadia ihre Meinungen wie den Turnanzug.«

Super-Super-E

»Erzählen Sie mir nicht auch noch, was ich damals hätte sagen oder tun sollen!«, fährt Nadia eines Tages auf, als wir von ihrer Flucht sprechen und ich ihr gerade ungeschickt mit der Frage ins Wort gefallen bin, welche Rolle P. dabei wirklich gespielt hat.

»Damals dachte ich, wenn ich die Anweisungen befolgte, wenn ich mich dem ... Verantwortlichen anvertraute, hätte ich bessere Überlebenschancen.« Vor dem Wort »Verantwortlicher« zögert sie kurz, und da ich wissen möchte, ob sie die Trainer meint, die für die Mannschaft »verantwortlich« waren, führt sie aus: »Nein, das ist nur ein allgemeines Wort für den Mann, für die Person.« Dieses Gespräch endet in leichterem Ton, als wir ein Video von ihr ansprechen:

»Das sind Super-Es! Ultrariskant. Elemente, die keiner konnte, das heißt, keiner sich traute.«

»Noch keine Frau?«

»Keine. Und kein Mann.«

Der Klang der Stimme am 29. November, Nadias Fluchttag

Wie viele im Land waren es, die ihre Nächte zum geheimen Ritual machten? Das Geschirr aufräumen, die Kinder ins Bett bringen, dann Tee kochen und die Stühle in die Küche stellen für die Freunde, die gleich kommen werden, weil sie kein Radio besitzen. Sie flüsternd in Empfang nehmen, sich setzen, nur Handzeichen, um sich den Zucker zu reichen, das Ohr dicht am Transistor, um die richtige Frequenz zu finden, Radio Free Europe, das Untergrundradio. Manchmal hört man auch von den Nachbarn dieses von Wörtern durchhackte Rauschen, und am nächsten Tag grüßt man sich auf der Treppe mit herzlich gemeinten Unverfänglichkeiten, wir, die wir die Stimme hören. Die wir die Stimme verfolgen, dieses Band als letztes Lebenszeichen, die wir begraben sind, uns haben begraben lassen unter der tragischen Plumpheit des Vaterlandstextes unseres Genossen, diesen Hymnen, diesen »einmütigen« Lobgesängen zu Ehren des »größten Herrschers der Welt«.

Es bleibt uns die Nacht und die Stimme, um uns der Vernunft zuzuwenden, verbittert sind wir, dass wir nicht einmal wagen laut zu stellen, nicht wagen, aus der Reihe zu treten, die uns zugewiesen ist in diesem Reigen paranoischen Schweigens. Alle Seite an Seite, ohne zueinanderzufinden, lauter nächtliche, stumme Zuschauer einer anderen Welt da draußen, die seit Monaten bröckelt und aufbegehrt. Die historischen Ereignisse werden wir auch weiter von der Küche aus verfolgen, überdreht und verbittert, als würde jede Neuigkeit, die die Nachbarn so aufkratzt, die Beteiligung der Solidarność an der polnischen Regierung, vor ein paar Wochen die ersten freien Wahlen in der UdSSR und in Ungarn, als würde alles das die Gewissheit stärken, dass sich hier nie etwas ändern wird. Wie in Schockstarre sitzen wir auf unseren Logenplätzen, bleischwer. Von den Fortschritten der anderen nehmen wir respektvoll Notiz, diesem wunderbaren Stimmengewirr, den Schreien, ihren Freudentränen, als vor drei Wochen in Berlin die Mauer fiel.

Stumm sieht man sich an in der Küche, mit aufgerissenen Augen versucht man sich vorzustellen, wie die »gefallene« Mauer buchstäblich am Boden liegt. Man möchte die Wände hochgehen, die Stimme verschweigt viel zu viele Details! Was tun die Soldaten, haben sie ihre Waffen niedergelegt? Haben sie für Rostropowitsch einen Stuhl, einen Hocker aufgestellt? Gibt es Wind? Schnee? Man lauscht mit gesenktem Kopf, den Blick auf die eiskalten Küchenfliesen gerichtet, besiegt von Einsamkeit, erschlagen auch vom Heldentum dieser Namenlosen, man hört die Stimme die Briefe rumänischer Oppositioneller verlesen, die auf verschlungenen Wegen in die Redaktion des Senders gefunden haben, versteckt in einer Puppe, einer Vase, auf dem Boden einer Pralinenschachtel, dringende Worte, die sich in letzter Zeit mehren und einander antworten.

Nun, gemessen an alldem, an diesem Winter 1989, was ist da schon die Geschichte einer letzten Kapriole?

Und doch, an diesen 29. November 1989 erinnern sich viele, denn zum ersten Mal hat die Stimme einen Fehler gemacht. Sie hat nicht das Datum genannt, nicht die Uhrzeit, nicht den Titel der Sendung, die Stimme ist ihnen entgegengelaufen, und ohne weiteren Kommentar verkündete die berühmte Stimme von Radio Free Europe: *»A fugit Nadia. Nadia ist geflüchtet. Nadia is gone.«*

A fugit Nadia. Die, die sie anbeteten, trauern. Es ist die Rede von einem von Kugeln durchsiebten Körper, der im ungarischen Wald gefunden wurde. Vom Leichnam einer Frau, den ein Bauer aus einem zugefrorenen See gefischt hat. Und der Filius, der im Morgengrauen an den Grenzposten gefahren ist, den sie heimlich überschritten haben soll, hat Blutspuren an den Wänden hinterlassen, keine Ahnung, was aus den Soldaten geworden ist.

Das Mädel ist weg. Mit zugeschnürter Kehle kramt man alte Fotos hervor, Zeitungsausschnitte, man erinnert sich an diese Melodie, einen Charleston, auf den es tanzte, das unbesiegbare kleine Mädchen, das einem Gänsehaut und Tränen machte, das Mädel.

Alias »Corina« für die Securitate, die ihr umgehend bis nach Ungarn nachsetzt, während ihre Eltern und Bekannten, die sie eventuell kontaktieren könnte, unter Sonderbewachung gestellt werden. Sie hatte keinen Grund zu gehen, sie muss von ausländischen Agenten beeinflusst worden sein, sie, diese »Volkssportlerin, deren Erfolge das Ergebnis der Bedingungen sind, die unser Land geschaffen hat, um die Talente der Jugend zu fördern!«.

Die, die sie als Hure der Macht sahen, sind sprachlos, in ihrer Wertschätzung steigt sie. Stellt euch nur mal vor. Wenn sogar sie das Land verlassen hat, dabei war sie immerhin privilegiert ... Tja. Jetzt sind wir Gefangene, allein. Der Letzte macht das Licht aus, sagt damals der Volksmund, und es bleibt ein bitterer Nachgeschmack von den Lachern, die dieser Kalauer erntet.

Trackdown:
Nadia … verzweifelt gesucht (L'Équipe)
Wo steckt bloß Nadia? (Le Monde)

1. Dezember 1989

Während ihrer Flucht verschwindet sie plötzlich von der Bildfläche. Sie macht das Rätsel noch mysteriöser. Wie damals in Bukarest, an diesen beiden merkwürdigen Tagen im Jahr 1978, als sie unauffindbar bleibt, obwohl sie unter ständiger Überwachung steht, und keiner kann sie finden, bis sie sich entschließt, wieder aufzutauchen. Zeitverschiebung, Ziffernverschiebung, gesprengte Computer, kaputte Cursors. Alle Quellen machen es deutlich: Irgendetwas stimmt nicht in der Erzählung über die Flucht von Nadia C. Ungenauigkeiten, Unstimmigkeiten, Inkohärenzen. Ich lege eine Version der Flucht Mihaela G. vor: Sie hat das Land 1985 auf derselben Route verlassen. Sie schickt mir meinen Text zurück, einzelne Wörter sind unterstrichen, Sätze in Fragen umformuliert.

Nadia verlässt Bukarest in der Nacht vom Sonntag, dem 26., auf Montag, den 27., in einem Mietwagen, in Begleitung von sechs weiteren Personen. P. setzt sie in der Nähe eines Grenzpostens ab, sie vereinbaren einen Treffpunkt in Ungarn. Aber die Gruppe verläuft sich und übertritt die Grenze an einer anderen Stelle, in Mezşgyán am 28. um 6 Uhr. Bekannt wird ihre Flucht am Mittwoch, dem 29., um 8:36 Uhr per Agenturmeldung. Sie erzählt, sie sei sechs Stunden durch die vereisten Wälder gestapft und sei am Sonntagabend aufgebrochen, in Ungarn dann am Montag im Morgengrauen angekommen. Was geschah in der Leerstelle von sechsunddreißig Stunden? Wie konnten sie am Sonntagabend in Bukarest ein Auto mieten? Wie konnte P., der vor zehn Jahren geflüchtet war, nach Rumänien einreisen, ohne Verdacht zu erregen? Wie konnte Nadia unerkannt bleiben, bei ihrer Berühmtheit und der Überwachung rund um die Uhr? Zwischen Bukarest und Temeswar liegen etwa vierhundert Kilometer, unmöglich, dass sie unterwegs nicht kontrolliert wurden, obendrein nachts und in einem Mietwagen. Mit welchem Geld hat sie P. bezahlt, er verlangte pro Person fünftausend Dollar, um sie außer Landes zu bringen, aber sie verdiente doch kaum hundertfünfzig Dollar im Monat?

Am 29. wird in Bukarest Alarm geschlagen, die Securitate startet ihre Suchaktion. Das ungarische Fernsehen meldet mittags, dass sie aus dem Hotel verschwunden ist, in dem die Polizei die Gruppe untergebracht hat, bis entschieden ist, ob sie Asyl bekommen oder nicht. Es wird gemunkelt, sie sei von der Securitate entführt worden. Die Hotelangestellten dagegen verraten den Journalisten, dass sie schon am Vortag in einem österreichischen Auto weggefahren ist. Eine ungenannte Zeugin erklärt nachdrücklich, sie auf der Toilette eines österreichischen Restaurants gesehen zu haben. Ein englischer Journalist wiederum, der sich als ihr »heimlicher Liebhaber« ausgibt, ist überzeugt, dass sie von der CIA entführt wurde.

Béla hält sich gerade mit der amerikanischen Turnmannschaft in Montreux auf, natürlich wird er verdächtigt, der Anstifter der Flucht zu sein; dass er gerade in Europa ist, ist reiner Zufall, begehrt er auf. Seine Erklärung gegenüber der Presse: »Nadia weiß, dass es am besten ist, in der amerikanischen Botschaft in Bern vorstellig zu werden«, ist das eine Botschaft an sie? Und warum hat der Botschafter in Bern vierundzwanzig Stunden lang geschwiegen, bevor er der Presse schließlich beteuerte, hier sei sie nicht? Um ihr genug Zeit zu lassen, aus dem Land zu flüchten?

New York erreicht sie in den einzigen Kleidern, die sie besitzt, die, in denen sie ihrer Aussage zufolge »kilometerweise durch den Schnee« gestapft ist. Welchen Schnee? Im Wetterbericht vom 27. November 1989 ist die Rede von Temperaturen zwischen minus drei und minus sieben Grad, von böigem Westwind, aber nicht von Schnee.

Wie zu der Zeit, als Nadia meine einzige Gesprächspartnerin war, verheddern sich die Fakten zu einem undurchsichtigen Gewirr; jemand erzählt mir von einem Offizier, der angeblich den Befehl erhalten habe, seinen Soldaten den Wachgang zu verbieten, genau zu dem Zeitpunkt und an dem Ort, wo die Gruppe die Grenze überschritten hat. Und dann noch dieser ehemalige Soldat, Valeriu C., der behauptet, am 26. November 1989 habe ihm ein Unteroffizier verkündet, »ganz bald« werde er der großen Turnerin in Fleisch und Blut gegenüberstehen.

Das Schlusswort der Geschichte

Kein Zweifel, sagt man mir, das war ein Coup des ungarischen Geheimdienstes. Die haben alles organisiert, ausgehend von Informationen, die sie von Béla K. hatten. Eine Einheit von Agenten hat sie durch den Wald bis an die Grenze geführt.

Die Ungarn? Aber nicht doch, das waren die Amis! Sie können doch nicht verkennen, dass ihre Flucht Wasser auf die Mühlen der westlichen Geheimdienste war, die versuchten, Ceaușescu zu stürzen, nur wenige Tage vor seiner programmierten »triumphalen« Wiederwahl auf dem 14. Parteitag. Im Übrigen zeigt ja die Tatsache, dass die amerikanischen Medien über Nadias Flucht bis ins kleinste Detail berichtet haben, und zwar zeitgleich mit dem Gipfeltreffen von Malta, bei dem Gorbatschow und Bush das »Ende des Kalten Krieges« proklamierten, wie dieses Ereignis politisch instrumentalisiert wurde.

Ich träume von ihr, die Vorstellung amüsiert sie, dass ich mich in meiner Erzählung verheddert habe; wie soll ich ohne ihre Hilfe weiterkommen, wie soll ich von dieser Nacht erzählen, in der sie durch den Matsch eines vereisten Waldes gestapft ist? Zuvor hatte es sie geärgert, dass ich meine Recherchen so weit trieb, und sie wäre lieber meine einzige Quelle gewesen, und jetzt zeigt sie mir, dass ich ohne sie gar nichts kann: Ich kann nicht erzählen, wie Nadia hinter den Kulissen verschwunden ist. Eine perfekte Vorbereitung für ihren ohne Zögern ausgeführten Abgang, ein Uppercut, einmal dem Genossen kräftig ins Gesicht gespuckt. Nadia hat soeben das Schlusswort der Geschichte stibitzt.

Eine gut geturnte Bodenübung besteht aus fünf Zutaten. Erstens muss die Turnerin nach jeder Bahn sicher landen. Zweitens muss sie für gefährliche Teile genug Höhe aufbringen, sowohl, um eine gute Wertung zu bekommen, als auch aus Sicherheitsgründen. Sie braucht viel Ausdauer, denn

wenn ihr vor ihrem letzten Anlauf die Luft ausgeht, hat sie ein Problem. Sie muss gut vorbereitet sein, damit sie sich nicht verletzt. Und schließlich muss sie ihre Nummer den Kampfrichtern und dem Publikum »verkaufen« können.
Nadia C.

Fokussierung auf Unendlich

Freitag, 1. Dezember, 16:40 Uhr, Kennedy Airport
Der Fernsehbildschirm ist zweigeteilt. Rechts läuft in Endlosschleife der Handschlag von Gorbatschow und Bush in Malta. Links ist der Pan-Am-Flug mit der Nummer 29 auf der Landebahn zum Stehen gekommen, die graue Luft flimmert, eine Kältespiegelung. Die Journalisten drängen sich an der Sicherheitsabsperrung, wo ist sie, ein Punkt am Ende der Bahn, umgeben von Uniformen, das ist sie, sie schreien ihren Namen, sie antwortet mit einem Winken, mein Gott, wie heiß es damals war im Sommer 1976, in der Nacht, in der sie im Pressehotel ungeduldig warteten, bis endlich der 18. Juli graute, an dem die papiernen Beweise für das eintreffen sollten, was sie da gerade miterlebt hatten, endlich wären die Fotos entwickelt von der, die nicht lächelte. Wie elektrisiert von ihrem kleinen, kompakten und gewissenhaften Körper hatten sie bis spät in der Nacht vor dem Fernseher gesessen und die *Replays* ihrer Schwebebalkenkür angeschaut, dann waren sie nach ein paar Stunden Schlaf erwacht, wie reingewaschen von ihren alten Liebschaften, neu gestartet mithilfe ihres Turnanzugs, durch den sich ihr Steißbein abzeichnete, wenn sie sich

vorbeugte, um ihre hinreißenden Händchen mit Magnesia einzureiben.

Jetzt haben sie sie im Sucher, aber sie ist noch zu weit weg, verdeckt von den Beamten der Port Authority und der Grenzpolizei. Sie holen nur vorsichtig Luft, um nicht zu zittern und das Bild zu verwackeln, das hier ist ein historischer Augenblick, Fokussierung auf Unendlich. Da ist sie. Mit einer roten Rose in der Hand steht sie im Eisnebel. Sie lächelt. Ein Hauch von dem schillernden Blau ihrer Lider hat sich auf die Ringe unter ihren dunklen Augen gelegt. Nicht gerade besonders fotogen, dieses Lachen, das ihre rot geäderten Wangen breit zieht. Sie streicht sich die Haare zurecht, blonde Strähnchen wie aschfarbene Lamellen, sie verschwindet unter einem Schwarm Lichter und Kameras, ein Rückstau wiederholter Zurufe, weiter links, dreh dich hierher! Sie lacht. Noch nie hat man sie lachen hören. Ihre Lippen sind bleich und schillern wie Perlmutt. Ein Reporter schiebt dem Mann, der sie am Ellbogen hält, ein Blatt Papier zu, wahrscheinlich ein Bulle, mitten in dem Gewühl faltet er den Zettel auf und raunt Nadia etwas zu. Sie nickt und beugt sich vor ein Mikrofon, das von einer Faust an ihre Brust gehalten wird. Sofort protestierende Pfiffe, Buhrufe: Das englische Boulevardblatt *Sunday Mail* hat soeben für die Exklusivrechte an ihrer bevorstehenden Erzählung bare Münze bezahlt.

Es haben nicht alle hineingepasst in den riesigen Saal im Terminal, in dem Nadia eine kurze Pressekonferenz abhält und dabei erneut erklärt, dass sie nichts über ihre abenteuerliche Reise erzählen wird. Wer ist das da neben ihr? Sie kokettiert ein bisschen, zögert: ein Freund!, um sich gleich zu verbessern: nein, ein … Manager! Sie tragen die gleiche ausgeblichene Jeansjacke, die gleiche Hose, das gleiche Lächeln mit den stumpfen Zähnen, um ihren Hals eine Kette mit dicken goldenen Gliedern, an der sie pausenlos herumnestelt. Kleine Rabaukin mit dem Rocker-Grinsen, ihre Brüste sind von der Jacke verdeckt, das kurze Haar jungenhaft nach hinten gekämmt, Nagellack, Neon, Gel. Ein Lausbub ist sie, frech wie je, juchheirassa juchhe.

Wird sie Béla besuchen? Wahrscheinlich, erwidert sie, und dann plaudert sie auf Englisch ganz munter weiter: »Ich bin sehr froh, dass ich hier in Amerika bin. Für schon lange wollte ich kommen, aber ich hätte niemand, mir zu helfen. Ich möchte ein ruhige Leben, ich sehe, das wird nicht gut möglich sein«, schließt sie spöttisch-charmant. Sie verlässt die Pressekonferenz in einem Polizeiwagen, geadelt von ihrem neuen Status als politischer Flüchtling, der ihr wegen »begründeter Angst vor Verfolgung« zuerkannt wurde. In den Nachrichten kommentiert am selben Abend der Studiogast Béla K.: »Ich bin schon erschrocken, als ich hörte, dass sie in Ungarn in ein ausländisches Auto gestiegen ist, aber gleichzeitig war ich doch zuversichtlich, sie wusste, dass sie in eine amerikanische Botschaft musste; jetzt dagegen mache ich mir Sorgen, große Sorgen! Wer ist dieser P.? Ist er ehrlich und hilft ihr wieder in die Freiheit, oder will er sich etwa als … Manager aufspielen?«

Und sie? Sitzt sie in ihrem Hotelzimmer und zählt in den Zeitungen am nächsten Tag die Punkte, in deren Macht es steht, alles Mögliche auszulassen, Grabgesänge auf ihr ungeschickt geschminktes Gesicht in Großaufnahme. »Die Metamorphose … Sie hatte uns so zum Träumen gebracht. Nadia hat sich … verändert.«

Brandherd

5. Dezember

»Tut mir leid, zu viele Reporter am Flughafen von Miami!«, erklärt sie, nachdem sie sie über zwei Stunden hat warten lassen, dann: »Meine erste richtige Pressekonferenz in der Hollywood City Hall, wenn das kein Zeichen ist! Wissen Sie was? Mein Leben wird verfilmt! Und ich spiele selbst mit!« Ein Journalist von hinten im Saal: »Hier ist Hollywood, Florida, Liebes, nicht Kalifornien; fragt sich also, ein Zeichen wofür?«, daraufhin Lacher, Applaus und Pfiffe, buntes Lärmen. Sie dreht sich um zu P. hinter ihr, der noch dieselbe schmuddelige Jacke trägt wie vor ein paar Tagen bei der Ankunft in New York, ihre Kleider riechen nach den eilig verlassenen Motels, den unruhigen Nächten, dem bleischweren Erwachen.

Na egal, wie war die Frage, sie schiebt die Fäuste tief in die Taschen, wie vor dem Spiegel im Hotelzimmer, auf dem Fernsehbildschirm fixiert Madonna die Moderatoren der Talkshow mit ihren missbilligend zusammengekniffenen Lippen – *so what,* Masturbieren ist kein Verbrechen, wenn man Jungfrau bleiben will, super, wenn man Prostituierte werden will, und dazu hat man ja schließlich sein gutes Recht –, ihre pinken Lippen sind ein einziges *so what.* Auf der Welle reiten! Seine Chance nutzen! Und man selber werden! Frei, dynamisch, bereit für alle Herausforderungen der neuen Welt, pragmatisch, nicht verklemmt, vom kommunistischen Staub befreit, und

»… Pardon, wie war die Frage?«

»Wissen Sie, Nadia, dass P. verheiratet ist und Vater von vier Kindern?«

Sie neigt ihnen den Kopf zu, voll bebender Schönheit. Schweigt ein paar Sekunden, befeuchtet sich die Lippen, niemand hat ihr ein Glas Wasser gereicht.

»Ja und, was ändert das? *So what?* Na und?«

Ein paar Bemerkungen am Rande. Die, deren Schweigen in Montreal die nordamerikanischen Medien so verblüfft hatte, dieses Schweigen, das sie den Hunderten von vorgehaltenen Mikrofonen entgegensetzte. Dass ihr Körper sich dem verschloss, was nicht zu ihr passte. Später sollte sie ihre Sprüchlein aufsagen, oh ja, da sollte sie sich nicht sträuben, Reden aus der Feder offizieller Schriftsteller zu verlesen, die, die sich nie öffentlich zu Wort meldete, ohne dass jemand ihr den Text vorbereitet hatte. Und erst in dem Moment, in dem sie der vorgefertigten Erzählung des rumänischen Regimes ein Ende setzt, spricht Nadia ihre ersten selbstbestimmten Worte aus, die reinste Explosion: So what.

So what – *aus dem Zusammenhang gerissen: Im allgemeinen Stimmengewirr haben sie sie nicht richtig gehört, sie hat nämlich gesagt:* »So what? He's not my boyfriend, just my friend.« So what – *Englisch Grundkurs: Sie hatte die Frage nicht verstanden und trotzdem geantwortet.*

Müssen wir ihre Erklärungsversuche herunterleiern, die sich in zwanzig Jahren Interviews aneinanderreihen: Ich wusste, dass er verheiratet war und Kinder hatte, aber ich dachte, das betreffe mich nicht, das habe ich versucht zu sagen: so what, *er hat mir doch nur bei der Flucht geholfen. Oder ist es passender, wenn ich hier meine Notizen wieder-*

gebe, die ich mir vor Monaten gemacht habe, als sie mir einmal von den Umständen ihrer Flucht erzählte, um sie später auszuwerten. Notizen, die ich zu dürftig ausfallen lasse, weil ich denke, wir werden ein andermal darauf zurückkommen, ich ärgere mich, dass sie während unserer Gespräche nicht chronologisch ihrem Leben folgt: Auch mir ist es lieber, ihr ihren Text so aufzuschreiben, wie ich ihn verstehe.

Nadias Flucht, Notizen

»Aufbruch Mitternacht. Sechs Stunden Fußmarsch. Taschenlampe unmöglich Wald. AUF KEINEN FALL laufen (sie schießen auf Flüchtlinge + die Hunde) beim Gehen Hände auf den Schultern des Vordermanns um sich nicht zu verlieren. Nicht an Kugel im Rücken denken. Konzentrier dich auf: am Leben bleiben. ½ zugefrorener See Wasser Knie taub vor Kälte sie denkt ich werde umgebracht weil ich hinter einem Typ ohne jeden Orientierungssinn herstapfe (!). Über die Grenze, ohne es zu merken, von zwei ungarischen Wachen gestoppt, sie hat paar Wörter gelernt aber sie erkennen sie, alle mitgenommen, einzeln befragt, sie bieten ihr politisches Asyl an, aber sie: Wir alle oder nichts (Turnen: Mannschaftsgeist?) Die ungarische Polizei akzeptiert. Aber in Ungarn = Securitate zu nah, nach Österreich nächsten Tag Foto auf Titelseite Zeitungen: in Rumänien offiziell »verschwunden«. Teilen sich in 2 Gruppen 2 Autos bis zur Grenze ABER: österreichische Polizei macht Stichprobenkontrollen. Woanders rüber, nachts. Konzentrier dich auf: am Leben bleiben. Sechs oder sieben Stunden Fußmarsch, über Stacheldraht klettern Blut verstecken sich bäuchlings im Gras warten auf P. hat einen Scheinwerfer am Auto zerschlagen

damit erkennbar, dann Motel, schlafen alle im selben Zimmer auf dem Boden ein Fest! Amerikanische Botschaft. »Ich bin Nadia C.« Sahen mich an wie ein Gespenst, nach Amerika, schnell / Flugzeug in zwei Stunden. Ich war auf so einer Art Liste: Personen mit »Spezialkenntnissen«. Landung in New York nach 10 Std Flug, Pressekonferenz. Ich hatte gerade Familie zurückgelassen durchs kalte Wasser gestolpert Dunkelheit Stacheldrahtabsperrung, verletzt, nicht geschlafen, jeden Moment Kugeln im Rücken. Habe gebetet, dass sie mich nicht zurückschicken nach Ungarn Österreich mit Mann, den ich kaum kannte, der Saal voller überdrehter Journalisten die meinen Namen schrien ganz nah blitzten. Ich stand unter Schock. Dachte, ich bekäme einen super Job, keiner hätte mich vergessen, sie würden mich anhimmeln.«

Null Null Komma Null Null

Wie wäre unser Austausch verlaufen, wenn ich Nadia C. das folgende Kapitel geschickt hätte? Hätten wir den Puritanismus im Amerika von 1989 angeprangert? Aber was hätten wir dann mit diesem Porträt gemacht, das noch im selben Jahr in einer französischen Tageszeitung erschien, es ging um eine »aufgedunsene Matrone, die in Ungnade fiel, als sie zur Frau geworden war«?

Ob die kleinen Mädchen, die sie so liebten, wohl diese Unterhaltungssendungen anschauen, in der sie johlen: »Alles hat Ceaușescu abrasiert, nur die Beine der Frauen nicht! Nadia ist gegangen, weil sie nicht Trainerin werden durfte, obwohl ich persönlich mir sehr gerne von ihr das Beinesprei-

zen zeigen lassen würde!« (So die Puppe von Mitterand in der satirischen Bébête Show *vom Dezember 1989). Sehen die kleinen Mädchen zu, wie der Körper von Nadia C. öffentlich gevierteilt wird, ein brutaler Überschlag rückwärts, Legionen kleiner Mädchen werden Zeugen der Verurteilung derer, die nie gelächelt hat, nie Danke gesagt hat zu denen, deren Wut sich in Zahlen und Zentimetern Raum schafft, die Wut darüber, dass der Gegenstand ihres Begehrens dem unbefleckten Turnanzug vom Sommer 1976 abtrünnig geworden ist. Die Fee, die keinen anderen Wunsch hat als den, sich goldene Medaillen um den zarten Hals zu hängen, verströmt heute einen strengen Geruch, schockierend, wie sie auftritt, sagen sie. Mag sein, aber »ihre Erscheinung ist es weitaus mehr!«, ereifert sich ein berühmter amerikanischer Leitartikler in seinem Schlusswort. Denn genau darum geht es: um zu kurz geschnittenen, zu billigen Stoff, um schlecht aufgebrachten Nagellack, um zu roten Lippenstift und unbesorgtes Fleisch. Darin besteht ihre Sünde, resümiert die* New York Times*: »Sie ist geworden wie die anderen.«*

Und dann wird auch nach denselben Maßstäben Gericht gehalten wie bei den anderen.

Patchwork
(Los Angeles Times New York Times Newsweek Sentinel Orlando Times Le Monde Libération L'Équipe L'Humanité Le Nouvel Observateur)

Sie war ein jungfräulicher Wildfang, der uns mit einer hinreißenden Geste am Ende ihrer Übungen Gänsehaut machte, ihre Haare glänzten wie die einer Puppe, nichts an ihr war wie bei diesen lasziven, trägen Jugendlichen, die

Hollywood uns im Überfluss vorsetzt: Sie war ein eisernes Engelchen, moralisch unbeugsam. Die kleine Kommunistin, die der ganzen Welt auf den Spitzen ihrer goldigen Füßchen beibrachte, was Gleichgewicht ist, überstrahlte unser Leben, bis zu dem Tag, an dem sie: uns mit Füßen tritt! Es ist Zeit, dass Amerika auf Nadia-Entzug geht. Selbstverständlich kann man gar nicht anders, als nostalgisch zu werden, wenn man sie anschaut: Die kleine Nadia ist nicht mehr klein, und genauso wenig, wie soll man das freundlich ausdrücken, eine Sensation, die man mit 10 von 10 werten würde. Sie ist ein politischer Flüchtling. Da drüben haben sie angeblich weder Kaffee noch Steaks, okay. Die Armen bei uns aber auch nicht! Wir können ja nicht das ganze Elend dieser Welt bei uns aufnehmen (zumal es ja in diesem Fall gar kein wirkliches Elend ist, denn ... soll das ein Flüchtling sein, wo doch *Newsweek* verkündet, sie habe gelebt wie ein Rockstar in einer Villa mit acht Schlafzimmern samt Personal?). Der rumänischen KP war sie aus Opportunismus beigetreten, man merkt doch, dass sie eines wohlüberlegten ideologischen Engagements gar nicht fähig ist. Schickt das verwöhnt-verdorbene Prinzesschen doch zurück in ihre Heimat, wir haben hier mehr als genug geldgeile, unmoralische Tussis. Die vestalische Jungfrau der Olympiaden ist zur Hochglanzschlampe geworden mit ihrem Freiheitswunsch, der alles erklären soll, und dazu nicht ein Gewissensbiss – man meint, man sähe Aschenputtel in einem Porno – Flittchen – Luder – Dreckspatz – fette Sau – das Flittchen vom Trampolin – die rote Konkubine – atomblondes Nilpferd – eine Barbie, die an eine Trash-Kosmetikerin geraten ist – diese ganze Schminke, die gespannte Geschmeidigkeit ihrer Jugend hat sich zur schlaffen Reife mit ausladenden Beinen gewandelt. Die Hure des Jahres drei Wochen vor Weihnachten! Danke für das Geschenk! Aus der *perfect 10* ist ein perfektes Fass geworden, du hinterlässt eine Elfe und findest dich mit einem dicken, lahmen Weibsbild mit blondierten Haaren wieder, das keine Ahnung hat von der hohen Kunst, sich in unserer liberalen Wirtschaft ein gutes Image aufzubauen. Sie ist abgenutzt, plump und ungehobelt, sagt weder Danke noch Bitte. Die Pflanzen in ihrem Hotelzimmer sind eingegangen, der Fernseher läuft Tag und Nacht, ihre Kochkünste beschränken sich auf die Zubereitung von Pulverkaffee. Sie sieht nicht so aus, als hätte sie ein Gehirn. Sie hat für das Gespräch eine Bezahlung verlangt, angeblich hat *Life* zwanzigtausend Dollar bezahlt, es können auch zweitausend gewesen sein. Irgendwer hat mir erzählt, er habe in Rumänien ihren Bruder getroffen, einen Skinhead, der ihm ein ekeliges Gemisch aus Weißwein und falscher Pepsi serviert und ein Video von Nadias letztem Geburtstag vorgeführt habe. Man sieht sie mit übergewichtigen Militärs von aschfahlem Teint tanzen. Sie raucht und trinkt unmäßig. Seit sie hier ist, tut sie nichts als essen, trinken und einkaufen! Sie hat uns von den Socken gehauen, dieses anmutige, geschmeidige Straßenkind, aber jetzt haben wir da plötzlich eine ältere Frau vor uns stehen, achtundzwanzig Jahre mit stattlicher Oberweite; alles an ihr erinnert heute an das leidige biologische Schicksal der Frau, an diesen Moment, ab dem Frauen allmählich lieber bequeme Schuhe tragen und Kleidergröße L. Schlussfolgerung: Nadia, deine Wertung fällt sehr niedrig aus, die amerikanischen Richter sind unbeugsam!

Für deinen großen Ausbruch mit Spießrutenlauf durch

Eis und Matsch, hübscher Schwierigkeitswert: 8,5. Bist gut gekrochen!

Für deine Pose als »Freiheitsstatue«: sagen wir 6,5.

Für deinen Tanz: »Ich mag McDonald's und dicke Autos und hätte so gerne, bitte, bitte, lieber Gott, einen dicken Vertrag, damit ich mir das alles leisten kann«: 9,5.

Dafür, dass du für deine Landung in den USA den Mann einer anderen bestiegen hast: da hast du die Markierung übertreten, Liebes. 0.

Und was die Wettkampfkleidung angeht, wir wissen ja, dass du aus der Randzone der Welt kommst, aber trotzdem, diese speckige Jacke und dieses T-Shirt mit weißen Deo-Spuren unter den Achseln, du, die Fee, die niemals schwitzte!

Bei einem bleibst du aber perfekt wie gewohnt, nämlich auf dem Boden … los, Liebes, spreiz noch ein bisschen die Beine und denk an Amerika und alles, was du den Sponsoren wirst abluchsen können (wenngleich sie im Augenblick ihre Scheckhefte offenbar weggesteckt haben). Seien wir nicht so: 10.

Nach geltenden Regeln

Einen Augenblick meint man, sie verloren zu haben, die Angeberin, die wir so geliebt haben, die sich immer davonschleicht, selbst in extremis, die sich ins Nichts wirft, nicht ohne uns zuvor gegrüßt zu haben. In einer amerikanischen Fernsehsendung einige Monate nach ihrer Ankunft bettelt sie und stammelt: »Am liebsten hätte ich alles umgeschrie-

ben. Was ich gesagt habe, getan, wie ich mich angezogen habe … Dass keiner sich mehr an die Netzstrümpfe erinnert, das Make-up, diesen blauen Lidschatten … Meine Miniröcke, ich dachte ja, das sehe gut aus. Ich hätte mir gewünscht, dass jemand mir beibringt, wie man sich in den USA anzieht …«

Dass man ihr beibringt. Dass man sie umschreibt. Dass man sie freispricht. Die kleine Kommunistin, durchsiebt von Wertungen und Zahlen und Wörtern.

Wertungsvorschriften, Kunstturnen.

Nach den geltenden Regeln können die Kampfrichter bei der Ausführung einer Übung auf dem Schwebebalken oder am Stufenbarren fünfundfünfzig mögliche Fehler verzeichnen. Es gibt fünfundfünfzig Möglichkeiten, Hundertstel von einer Zehn abzuziehen, fünfundfünfzig Patzer, die in weniger als eineinhalb Minuten zu vermeiden sind: ein Gleichgewichtsverlust, eine zu lange Pause, ein Zögern, ein nicht ausreichend gestreckter Fuß, eine zusätzliche Bewegung, etwas zu weit gebeugte Knie, ein vergessener Gruß an die Kampfrichter beim An- und Abgang.

Marktwert

Der Bürgermeister von Hollywood (Florida) wollte ihr bei ihrer Ankunft symbolisch die Schlüssel der Stadt überreichen, aber: »Bei diesem *so what* habe ich mir gesagt, Nadia, da hast du Scheiße gebaut.«

Für Pat R., Abteilungsleiter Film bei NBC, bringt sie

gleich zwei Handicaps mit: Die ganz jungen Fernsehzuschauer kennen nicht mal ihren Namen, und die Geschichte von der Dreiecksbeziehung verschreckt die Moderatoren. Jay O., Vize der International Management Group, die Turnerinnen Sponsoren verschafft: »Die will keiner mehr anfassen. Man kann es ihr ja nachsehen, dass sie am Ende nur eine Frau ist, die davon träumt, den *American way of life* zu genießen, aber leider, der *American way of life* ist eben nicht gerade zimperlich mit Ehebrecherinnen, die keinerlei Gewissensbisse zeigen ...« Leigh S., Sportagent, findet sie immer noch markttauglich (diese geradezu romanhafte Flucht!), sie ist weiterhin eine aufregende, gut verkäufliche Nummer, Barbara B. von NY Grey Advertising dagegen ist skeptisch: »Für Kellogg's und Reebok ist sie erledigt.« Ebenso Vangie H. von der J. Walter Thompson Agency, die erklärt: »Unsere Kunden sollen so sauber wie möglich sein, sorry.« Dennis B., Nummer zwei der Dave Bell Associates Inc., einer kalifornischen Produktionsfirma, die eine Serie über Nadias Leben machen möchte, glaubt weiterhin daran, fünfzig- oder hunderttausend Dollar könnte Nadia pro Folge verdienen. Don M., dessen New Yorker Firma Picture Perfect Inc. sich ebenfalls mit dem Gedanken an einen Film trägt, hält es für sinnvoll, dass Nadia zunächst Werbespots für alltägliche, aber sexy Produkte dreht; vielleicht ein Auto: »Von Ost bis West, Ford!« Oder ein Deo: »Kein Schweiß, tadellos in jeder Lage!« Eine berühmte Waschmittelfirma wird ihr wohl einen Werbevertrag anbieten, nach dem Interview, in dem Nadia zugegeben hat, dass ihr Selbstmordversuch per Bleichlauge, als die rumänischen Machthaber sie von Béla trennten, tatsächlich stattgefunden hat.

Zuallererst muss sie aber öffentlich die Gerüchte über den Ehebruch dementieren. Man könnte eine Art Fernsehbeichte organisieren, da würde man einen Obergeistlichen aus ihrer Heimat einladen, was sind die da noch mal, Moslems oder orthodox? Nicht schlecht wäre auch, wenn sie von zweifelhaften Witzen absehen könnte, wie neulich, als ein Journalist vom *Rolling Stone* sie gefragt hat, ob sie alkoholsüchtig sei. »Alkoholsüchtig, ich? Tja … In Rumänien gibt es nicht mehr genug Alkohol, um süchtig zu werden!«

Trotz der Eintrübung ihres Images hat die Einwanderungsbehörde zugesichert, Nadias Flüchtlingsstatus sei im Augenblick nicht in Gefahr.

Du warst nicht der Erste

Der Meister der Feen und Leiter des amerikanischen Kleinmädchenlabors wird von Talkshows zu Interviews einbestellt. Béla, da ist Ihnen ein bisschen was außer Kontrolle geraten, oder?

Béla: »Oh, sie war schon immer ehrgeizig, sie wollte sich in die höchsten Riegen des Landes aufschwingen, sie war immer eine mit … Heißhunger.«

Und was meint er zu Nadias Antwort per Zeitschrift: »Béla lügt. Ich möchte gern etwas ergänzen: Er war erst mein zweiter Coach, nicht der erste, entgegen dem, was er überall herumerzählt.«

Béla: »Was ich dazu meine? Nichts. Sorgen macht mir dagegen, dass sie mit ihrem Image heute das Turnen beschmutzt. Ach, ich wünschte, sie wäre noch, was sie damals war … Zart, unschuldig und rein. Jetzt liegt ihr Bild im Scheißhaus, und das tut mir weh, Gott, wie mir das das Herz bricht!«

International Soap Opera

Bobby C., ehemaliger Stand-up-Comedian und inzwischen Anwalt der Stars (Michael Douglas, Burt Reynolds, Dustin Hoffman), hat auf Anhieb das Potenzial von Maria erkannt, P.s verhöhnter Ehefrau. In Wirklichkeit hat sogar er sie kontaktiert. Und heute reißen sie sie sich alle aus den Händen! Larry King, *People Magazine* …

»Ich habe sie auf den bezahlten Interviewmarkt gebracht, damit sie ein sicheres Einkommen hat. Verstehen Sie mich richtig: Ich versuche, mit Maria ein Produkt zu designen, weil sie den Jackpot einfahren kann, es ist fast Weihnachten, und sie hat eine echt starke Geschichte zu erzählen!«

* * *

Seite A

Die Kamera schweift über das kleine Wohnzimmer in einer Vorstadt von Hollywood, Florida. Nicht ein Spielzeug liegt herum, gelbe Plastikblumen thronen in einer lila Glasvase, ein rot-schwarzes Stickdeckchen liegt unter dem leeren Aschenbecher. Der Interviewer, ein Mann um die dreißig, spricht langsam und überdeutlich mit Maria P., einer jungen, übermüdet wirkenden Blondine, die auf dem Rand eines farblosen Sessels sitzt, um sie herum und auf ihrem Schoß vier Kinder zwischen zwei und fünf Jahren. Hin und wieder streicht sie sich mit einer Hand das Haar glatt und tastet mit der anderen nach den Knöpfen ihrer Bluse. Sie antwortet eintönig, ohne zu zögern. Nein, sie hatte seit dem 2. November keine Nachricht mehr von ihrem Mann, dem Tag, an dem er zu einem Besuch bei seiner kranken Mutter nach Rumänien aufgebrochen ist. »Okay, Maria. Und dann haben Sie ihn wiedergesehen, Sie haben alles erfahren aus? … Live aus dem Fernsehen! Weil Ihr Mann Stargast einer Talkshow war! Unglaublich! Und in Begleitung von … Nadia, der berühmten Turnerin aus Ihrem Heimatland!«

»Mein Mann als der, der Nadias Flucht auf die Beine gestellt hat, am Anfang war ich so stolz, bevor ich, bevor …« Der Interviewer beugt sich zu Maria vor und nimmt ihre Hand, ein bewegender Moment. »Ich habe sofort das Gästezimmer vorbereitet für … sie. Wir können das anschauen gehen, wenn Sie wollen, das Zimmer. Im Fernsehen hat er gesagt, er ist auch ihr … Manager.« Großaufnahme von Marias zerbissenen Fingernägeln, ihre rissigen Hände, die sie vor die Augen schlägt in dem Moment, als sie in Tränen ausbricht, während der Interviewer aufschreit: »Oh mein Gott, mein Gott!« Er wendet sich der Kamera zu: »Mrs P. weint« (man hört sie schniefen), »denn bei der Pressekonferenz trug Nadia – nur Mut, Maria, sagen Sie es uns, alle Frauen im Land stehen Ihnen bei!«

Maria P., mit ihrem Baby auf der Schulter, stöhnt mit sehr starkem rumänischem Akzent: »Sie trug die Kette und den Ring von meinem Mann!« In Großaufnahme schluchzt sie im Takt: »*Come home come home come home!*«, der Abspann der Sendung läuft über das Stummbild einer extatischen Nadia, Kopf nach hinten gebeugt, sie grüßt. Schnitt.

Seite B

Anfang Dezember 1989 trifft ein Reporter der *Los Angeles Times* Maria P. Sein zögerlicher Artikel erscheint ganz hinten auf der Promi-Seite, er besteht lediglich aus diesen paar Zeilen: »Maria saugt einen alten Buick aus, der vor ihrem Haus steht, sie raucht und summt *Personal Jesus*, sie wirkt erleichtert, dass sie mit diesem Skandal eine hübsche Einkommensquelle aufgetan hat. Ihren Nachbarn zufolge verbot ihr Mann ihr zu rauchen und auszugehen, er sorgte dafür, dass sie permanent schwanger war.«

Koffer

Ich wundere mich eines Tages, als Nadia und ich auf die fertigen Kapitel zurückkommen, dass es in der Geschichte keine Liebe auf den ersten Blick gibt, irgendwelche Männer, die »das Gegenteil sind von denen, die sich immer als Manager aufgespielt haben, zum Beispiel dieser P.« Ihr plötzlicher Zorn überfällt mich, ihre Weißglut: »Ich werde mich doch nicht schon wieder entschuldigen! Natürlich war es P.s Ziel, mein Manager zu werden, er hat mir das im Flugzeug nach New York gesagt. Ich habe, ganz richtig, zugestimmt. Weil meine Freiheit das immerhin wert war, verstehen Sie?«

Warum serviert sie mir an diesem Tag nicht ihre Version dieser Affäre, eine geradezu filmreife Kehrtwende, enthüllt im Herbst 1990, ein Jahr nach ihrer Ankunft, wieder auf einer Pressekonferenz. Bei der sie aufdeckt, dass P. sie in Wirklichkeit auf amerikanischem Boden gefangen gehalten und ihr hundertfünfzigtausend Dollar aus Intervieweinnahmen gestohlen hat. Und auch, dass sie ihn seit kaum einer Woche kannte, als er ihr bei der Flucht half: »Ich habe erzählt, ich würde ihn gut kennen, weil er mir weisgemacht hat, das käme besser an für das Visum, er hatte mir auch geraten zu sagen, dass ich weder wieder turnen noch Béla wiedersehen wolle. Er hat mich nie allein gelassen. Ich hatte keinen, zu dem ich gehen konnte. P. und seine Frau haben jeden Abend telefoniert. Der Skandal hat ihnen viel eingebracht. Er hat mir angedroht, mich in einen Koffer zu stecken und mich nach Rumänien zurückzuschicken und der Securitate zu übergeben.«

Security

Dezember 1989

Nachdem sie am 5. Dezember in einem schwarzen Cabrio gesehen wurden: »Das Auto haben sie am Samstag gekauft und bar bezahlt, zwanzigtausenddreihundert Dollar«, erzählt Ken P., der Chevrolet-Händler.

Am 6. haben sie das Diplomat Hotel in Hollywood Beach, wo man sie unter dem Namen Mr and Mrs Salders kennt, verlassen, wahrscheinlich durch eine Hintertür, denn sie konnten den Reportern entkommen, die ihnen seit zwei Tagen auf den Fersen sind. Am 12. Dezember informiert die Empfangschefin der Beachcomber Lodge and Villas die Presse, als sie die ehemalige Turnerin erkennt, aber zu spät: Bei der Ankunft der Paparazzi ist das Zimmer von Mr und Mrs Fonnors leer.

Am 13. Dezember gibt P. von seinem Zimmer im Hotel Pompano Beach, Florida, ein paar Interviews per Telefon: »Ich bin ihr Manager, und ich werde ihr helfen, Filme und Werbespots zu drehen.« Sie leben von dem Geld der Interviews, die er aushandelt, die Schecks lauten alle auf seinen Namen.

Cathy C., Kellnerin in einem Diner, erklärt in den landesweiten Fernsehnachrichten, Nadia sei »wie ein kleines Mädchen in einem Bonbonladen. Sie isst fünfmal am Tag, um sieben Uhr morgens bestellt sie ein Steak und um elf einen Krabbencocktail; na ja, sie amüsiert sich eben, wie sie es bei sich zu Hause nie hat tun können ... Der Typ, der bei ihr ist? Von dem ist sie abhängig, zum Zahlen, zum Reden. Wir beide haben uns ein bisschen unterhalten, als er auf der Toilette war.«

Perez D., Barman im Hotel Great Western: »Sie hat einen Erdbeer-Daiquiri bestellt und gleichzeitig *Batman* geschaut. Dann kam ihr Bild in den Nachrichten, und da hat sie gehaucht: ›Das hab ich alles nicht erwartet ich bin enttäuscht so enttäuscht.‹«

Bardamen, Kellner, Automechaniker, Schaulustige, Empfangschefs, Kassiererinnen, Passanten, lauter unbezahlte Zeugen, überall und allzeit bereit, begeistert, dass sie mit von der Partie sind bei diesem abenteuerlichen Fernsehprozess. Die mit kritischem Auge festhalten, was sie isst und in welcher Reihenfolge, sobald sie sie im Restaurant erkennen. Die schnell ihre Autonummer auf einen Zettel kritzeln. Die ganz sicher sind, dass sie sie haben straucheln sehen, betrunken in einer Spielhalle, oder die sie in einem

Bus aufgespürt haben, einem Supermarkt, einem Park, dick wirkte sie und allein.

Alles spielte sich vor den Kameras ab, aber nachdem ich jahrelang von der Securitate verfolgt worden war, ohne dass ich sie orten konnte, war es geradezu erfrischend, meine Verfolger zu sehen.
Nadia C.

Fast Forward
Rechenschaft ablegen

1999
Die kurzen Haare glatt nach hinten geföhnt, diskrete Ohrringe: Als Stargast der Sendung *Stade 2* trägt die ehemalige Turnerin ein Business-Kostüm, schwarz mit Nadelstreifen, dazu Lidschatten in rauchigem Braunton.

Der Journalist: »Sie wurden von den Machthabern aber schon verhätschelt, oder?« Sie, verärgert, auf Französisch: »Wenn ich so privilegiert war, warum habe ich … weggegangen und meine Medaillen zurückgelassen, meine Familie?« Es unterbricht sie ein Rumäne im Publikum, der sich abrupt zu Wort meldet. Ohne Mikro, man hört ihn nicht, richtet er einen zitternden Finger auf sie und scheint ihr Rechenschaft abzuverlangen, man schnappt den Namen Ceaușescu auf. Sie stammelt. Der Journalist fordert diesen unerwarteten Zeugen auf, an den Tisch zu kommen, er lehnt ab und setzt sich wieder, ganz bleich ist er, wirkt völlig durcheinander. Das Gespräch geht weiter.

»1989, ein paar Wochen nach Ihrer Ankunft in den USA, wollten wir aushandeln, äh, das heißt, wir hatten bei P. um ein Treffen mit Ihnen angefragt, er verlangte zehntausend Dollar, das haben wir abgelehnt; P. ist dann mit einem anderen, äh, Kunden ins Restaurant, eine japanische Zeitschrift; da habe ich Sie in Ihrem Zimmer angerufen. Wenn Sie wirklich gefangen waren, warum sind Sie dann nicht heruntergekommen, wo Sie in diesem Moment doch allein waren?«

Ganz kurz illustriert auf dem Bildschirm eine Karikatur den peinlichen Prozess, der gegen Nadia geführt wird: »Sie werden sie doch wohl nicht foltern?« Zurück zu ihr, erregt und immer noch auf Französisch: »Du landest in einem Land, du kennst nichts. P. hat mir gesagt: ›Wenn du etwas machst, ich bringe dich zurück nach Rumänien!‹ Ich hatte Angst vor, vor … Tod! Deshalb ich rührte mich nicht und, äh, ich habe schon gesagt das Geld, das P. mit mir gemacht hat. Er tut alles, um mich zu verkaufen. Ich war Gefangene in einem … freien Land!« (Sie flüstert.) »Du weißt … es gibt nie jemand, der … mir hilft. Jemand, der mir HILFT.« (Dieses letzte »hilft« hat sie ein bisschen lauter gesagt, es hallt auf dem Podium kurz nach.)

Der Journalist nickt, lächelt, dann lässt er sich tief in seinen Sessel sinken und fängt mit ihrem ersten Treffen an, 1983 in Bukarest: »Erinnern Sie sich, Nadia? Nein? Sie hatten mich um Schokolade und amerikanische Zigaretten gebeten? Mmmm … Ja? Also, Sie können sie bei mir abholen kommen, jederzeit! Hier haben wir alles, was Sie brauchen, alles!« (Gelächter bei den Journalisten in der Runde.)

Missing in Action

Dezember 1989

Und da gebietet sie noch einmal Schweigen, um sich eine Atempause zu verschaffen: Am 16. Dezember 1989 verschwindet sie.

»Wenn du wieder zu dir gefunden hast, meld dich!«, witzelt Béla bei einer Fernsehreportage. »Ich denke, ich werde Nadia bald bei einem Turnwettkampf begegnen, natürlich nur, wenn sie sich eine Eintrittskarte leisten kann«, ergänzt in prophetischem Tonfall der Präsident des US-Turnverbands. Der Direktor einer berühmten Künstleragentur erwidert auf die Frage, was sie derzeit wert sei: »Ihr Verschwinden unterminiert ihren Marktwert. Man muss schon ein bisschen mit der eigenen Person bezahlen!«

Die ehemalige kommunistische Ikone verschwindet von der Bildfläche, während draußen ihr Prozess seinen Lauf nimmt. Es sei denn, das Ganze ist in Wirklichkeit eine Trauerfeier. Eine Trauerfeier für eine Welt, die man einst einen Block nannte, geschützt von einem verrosteten eisernen Vorhang. Denn irgendwie haben wir sie hier zwar nicht geliebt, aber geschätzt haben wir sie doch, wie einen zweitklassigen Filmschurken. Diese Welt jenseits der unseren. Unbeugsam besser und strenger. Eine Kaderschmiede, was für eine Disziplin, die Schönheit dieser schnellen Muskeln, dieser frische rot-goldene Glanz des Sterns, die Unermesslichkeit des Traums, ein Kampf von Gleich zu Gleich, fast ein Jahrhundert lang Nahkampf der Pioniere.

Arbeiterinnen mit goldbraunen Unterarmen, lächelnde

Bäuerinnen mit ihren Blumenkopftüchern, weise, hochbegabte Chemikerinnen mit streng aufgeknotetem Haar, zurückgezogene, verfolgte Dichterinnen, Sportlerinnen, oh so geschmeidige Turnerinnen, glasklare Kinder, schalkhaft und übermächtig. Alles das ist vorbei, denn hier ist die Transparenz, die Perestroika, die, als wären sie einem albtraumhaften Spiegel entstiegen, all die vermeldet, die geworden sind wie die anderen, wie wir. Ausgehungerte Schlampen, bettelarme, verstörte Mütter, stumpfe Pubertierende, bekehrt zu den Refrains der liberalen Popmusik, Top-mauschel-business-Models, ungeschickt begierig darauf, eine gescheiterte Welt hinter sich zu lassen, die an diesem 19. Dezember 1989 einstürzt, in Endlosschleife im Fernsehen, unterbrochen alle zehn Minuten von Versprechungen eines frischeren Atems.

Vollstreckung

Und hier nun das Kapitel, das ich Ihnen nicht hätte vorzulegen brauchen. Bei dem wir im Gleichstand sind, abhängig von dem, was davon zu lesen und zu hören war, denn wir waren beide nicht dabei.

Ich musste lächeln, als Sie mir einmal ganz ernsthaft erklärten, in Rumänien sei man der Meinung, Sie hätten zu dem Volksaufstand beigetragen, der am Ende zu Ceaușescus Sturz führte, ein Katalysator sei Ihre Flucht gewesen, ein Beweis, dass niemand mehr dieses Regime ertragen konnte. »Wenn ich zusammenfasse, haben Sie also ein Computersystem gesprengt, das als unfehlbar galt, und einen Diktator zu Fall gebracht, nicht schlecht!«, und Sie hatten am anderen Ende der Leitung fröhlich zugestimmt, fast kindlich war Ihr Stolz.

In Bukarest bin ich einigen von denen begegnet, die gerade auf der Piața Universității waren, als im Dezember 1989 die ersten Schüsse fielen. Die zwei Tage lang auf dem Bauch durch ihre Wohnungen kriechen mussten, weil die Kugeln durch die Wohnblöcke sirrten und keiner wusste, wer da auf wen schoss. Ich habe Leute befragt, deren Schwester mit fünfzehn gestorben ist, zermalmt unter den Panzern.

Andere kamen mit den unterschiedlichsten Versionen zum vereinbarten Treffen; um die Geschichte der Revolution zu erzählen, dürfe man sich nicht für eine einzige entscheiden, forderten sie streng, ich müsse den ganzen Strauß neu arrangieren. Ein paar Begegnungen wurden auch abgesagt. Müde Weigerungen, zum x-ten Mal die berühmten Bilder zu kommentieren und die Debatte: War es wirklich eine Revolution oder ein Staatsstreich? Welche Geste hat zum Sturz geführt? Und Sie, Nadia, bei dem allem. Der Vorwurf, Sie seien viel zu spät gegangen, war das nicht ein Zeichen dafür, dass die Flucht von Ceaușescus Umfeld in Szene gesetzt wurde, die wollten ihn austauschen, deshalb hätten sie Ihnen, dem Emblem der Macht, zur Flucht verholfen? Völliger Blödsinn, ereiferten sich Ihre Anhänger. Denken Sie bloß, was sie durchgemacht hat mit dem Zaunkönig, hat sie Ihnen das erzählt?

An einem Cafétisch in Bukarest höre ich einer jungen Frau zu, deren Vater sich dauerhaft den Dekreten widersetzt hat, beständig, heldenmutig. Cristinas Sohn nippt an einer

Limonade, er ist um die zehn und langweilt sich, bis wir über die Bilder von Ceauşescus Hinrichtung sprechen. Wenn er »den Film« anschaut, hat er Mitleid. Seine Mutter lächelt geniert. »Was sagst du denn da!« Der Kleine bleibt dabei: »Doch, ich habe Mitleid, in dem Film ist Ceauşescu uralt wie ein Opa, Elena auch, sie zittern und halten zum Sterben Händchen wie Verliebte.«

»Ich bin bei dir, Lenutza«, flüstert der Genosse während des Prozesses, mit dem Kosenamen tröstet er seine Frau mit dem Bauernkopftuch, genau so eines wie die, die sie im Land auszurotten versucht hatten. Eine banale Vertraulichkeit unter apathischen Greisen, die soeben aus ihrem langen Schlaf gerissen wurden, diese Bilder gehen um die Welt. Und sie haben ihre Propaganda derart endlos heruntergebetet, dass sie bis zuletzt daran glauben, diese erbärmlichen Alten, überzeugt, das alles sei das Machwerk »ausländischer Terroristen, von Libyern, Syriern!«, der Handschlag von Malta habe das Schicksal des Landes besiegelt, zwei mustergleiche Ost-West-Konzernchefs, die sich darauf einigen, einen alten, überholten Mafioso wegzuschaffen.

»Kinder, schämen solltet ihr euch, schämen«, schimpft die Genossin die Soldaten, die sie vor der Erschießung fesseln, sie, die »Heldin, Mutter, Weise, Beweis für die Ethik, das Können und die Würde der sozialistischen Frau, der rumänischen Frau«, wie der offizielle Dichter vor kaum ein paar Wochen es noch ausdrückte. Die Alte hat eine Plastikhülle in der Hand. Atomgeheimnisse? Listen von abzuholenden Oppositionellen? Nein, das Rezept für die Diabetes-Tabletten ihres Mannes. Und ihre unsichtbaren Ankläger, genau die, die einst so dienstfertige Untertanen waren, beeilen sich, ein Ende zu machen, erschießen wir sie endlich, damit die letzten Securitaner sich ergeben, die in den Straßen von Bukarest noch immer auf die Bevölkerung feuern.

Na also. Fertig. Ihre Leichname müssen von kräftigen Freiwilligen in eine Leichenhalle gebracht werden, dieser Soldat ist Kanu-Meister, der da Rugbyman, ein Fußballer und ein Hockeyspieler, aber an diesem 25. Dezember 1989 sind die Leichen verschwunden, man durchkämmt das Stadion, in dem man sie eigentlich gelassen hatte, sie sind weg. Bis zum Morgen des 26., als sie in einem anderen Stadion wiedergefunden werden. Wer hat sie umgelagert? Und warum? Unstimmigkeiten, Annäherungen, Absonderlichkeiten: Als die Todesstrafe erst verhängt ist, nehmen die Journalisten an, die Vollstreckung werde später am Abend oder am nächsten Tag stattfinden. Der Kameramann schaltet genau in dem Moment seine Kamera aus, als im Hof die Gewehrsalve knallt, er kann nur noch die beiden verrenkten Leichen auf der Erde filmen. Kaum eine Viertelstunde ist vergangen zwischen der Urteilsverkündung und der Vollstreckung.

Hallo, wer ist da?

Donnerstag, 21. Dezember 1989

Sie wissen Bescheid. Die einen wie die anderen, die, die seit Jahren befehlen, und die, die ihnen gehorchen. Alle hängen sie seit Freitag, dem 15., Nacht für Nacht am Bericht der Stimme von Radio Free Europe: Nein, sie weichen nicht, diese Gestalten, die sich in der hohlen Nacht von Temeswar zusammenscharen, in der Eiseskälte fordern sie die Rückkehr des Pastors, den Ceaușescu zur Zwangsumsiedelung verurteilt hat, weil er »subversiver« Reden verdächtigt wird.

Über tausend sind sie auf diesem großen Platz, meist gemäß dem Dekret 770 geboren, geboren aus verpatzten Abtreibungen; sie haben zusammen drei Gewehre, vier vielleicht, aber sie gehen auf die Soldaten zu, die ihre Waffen im Anschlag haben. Ohne Vorwarnung schießen, befiehlt der soeben informierte Zaunkönig: Wir befinden uns im Kriegszustand! Was für ein Krieg? Sie sind schon tot, aus nächster Nähe erschossen. Dann streiken wir eben, beschließen die Überlebenden.

In Bukarest wissen sie auch Bescheid, die zwangsrekrutierten Arbeiter, die die Securitaner vor sich herschieben, schnell, der Bus muss voll werden, gleich geht es direkt aus der Fabrik zum Applaudieren bei der Rede dessen, den sie den Schändlichen nennen, eine eilig vorbereitete Rede, um angesichts der Ereignisse seine Autorität zu bekunden.

Weithin hallt das Echo der Leichen, über die man in den Straßen von Temeswar stolpert, und sie machen es zu ihrer Sache, wie sie da dicht an dicht im Bus sitzen. Wir müssen etwas tun. Während der Fahrt auf direktem Weg ins Zentrum von Bukarest flüstern sie, was sollen wir tun, in voller Fahrt abspringen, den Fahrer überzeugen, stehen zu bleiben? Unmöglich, sie sind eingezwängt zwischen Transportern mit den üblichen Requisiten, blau-gelb-rote Fahnen, Spruchbänder zu Ehren des Alten. Gut, wenn wir uns das Schauspiel noch einmal ansehen müssen, dann buhen wir ihn aus, wir kratzen an der Stille, die errichtet wurde mit all dem Horror, den sie uns seit Jahren bis zum Gehirn ins Maul stopfen.

Ungefähr zwanzig sprechen sich ab. Sie werden rufen: Temeswar. Verblüfft über ihre eigene Entscheidung und mit verkrampftem Magen schweigen sie und schauen durch das Fenster auf die menschenleeren Straßen der Hauptstadt. Alle Arbeiter aus den Bukarester Fabriken sind schon auf dem Palastplatz. Die Pioniere in der ersten Reihe, umrahmt von hochrangigen Parteimitgliedern. Reihenweise Polizisten schützen die Tribüne. Posten überwachen die umliegenden Straßen. Überall in der Menge sind Securitaner verteilt.

Wie machen sie es? Holen sie einmal tief Luft, bevor sie den Sprung wagen, oder halten sie im Gegenteil alles an, Angst, Atem, alles, woran man jetzt nicht denken darf? Ein Super-Super-E. Die Luft eindringen lassen in die aufgeschnürte Kehle, das Zwerchfell spannen, den Brustkorb zum Resonanzkörper machen und, fast unhörbar inmitten des obligatorischen »Hurra! Ceau-șes-cu!«, einfach herausströmen lassen das winzige: te-me-swar te-me-swar.

Ein paar Japser aus den verdutzten Körpern um sie herum. Ein Beben, gefolgt von nichts. Unterbrechung im Text. Der Genosse auf der Bühne, eine greise Gestalt in schwarzem Mantel und Fellmütze, ist verstummt. Versteinert. Er wendet sich zur Genossin um, zu seinen erstarrten Ministern.

Zwei sind sie nur noch, von den zwanzig Arbeitern, die sich im Bus geschworen hatten, etwas zu tun. Zwei, die in der Hand noch diese kleine blau-gelb-rote Flagge halten, mit der sie wedeln sollen, und sie gehen weiter, marschieren, wohin gehen sie, keine Ahnung, langsam schreiten sie voran inmitten der Fassungslosen, te-me-swar te-me-swar. Der Alte räuspert sich, klopft auf das Mikrofon wie auf einen kaputten alten Telefonhörer, wahrscheinlich ein technisches Problem – den Faden wiederfinden – wo war er noch gerade, ja, die terroristische Bedrohung des Landes, die ausländischen Agenten, die in Temeswar Chaos anrichten wollen – Rumänien verurteilt diese Ag-gres-sion – wir werden wieder für Ruhe sorgen und – nur nicht denken an – die Mauer – Rostropowitsch – Bulgarien Polen Deutschland – ein Handschlag Transparenz, sagt er, und der Russe da ein Manager – ihm wird schwindelig. Er befeuchtet sich die trockenen Lippen.

Hal-lo? Er befragt den Dezemberwind, der von fernen Rufen durchzogen ist, te-me-swar te-me-swar. Hal-lo hallo? Wer ist denn da? Wer sind Sie? Wer ist da. Wer weiß. Im Grunde meint er eine Spiegelung zu sehen, der Himmel strahlt, heftig und eiskalt, ist das eine neue Choreografie der Kinder, diese wunderbaren Kleinen, oder was? Die Größte Gelehrte der Welt fasst ihn unter dem Arm, souffliert ihm einen Text, den er nicht kennt, aber was erzählt sie da, Lohnerhöhungen versprechen, sie fängt wieder an, eine alte Volksschullehrerin, die die Menge nicht mehr in Schach halten kann, HAL-LO, sie schreit, aber weitab vom Mikrofon krächzt ihre Stimme, Ruhe seid still ja Ruhe ja seid still es reicht wer ist da und er, der Alte, bekommt einen Kratzer, kratzt ab, er hickst hallo hallo hallo ha ll o hallo hallo *So what*. Na und. Es ist vorbei. Das Bild bleibt stehen, die Fernsehübertragung wird unterbrochen, ein patriotisches Lied ertönt zum zitternden Testbild.

Dann geht die Sondersendung weiter: Unter einem heiter blauen Himmel drängt sich eine leicht bekleidete Menge vor der Tribüne, es musste eben schnell gehen, Bilder zu finden, um die Erzählung weiterspinnen zu können, koste es, was es wolle: die hier stammen von einer Kundgebung im letzten Sommer.

* * *

Wann genau kippt das Ganze? Welches Ereignis verwandelt die ewigen Zuschauer in handelnde Personen? Ein paar Mutige rufen »Temeswar«, und fast sofort bewirkt eine Explosion eine Massenbewegung, alle fliehen von dem großen Platz, verstreuen sich, wenden dem Genossen den Rücken zu, ohne die Erlaubnis dafür erhalten zu haben, das hat es noch nie gegeben. Aber diese Explosion, was ist das? Ein einfacher Knallkörper, den ein paar Arbeiter haben hochgehen lassen, entschlossen, Schluss zu machen? Ein Ablenkungsmanöver der Machthaber, mit dem die Ceaușescu-feindlichen Parolen übertönt werden sollten? Das Rasseln der Panzer, die in die umliegenden Boulevards vordringen, um die ersten Oppositionellen in Schach zu halten, die sich schon Zugang zum Palast zu verschaffen versuchen? Und am Tag danach, wer schießt auf die dicht gedrängte Menge, die sich zum ersten Mal aus freien Stücken zusammenschart? Fast eintausend Tote in wenigen Tagen einer nichtsamtenen Revolution. Undenkbar, dass das Querschläger von ungeschickten Schüssen sind, sagt man mir in Bukarest. Aber woher kommen dann diese Gewehrsalven? Von diesen mythischen Banden durchgeknallter Waisen, Ceaușescus letzten Getreuen, die von Kindheit an dazu trainiert wurden, ihn zu verehren und zu beschützen? Von sowjetischen Agenten, diesen auffällig vielen Touristen, die Anfang Dezember ins Land eingereist sind? Wer befehligt die Heckenschützen? Wer schießt auf wen? Jeder schießt auf jeden, denn seit Jahrzehnten weiß keiner mehr, wer wer ist. Wem man vertrauen soll.

Zahlen: 13-95-25

Am 25. und 26. Dezember eingegangene Anrufe unter der 13-95-25, dem Anrufbeantworter des von den Revolutionären besetzten rumänischen Fernsehens, als die Hinrichtung der Ceaușescus zwar bekanntgegeben, Bilder davon aber noch nicht ausgestrahlt wurden.

»Hallo? Ich bin die Mutter eines Soldaten von einundzwanzig Jahren.« (Schluchzen) »Ich, ich habe überhaupt keine Neuigkeiten von ihm. Gibt es irgendwo eine Liste mit den Verletzten? Den … Toten?«

»Hallo? Hallo? Stellt euch zumindest vor, ihr im Fernsehen! Wer seid ihr? Wir wollen Bilder von der Hinrichtung. Den Film. Die Einzelheiten.«

»Hallo? Ich will Neuigkeiten über den Genoss…, ich meine, den Exgenossen.«

»Hallo? Hören Sie: Mein Bruder ist bei der Securitate, er hat keine Waffe, er hat nie eine gehabt, was ist nur in euch gefahren, dass ihr von ihnen redet wie vom Teufel, das ist falsch, grundfalsch!«

»Hallo? Ich will es sehen. Alles. Wir wollen alles sehen.«

»Hallo, vor drei Tagen haben wir die Zensur abgeschafft,

und ihr, ihr« (er schreit), »warum sollen wir schon wieder ruhig bleiben und geduldig? He?« (Er schluchzt.)

»Hallo? Tja, also: Meine Frau ist vor zwei Tagen verschwunden. Suchen Sie sie bitte. In den Krankenhäusern, überall! Sie ist bestimmt eine, eine, eine Komplizin! Von diesen Terroristen, den Securitanern, geben Sie eine Beschreibung raus! Verhaften Sie sie!«

(Wütend, sie heult und schreit.) »Sollen wir etwa schon wieder hinters Licht geführt werden? Wir werden, wir werden irgendwann noch eine Bombe legen, wir Frauen stehen dauernd unter der Fuchtel von anderen, das Rumänien der hörigen Körper ist tot, mein Herr!«

»Hallo? Hallo, hören Sie mich? Ha, das ist ein Anrufbeantworter … Inständig, aus tiefster Seele flehen wir Sie an, wir wollen den Schurken sehen, wir wollen ihn selbst verurteilen, tut es nicht ihr …«

Nachrichten vom selben Anrufbeantworter einen Tag später, nach der Ausstrahlung der Bilder vom toten Ehepaar Ceaușescu.

»Hallo, ich habe eine Frage: Warum hat die Leiche blaue Augen, wo er in Wirklichkeit braune hatte? Na? Na?«

(Erschöpft) »Hören Sie … Wir … haben … Regisseure. Wir … haben … Schauspieler. Wir haben … ein paar … eine Meisterin … Wir könnten … einen … Film machen über diese ganze Zeit, unsere … das Leben dieses Ekels, uns.«

* * *

Eine chaotische Menge läuft auf das Gebäude zu, in dem das rumänische Fernsehen seinen Sitz hat. Tausende in der eiskalten Nacht skandieren und fordern unaufhörlich bis ins Morgengrauen: A-DE-VĂ-RUL A-DE-VĂ-RUL A-DE-VĂ-RUL A-DE-VĂ-RUL (die Wahrheit die Wahrheit die Wahrheit die Wahrheit).

Im Westen kennt man sie, die Wahrheit. Ja, die romantische Version hat schon ein paar Tage lang fasziniert, sagen wir bis zum 24. Dezember 1989, bis Heiligabend. Das Volk, das sich endlich erhebt, das Loch in den Fahnen, die Massen, die »Freiheit, Freiheit« singen, der Sturz des Diktators, die ausgelassene Freude darüber, den Kommunismus los zu sein und endlich modernen transparenten Zeiten entgegenzusehen, vorbei mit den überholten, freiheitsraubenden Dogmen! Im Quotenrausch geben sich die westlichen Medien nicht mit Kommas ab und vervielfachen die Anzahl der Toten von Temeswar, welch besseres Ende der Geschichte lässt sich schließlich denken als die Leichen des Marxismus-Leninismus, diese vorbildhaften Märtyrer eines Staatschefs, den Frankreich unpassenderweise vor wenigen Jahren noch mit dem Großkreuz der Ehrenlegion ausgezeichnet hat …

Dann aber kommt das peinliche Erwachen, weil sie beim letzten Auftritt des Kommunismus nicht genug aufgepasst haben, und die Richter des Westens verkünden: Dieser Marionettenprozess, die Brutalität der Hinrichtung, also wirklich, das ist schon ein ziemliches Gestolper, mit dem die Rumänen in unseren demokratischen Reigen eintreten. Das verdirbt uns die ganze Geschichte, diese Lügen, die plumpen Tricksereien, die falschen Massengräber!

Urteil: »Die rumänische Pseudorevolution ist nur ein Ammenmärchen. Eine Inszenierung, sorgfältig vorbereitet vom russischen Geheimdienst in Absprache mit den Amerikanern. Die Rumänen selbst haben nicht gerade viel geleistet! Gorbatschow war zwei Jahre zuvor in Bukarest und hatte auf die Liberalisierung des Regimes gepocht, aber Ceaușescu hatte sich natürlich quergestellt. Mit dem Mauerfall und dem Sturz der kommunistischen Machthaber rundum war nicht daran zu denken, dass der Alte bleibt. Die Frage war nicht, ob er stürzen würde, sondern wie.«

Und während ich von diesen »unanfechtbaren« Beweisen Notiz nehme, fällt sie mir wieder ein, Nadias gelegentliche Wut, ihre Not, wenn sie das Gefühl hatte, ich hörte nicht zu bei dem, was sie mir sagte, meine »westliche Arroganz« nannte sie das, meine Art, den Ostblock geradezu karikaturistisch grau zu zeichnen. Meine peinlich berührte Verblüffung, als ich in Bukarest mit den gegensätzlichen Erinnerungen verschiedener Personen konfrontiert war, wo ich doch ihre Albträume festhalten wollte, um sie später zu verwerten. Nadias überdrüssiges Seufzen angesichts meines Sträubens, hinzunehmen, dass das Kleinmädchenlabor, dieses so verschriene System kommunistischer Turnerdressur, im Westen munter reproduziert wurde, sobald sie dort herausgefunden hatten, nach welchen Geheimnissen es funktionierte.

Die westlichen Medien managen die Erzählung von der rumänischen Revolution, eine Geschichte, die der von Nadia C. sehr ähnlich ist: Zahlen, Richter und laufende Kameras. Die Revolution, dieser Winter 1989, war eine faszinierende Weltshow, das atemlose Schauspiel eines Sturzes, der sogar noch den der unbeugsamen Mädchen übertrumpfte, die niemals stürzten.

Und sie? Was hat sie gedacht über das Ende des kollektiven Gehorsams, das sie ganz banal vor dem Fernseher verfolgt hat, im Zimmer eines amerikanischen Motels, das sie jeden Tag wechseln musste, weil ihr die Presse auf den Fersen war? Wir haben nicht darüber gesprochen, über die Streikbewegungen 1977, 1987 in Braşov, die Oppositionellen, Studenten und Arbeiter, die die Abgesandten des Genossen als Geiseln nahmen, und die riesigen Porträts des Alten, die man verkohlt in den Rinnsteinen fand, ohne, oder fast ohne, dass irgendetwas davon ins Land durchdrang, die Zuckungen, die kleinen Gesten, die ständig maskiert wurden von Nadias Triumphen. Was konnte sie schon dafür, dass sie als kleines Mädchen eine Supermacht war, eine biomechanische Unmöglichkeit? Und was hat sie empfunden, als sie zum ersten Mal dieses klaffende Loch sah zwischen dem Blau, dem Gelb und dem Rot, das goldene Wappen mit dem roten Stern, das ihren weißen Turnanzug zur Zielscheibe machte, »hier bin ich, kommt doch, wenn ihr euch traut«. Was hat sie gedacht von diesen Dezembertagen, in denen Rumänien sich endlich seine Ration Freiheit holte?

Ich träumte von der Freiheit, ich lande in den USA und frage mich: Soll das die Freiheit sein? Ich bin in einem freien Land und bin doch nicht frei? Wo sonst werde ich dann frei sein können?

Nadia C., 1989

Am 18. Juli 2006 um 12:01 Uhr wurde die Aufnahme von Ihrer perfekten Übung in Montreal vom Deep Space Communication Program ausgestrahlt, von Ingenieuren, die mit eventuellen Weltraumbewohnern kommunizieren wollen. Sie erklärten, diese Bilder von der »absoluten Schönheit« würden Trillionen von Kilometern jenseits des Sonnensystems durchlaufen, über Lichtjahre hinweg.

Dreißig Jahre zuvor, am 18. Juli 1976 im Pressesaal von Montreal, antworteten Sie den Erwachsenen, die um ein Danke bettelten und um ein Lächeln, dass sie das alles kriegen könnten, aber erst, wenn Ihr Auftrag erledigt wäre. Auftrag erfüllt. Kein Danke und kein Pardon, mit der Geschwindigkeit einer Pistolenkugel werfen sich die kleinen Mädchen ins Nichts, ihre Haut ist nackt, Sie sind gekommen, uns den Raum zu lehren, Sie sind ansteckend, juchheirassa juchhe.

»Madame,
in unseren Gesprächen baten Sie mich einmal um eine Liste meiner Erinnerungen. Ich möchte, wenn es noch nicht zu spät ist, Folgendes ergänzen: 1988 brachte eine Handvoll mutiger Studenten regimekritische Flugblätter in Umlauf, die sie mit diesem Satz unterzeichneten: Sucht mich nicht, denn ich bin nirgends.

Nadia C.«

Quellen

Außer den zahlreichen Artikeln, Reportagen und Dokumentarfilmen über die Comăneci-Jahre seien dem interessierten Leser folgende hilfreiche Dokumente empfohlen:

Roxana Bobulescu, *Les Années Ceaușescu: récit d'une adolescence en Roumanie,* Paris: L'Harmattan 2009.

Ioan Chirilă, *Nadia,* Bukarest: Gazeta Sporeturilor 2009.

Nadia Comaneci, *Letters to a Young Gymnast,* New York: Basic Books, Perseus Book Group 2004/2011.

Béla Károlyi und Nancy Ann Richardson, *Feel no Fear: The Power, Passion, and Politics of a Life in Gymnastics,* New York: Hyperion 1996.

Adrian Neculau, *La Vie quotidienne en Roumanie sous le communisme,* Paris: L'Harmattan 2008.

Joan Ryan, *Little Girls in Pretty Boxes,* New York: Grand Central Publishing, Hachette Book Group 1996.

Mihaela Wood, *Superpower: Romanian Women's Gymnastics during the Cold War,* Dissertation University of Illinois 2010.

* * *

Weitere Informationen verdankt die Autorin den Artikeln von: Sorj Chalandon, Frank Deford, Jean Hatzfeld, Jean-Paul Mari, Richard Montaignac, Marc Semo.

* * *

Das Kapitel »Zahlen: 13-95-25« (S. 267) lehnt sich teilweise an den Dokumentarfilm von Cornel Mihalache *De Crăciun ne-am luat rația de libertate* an.

Der Handlungsablauf in den im Folgenden erwähnten Kapiteln beruht teilweise auf dem Bericht von Nadia Comăneci in ihrem Buch *Letters to a Young Gymnast,* New York: Basic Books, Perseus Books Group 2004/2011.

Wie alt ist sie denn? (S. 43), Nichtunterwerfungsvertrag (S. 48), Bélas Winkelzüge oder Bélas Plan (S. 84), Viele Monster (S. 139), *Please welcome the incredible Nadia* (S. 153), Aussage von Rodica D. *(Nadia C.s Antwort)* (S. 158), Das Unmögliche vorführen (S. 179), *Nadias Flucht, Notizen* (S. 242).

* * *

Folgende Sätze, die im Roman in Anführungszeichen stehen und Nadia C. zugeschrieben werden, sind teilweise entnommen aus Nadia Comănecis *Letters to a Young Gymnast*:

S. 140 f.: *»Ich werde dem, was mir Angst macht, nicht den Rücken zukehren. Ich biete ihm die Stirn, denn die einzige Möglichkeit, meiner Angst zu entkommen, ist, sie mit Füßen zu treten.«*

S. 156: »Ich habe zu Nadia gesagt: Hast du schon mal daran gedacht, dass du der Mannschaft gegenüber Verpflichtungen hast? Tja, die hast du. Denn die Kleinen da kommen sonst ganz um ihre Anerkennung! Und Márta und mir, hast du dich schon mal gefragt, ob du uns etwas schuldig bist? All die Jahre … Wenn ja, Nadia, dann tu heute etwas Einzigartiges …«

S. 162: *»Béla hat es mit mir sehr weit getrieben, aber ich hatte mir ein Abwehrsystem zugelegt. Zum Beispiel: Ich wusste, dass ich fünfzehn Bahnen schwimmen konnte, aber Béla sagte ich, ich traue mir zehn zu; so hatte ich eine Reserve von fünf. Er hat mir nie das Genick brechen können, weil er nie erfahren hat, wo meine* wirklichen *Grenzen lagen, die habe ich nie gezeigt.«*

S. 236 f.: *Eine gut geturnte Bodenübung besteht aus fünf Zutaten. Erstens muss die Turnerin nach jeder Bahn sicher landen. Zweitens muss sie für gefährliche Teile genug Höhe aufbringen, sowohl, um eine gute Wertung zu bekommen, als auch aus Sicherheitsgründen. Sie braucht viel Ausdauer, denn wenn ihr vor ihrem letzten Anlauf die Luft ausgeht, hat sie ein Problem. Sie muss gut vorbereitet sein, damit sie sich nicht verletzt. Und schließlich muss sie ihre Nummer den Kampfrichtern und dem Publikum »verkaufen« können.*

Dank

Danke, Corina Oprea, die mir Iulia Popovici vorgestellt hat. Bei ihr in Bukarest wurde dieses Buch zum größten Teil geschrieben. Danke, Iulia.

Danke: Alina Popescu, Andrei Nourescu, Bertille Détrie, Cristina David, Florence Illouz, Lidia Bucur, Luca Niculescu, Luminiţa Raileanu-Milea und ihrer Familie, Marc Semo, Mihai Laurentiu Fuiorea, Miruna Mitranescu, Olivia Spătaru, Radu Paraschivescu, Sidonie Mezaize, der Buchhandlung Kyralina, den Teilnehmerinnen und Teilnehmern an der Bukarester Schreibwerkstatt im April 2013.

New York, November 2012: Danke, Lise Esdaile und Ron Ottaviano.

Montreal, November 2012: Danke, Perrine Leblanc und Claude Lapointe.

Olivier L., danke. Weil

Danke, Henri Lafon, Jeanne Lafon, dass sie mich in Rumänien haben aufwachsen lassen.

Luis P., dem ersten Leser, natürlich.

Jeanne Lafon, noch einmal.

Isabelle Lafon, immer.

Der Goldmannschaft: Nadia Comăneci, Mariana Constantin, Georgeta Gabor, Anca Grigoras, Luminița Milea, Gabriela Trusca, Teodora Ungureanu alias Dorina.

Den kleinen Mädchen vom Sommer 1976.

»Ein Meister der alltags-philosophischen Exkurse.«

Der Spiegel über Heinrich Steinfest

Hier reinlesen!

Heinrich Steinfest

Der Allesforscher

Roman

Piper, 400 Seiten
€ 19,99 [D], € 20,60 [A], sFr 28,90*
ISBN 978-3-492-05408-9

* Cover- und Preisänderungen vorbehalten

Sixten Brauns vollkommen normales Managerleben implodiert, als in Taiwan ein Wal explodiert und Sixten von irgendeinem Teil des Wal-Innenlebens k.o. geschlagen wird. Kaum aus dem Krankenhaus entlassen, stürzt er mit dem nächstbesten Flugzeug ab – und überlebt abermals. Doch nicht ohne zwischendurch die große Liebe erlebt zu haben. Und so kommt er Jahre später – Sixten hat sich längst vom Manager zum Bademeister gewandelt – zu einem Kind, das auf gar keinen Fall sein eigenes sein kann, es dann aber plötzlich doch ist ...

Leseproben, E-Books und mehr unter www.piper.de